極刑

小倉日向

双葉文庫

目次

極刑

本書は2020年8月、双葉社より
刊行された作品を文庫化したものです。

プロローグ

特別快速が、スピードを緩めることなく走り抜ける。ホームでゴーッと風が唸《うな》り、根岸《ねぎし》理絵《りえ》はかすかな振動を感じた。

中学三年生の彼女はホームに佇《たたず》み、途切れ途切れに見える窓越しの車内に目を凝らした。平日の午後で、乗客はそれほど多くないようである。

顔も定かではない彼らがどこに住み、どんな生活を送っているのかなんて、もちろん理絵は知らない。べつに、知りたいとも思わない。

ただ、自分以上に悩み苦しんでいる者はいないと、根拠もなく断言できた。

(誰もわたしのことなんて、見ていないんだわ……)

ホームにいる制服姿の女子中学生を、車内から認めた乗客もいたかもしれない。けれど、いったいどんな思いでそこにいるのかなんて、気にかける者は皆無《かいむ》だ。平日の昼間に、学校にも行かず遊んでいるのかと、蔑《さげす》むぐらいだろう。

と、卑屈《ひくつ》な物思いに囚《とら》われるのは、一年生のときからずっといじめに遭っているせいかもしれない。いや、きっとそうだ。

部活動内での些細《ささい》な行き違いが、そもそもの始まりだったと思う。だが、きっかけなんてどうでもいいのだ。いじめる側はターゲットを定めれば、理由なんて関係なく、相手が壊れるまで攻撃を続けるのだから。

そのことを、理絵はいじめられる立場になって、初めて理解した。

要は、小さな生き物を見つけた猫と同じだ。餌《えさ》にするわけでもないのにじゃれつき、動かなくなるまでオモチャにする。無邪気で残酷な振る舞いを止めるものはいない。むしろ、傍観者たちは愛らしいと目を細める。

実際、いじめグループの、特に首謀者の少女は理絵よりも周囲のウケがいい。成績がよく、愛らしくて、部活でもクラスでもリーダー格だ。

おまけに、頭も回る。誰かが見ている前で暴力を振るったり、嫌がらせをしたりなんて愚かな真似《まね》はしない。もっと巧妙で、かつ陰湿だった。

話しかけても無視するかたちで、ターゲットをハブにする。持ち物を隠し、あるいは捨てる。事実無根のウワサを広め、目の前で思わせぶりにヒソヒソ話をして、不安を煽《あお》る。

それはネット上でも行《おこな》われ、書き込まれた悪口を集めたら、どれだけの量になるのかなんて見当もつかない。

理絵は、着替え中を撮影した写真までネットで広められた。こんないやらしいパンツを穿《は》いて男を誘っているなどと、根も葉もないキャプションを付けられて。

自分がお金をもらってからだを売る女になっていたことを、理絵は見ず知らずの他校の男子に声をかけられて知った。

――本当に五千円でいいの？

そのときは怒りよりも恥ずかしさと、訳のわからない悲しみに襲われて、走ってその場から逃げた。

男の子とキスをしたことすらないのに、どうしてそんなふうに思われなければならないのか。知らないところで、自分の人格がどんどん歪《ゆが》められていくことに恐怖も覚えた。

自分は悪くない、いじめるほうが悪いのだと、もちろんわかっている。けれど、理由もなく蔑まれ、疎《うと》まれ、存在を否定され続ければ、まともな精神状態を保つことが困難になる。心が折れて、暗示にかかったみたいに自己嫌悪が膨《ふく》れあがるのだ。

そんなことが二年近くも続けば、生きることすら嫌になってくる。

まったく抵抗しなかったわけではない。だが、いじめの加害者たちには、被害者側から何を言っても無駄《むだ》だ。まったく響かないし、かえっていじめがエスカレートする。

だからこそ、理絵は先生たちに相談したのである。部活動の顧問と、それから担任の先生にも。

結果的にそれは、火に油を注ぐことになった。

先生たちは、一方の訴えを一〇〇パーセント信じるわけではない。両者を天秤《てんびん》にかけ、どちらが正しいかを判断する。それは一見公平なようでいて、単に自分の物差しで生徒を測っているだけなのだ。

思い過ごしじゃないのかと、理絵は最初に言われた。受けたいじめの数々を、余すことなくすべて伝えたというのに。それが思い過ごしや誤解であるというのは、頭がおかしいと言われたのにも等しかった。

ただ、証拠がなかったのも事実だ。ネットの書き込みは、あの写真も含めていつの間にか消えていた。証拠として保存しておかなかったことを、理絵は激しく後悔した。自分を蔑む言葉や画像など、手元に残したくなかったのだ。

さらに、敵は巧妙に先生たちに取り入る。持ち物がなくなったことに関しては、一度だけ間違ってシューズを履いたことがあり、それをなくなったと勘違いしているのではないかと弁明した。また、目の前でのヒソヒソ話も、あれは理絵ちゃんのことではなく、テレビ番組のことを言っていたんです、でも、誤解させたのなら謝《あやま》りますと、先生たちの前で涙を浮かべてごめんねと頭を下げたのだ。

理絵はいじめの被害者ではなく、勘違いから友達を泣かせた加害者側にさせられたのである。

先生たちは、これで一件落着と、いじめの調査と対処を打ち切った。いじめがさらに加速し、陰湿になるなんて考えもせずに。

ある日の放課後、理絵は男子も含めた十名近くに襲われた。抵抗もままならず制服を脱がされ、下着姿ばかりか、もっと恥ずかしいところの写真も撮られた。

——今度あたしたちを陥《おとしい》れるようなマネをしたら、この写真がネットに広まるよ。

首謀者の脅しの言葉も、これまで経験したことのない恐怖と恥辱《ちじょく》に苛《さいな》まれた理絵の耳には、どこか別の世界のものみたく響いた。写真を撮られたことよりも性器を見られ、オシッコくさいなどと蔑まれたことのほうが、ずっとショックだった。

このままでは本当に壊れてしまう。理絵は学校を休んで最後の抵抗をした。理由を訊《たず》ねる両親に、初めていじめを打ち明けた。それまでは心配をかけたくなくて、何も言っていなかったのである。

ただ、恥ずかしい写真を撮られた件は、母親にも言えなかった。穢《けが》されたことを、特に親には知られたくなかったのだ。

父親は、ずる休みをしたいから適当なことを言っているのではないかと、半信半疑の様子であった。母親はいちおう信じてくれて、学校に問い合わせたけれど、あれは理絵さんの勘違いだったんですと言われたそうだ。

とにかく学校へ行きなさいと叱《しか》り、なだめる両親に抗《あらが》い、理絵は部屋に閉じこもった。しばらく休めば気が済むと考えたのか、三日も経つとうるさく言われなくなった。

一週間が過ぎたとき、学校から担任教師と、いじめのグループがやって来た。謝罪のためではない。表向きは、学校へ来るよう励ますために。

理絵は会いたくないと訴えたが、先生も来ているのだからと母親に説得され、渋々彼女たちと対面した。

みんな心配しているから、頑張って登校しなさいと担任に言われ、絶望感が募《つの》った。わかってもらえないことのつらさに目が潤《うる》んだが、担任はそれを、感激の涙と受け取ったようである。得意げに頬《ほお》を緩めたから、そうだとわかった。

そして、理絵の絶望をさらに深くしたのは、首謀者たる少女の言葉だった。

——これから受験前の大切なときを迎えるのに、長く休んだりしたら、高校へ行けなくなるよ。

そう言った直後、彼女は周囲に悟られないよう、薄い笑みを浮かべたのである。

理絵は進学するつもりだった。もちろん、いじめた連中のいない高校へ。

ところが、彼女の企《たくら》むような眼差《まなざ》しに、そうはいかないのだと思い知らされた。

おそらく、息のかかった人間を使って、いじめを継続させるつもりなのだ。あるいは、あの恥ずかしい写真を理絵の進学先の生徒たちに送り、誰にでもヤラせる女であると広めて、襲わせるつもりなのか。

もう逃げられない。いじめはどこまでもついてくる。

理絵は絶望以上の虚《むな》しさに囚われ、自分を翻弄《ほんろう》する生き物たちを眺めた。猫のオモチャに成り果てた小動物も、今際《いまわ》の際《きわ》はこんな心境なのだろうと実感しながら。

翌日、理絵は母親に追い立てられ、学校へ向かった。もう、どうなってもいいと、自暴自棄に陥っていた。

けれど、どうしても足が学校へ向かない。ひと目を避けて歩き回り、時間を潰した。

どれぐらい経ったのであろうか、家からそう遠くないお寺の前を通りかかると、葬儀が行われていた。

お葬式なんて、もともと賑《にぎ》やかなものではない。だが、見るからに弔問客《ちようもんきやく》が少なく、やけにひっそりと行われているようだったから気になった。遠慮がちに掲げられた「故上《かみ》条《じよう》敦子《あつこ》儀」という故人の名前にも、引っかかるものがあった。

足を止め、様子を窺《うかが》っていると、しばらく経って遺族らしきひとびとや弔問客が出てくる。そして、年配女性が手にした遺影を目にするなり、理絵は息を呑んだ。

いじめに遭うようになって間もない頃、重い足取りで帰宅する途中、理絵は声をかけられた。顔を知っているだけの、たまにすれ違うことのあるお姉さんだった。

――どうしたの？

彼女が心配そうに問いかけたのは、理絵が暗い顔をしていたからであろう。いじめに遭ったとは打ち明けられず、学校で嫌なことがあったと、そのときは曖昧《あいまい》に答えたと思う。

すると、お姉さんは根掘り葉掘り訊ねることはせず、あなたぐらいの年頃は、色々とつらいことがあるものねと共感してくれた。穏やかな声が胸にすっと落ちて、理絵は泣きそうになった。

お姉さんは近所に住んでいて、赤い屋根の上条という家だと教えてくれた。

――何か相談したいことがあったら、ウチにいらっしゃい。

そう言われて、その場は別れたのである。理絵は勇気を与えられたようで、ちょっとだけ元気を取り戻した。

その後も、顔を見ることがあるたびに、お姉さんは《だいじょうぶ？》というふうに首をかしげた。理絵が空元気《からげんき》で笑顔を見せると、ホッとしたふうに笑い返してくれる。あれでずいぶん励まされたのだ。

遺影の顔は間違いなく、あの優しいお姉さんだった。

まだ若いし、亡くなるような年ではない。元気そうに見えたけれど、病気だったのだろうか。そう言えばもう半年ぐらい、顔を見ていなかった。

気になって、理絵は散会するのを待ち、弔問客のひとりを追いかけて声をかけた。お姉さんと同い年ぐらいの女性で、目が真っ赤になっていたからきっと友達だ。

女子中学生からいきなり呼び止められ、女性はかなり驚いた様子であった。それでも、理絵がいじめに遭ったことや、お姉さんに励まされたことを話すと、そうだったのとうなずき、涙ぐんだ。亡き友人の思いやり溢《あふ》れる行動に触れ、悲しみを新たにしたらしかった。

どうして亡くなったのか、理絵は訊ねた。女性はかなりためらっていたが、しつこく食い下がると、渋々ながら教えてくれた。

お姉さんは自殺だった。ただ、理由はわからないという。誤魔化《ごまか》したわけではなく、本当に何も聞いていないのだと、困惑した表情から窺えた。

ひっそりしたお葬式だったのは、自殺で亡くなったためなのだ。広く伝えることができず、身内と近しい間柄のみで済ませたようである。

どういう方法で命を絶ったのかを理絵が質問したのは、自身もここ数日、死ぬことばかり考えていたからだ。

女性は電車——と言いかけて、知らないわと首を振った。それで鉄道自殺であることがわかった。

急いで家に帰ると、学校から登校していないと連絡をもらったようで、母親に咎《とが》められる。明日は必ず行くからと約束して、理絵はここ数日の新聞と、ネットニュースを調べた。人身事故の記事を見つけ、お姉さんが命を絶った駅を特定した。

翌日、つまり今日、理絵はその駅を訪れた。命を絶つために、こうしてホームに立っている。

死ぬのは逃げることだと、誰かが言う。けれど、逃げるところがないから、あとは死を選ぶしかないのだ。

死ぬ気になれば何でもできると、訳知《わけし》り顔で説《と》く者もいる。しかし、何もできなくなったからこそ、あとは死ぬしかないとどうしてわからないのだろうか。

鉄道自殺は電車が止まり、多くのひとに迷惑をかける。死ぬのなら、誰にも迷惑をかけない場所で死ねばいいと、苛立《いらだ》ちをあらわにする者も多い。

似たようなことは、理絵もかつて考えた。いじめとも絶望とも無縁だった頃に。

だが、救いの手を差し伸べてくれないひとたちに、気を遣う必要はない。

そもそも他人の迷惑を考えられるのは、余裕のある人間のみである。何もかもどうでもよくなるまで追い詰められたら、他人など無に等しい。

何より、できるだけ派手な死に方をして、自分をここまで追いやったやつらに、過《あやま》ちを思い知らせたかった。本当に悔いてくれるのか、残念ながら保証はないけれど。

いじめの内容と首謀者、加担した連中の名前をしたためた遺書は、家に残してある。それが有効に使われることを、理絵は心から願った。それから、これ以上の被害者が現れないことも。

「間もなく電車が通過します。黄色い線の内側までお下がりください」

アナウンスの声がホームに流れる。特別快速か、それとも特急か。どちらにせよ、確実に命を奪ってくれるはずだ。

あのお姉さんはどうして自殺したのかと、理絵はふと考えた。だが、考えたってわかるわけがない。確かなのは、あんないいひとが生きていられないこの世界に、何の未練もないという一点のみだった。

ホームに入ってくる車体が見える。白いボディは特急だ。

「ざまみろ」

小さくつぶやいて、理絵は線路に向かってダイブした。

ドンッ――。

激しい衝撃を感じる。不思議と痛みはなかった。頭を強く打った気がしたから、その時点で神経がおかしくなったのかもしれない。なぜなら見ることも、聞くこともできなくなったから。

二度目の衝撃がある。線路に叩《たた》きつけられたのか。それともホーム方向に撥《は》ね飛ばされたのか。

（どっちでもいいわ――）

最後にそう思ったところで、意識がすっと消える。その刹那《せつな》、首のあたりに何かが乗り上げた気がした。

第一章　断罪

1

夢の世界から現実に戻されて、堀江幸広《ほりえゆきひろ》が最初に考えたのがそれであった。

（……どこだ？）

瞼《まぶた》を開いても、何も見えない。完全な暗闇だ。

ただ、自分が椅子《いす》に坐《すわ》らされていることはわかった。尻や背中、手に触れる感触からして、ごくありきたりなパイプ椅子らしい。

まったく動けないのは、両手両足が椅子のパイプ部分に結束バンドで固定されているからである。それも、肌に喰い込むほどにがっちりと。

どうやら何者かに拉致《らち》され、拘束《こうそく》されたようだ。そうと理解しても驚くほど冷静だったのは、前にも似た状況を経験していたからだろう。

とは言え、そのときは拘束される側ではなかった。

暴れても無駄なのはわかっている。むしろ妙な動きを取れば、椅子ごと床にひっくり返る恐れがあった。そうなったら、今以上に屈辱的《くつじょくてき》な状況になることは想像に難くない。

(とにかく、誰が俺をこんな目に遭わせたのかってことだな)

眠りに落ちる前のことを、堀江は懸命に思い出そうとした。けれど、頭がうまく働かない。目覚める前に、やけに展開が目まぐるしい、シュールな夢を見ていたせいだろうか。加えて、闇の中にいるために、未《いま》だ眠りの中にいるのか、それとも本当に目覚めているのか、脳が理解できずにいるのかもしれない。

どことも知れぬ場所ゆえに、声を出すこともためらわれた。何かアクションを起こしたら、得体《えたい》の知れないものが襲いかかってきそうだったのである。

いったいどうしてこうなったのか、堀江は懸命に記憶をほじくり返した。その結果、初めて訪れたショットバーで、隣に坐った女性と話したところまではどうにか思い出せた。では、会話の最中に意識を失ったのか。

(てことは、あの女に一服《いっぷく》盛られたのか?)

そんなふうに考えたのは、思い当たるふしがあったからだ。頭がぼんやりしているのも、薬物の副作用ではないのか。

とは言え、くだんの女性は、そんな悪辣《あくらつ》なことを企む人間に見えなかった。そもそも、そんな怪しい女に声をかけるはずがない。

（じゃあ、あのバーテンダーが？）

しかし、いかにもアルバイトという若い男で、気弱げな風貌《ふうぼう》をしていた。あいつでもなさそうである。

どうやら、まだ思い出せていない部分がありそうだ。そこを明らかにするべく意識を集中しかけたところで、バチンと金属的な音が大きく響いた。

「うわっ」

思わず声を上げて目を閉じたのは、強烈な光を真正面から当てられたためである。網膜《もうまく》に、カメラのフラッシュのような残像がくっきりと残った。

瞼を通して明るさが感じられる。かなり強いライトだ。堀江は顔を背け、光のほうを見ないように注意しながら、自分がいる場所を確認した。

床は埃《ほこり》っぽい、古びたコンクリートだ。光のある前方と、目の届かない後方は定かではないものの、かなり広い場所のようだ。

印象としては、廃業した工場の内部という感じか。少なくとも、誰かがそこで日常を営《いとな》むような場所ではない。

つまり、仮に声を上げたところで、助けは望めないということだ。

「さすがに落ち着いていますね」

声がした。男の声だ。だだっ広い空間に反響し、軽くエコーのかかったそれに、聞き覚えはなかった。落ち着いた雰囲気からして、年上のようである。

「誰だ」

問いかけに、男は答えなかった。どうやら光の後ろ側にいるらしい。そのため、姿を捉《とら》えることは不可能だった。

「俺をどうするつもりだ。何が目的なんだ？」

募る苛立ちを隠して問いかける。感情的になったら敵の思う壺《つぼ》だ。

「わからないんですか？」

質問に質問で返されるほど、腹立たしいことはない。こちらの内心を探り、操《あやつ》ろうとしていることぐらい馬鹿でもわかる。

そっちがその気なら、こっちは質問に答えなければいい。そうすれば、向こうが持ち駒《ごま》を出してくるはずだ。

黙っていると、男が訊ねる。

「こうして拘束されている理由が、わからないんですね？」

蔑む口振りで再確認され、堀江は「ああ」とぞんざいに答えた。こんな目に遭わせておきながら、丁寧《ていねい》な言葉遣いをするのも不愉快だった。

「では、あなたから訊《き》きたいことはありますか？」

「だから、お前は誰で――」

さっきと同じことを質問しそうになり、口をつぐむ。どうせはぐらかされるに決まっている。もっと相手の手掛かりが摑《つか》めることを訊ねるべきだ。

「俺をどうやってここへ連れてきたんだ？」

「酔わせて、前後不覚になったところを車に乗せました」

あっさりと、しかも単純な方法を告げられて、拍子《ひょうし》抜けする。そうすると記憶がないのは、酔ったせいなのか。

「そのときのことを、何も憶《おぼ》えてないんですね？」

「ああ」

「酔って記憶をなくすのはよくあることです。特に、度数の高い酒を飲んで、血中のアルコール濃度が一気に上がったときには、かなり長い時間の出来事を思い出せなくなるんですよ」

ということは、男とはあのショットバーで出会ったのか。勧められて、強いカクテルをあおったのかもしれない。

そこまで考えて、堀江は不意に思い出した。隣に坐った女性と意気投合したはずが、さてこれからというところで先に帰られたことを。

（そうすると、あの女はこいつと無関係なのか）

獲物《えもの》に逃げられてくさっていたものだから、どこの誰とも知らぬ男の口車《くちぐるま》にのせられて、飲みすぎてしまったらしい。

「ですから、堀江さんが口にしたのはアルコールのみです。妙な薬は飲んでいません」

男の言葉に、堀江はドキッとした。名前を知っていたから驚いたのではない。当てつけるみたいに、薬のことを口にされたからである。

(こいつ、何か知っているのか？)

鎌《かま》を掛けただけとは思えない。不吉なものを感じた。

「俺をどうするつもりなんだ？」

問いかける声が、ここに来て震《ふる》えを帯びる。それでも、拉致された身としては、まだ気《き》丈《じょう》に振る舞えていたほうであったろう。

「それは、あなた次第です」

足音が聞こえる。男が前に進んだようだ。残念ながらライトを背にしたため、逆光で顔が見えなかった。

(がたいのいいやつじゃなさそうだな……)

目を細めて男のシルエットを確認し、堀江はいくらか安堵《あんど》した。自分は身長も体重も平均以上だし、いざとなれば闘って勝てるはずだ。もちろん、縛《いまし》めを解かれたらの話である。

(そうか。ここまで念入りに拘束したのは、腕っぷしに自信がないからだな)

優越感が、堀江に余裕を与える。威張《いば》りくさるみたいにからだを背もたれにあずけ、自然と胸を反《そ》らす姿勢になった。

男が言う。

「まずは、こちらがあなたに関して知っていることをお伝えします。間違っていたら、あとで訂正してください」

「ああ。それで?」

「名前は堀江幸広。三十二歳で独身。広告代理店に勤務しており、クリエイティブ部門に所属。まだ若いのに、けっこう権限がある立場のようですね。南青山《みなみあおやま》のマンションに住んでいるのは、それだけ収入があるからなんでしょう。残念ながら、私は広告業界に通じていないので、あなたがその地位を才能によって得たのか、単なる世渡り上手なのかはわかりません」

「才能だ。決まってるだろう」

ムッとして言い返すと、男が一歩前に出る。こちらを見おろし、腕組みをした。

「ずいぶんと自信家のようだ。さぞや女性にもてるんでしょうね」

「当たり前だろ」

「だったら、薬や暴力を使って女性を意のままにする必要はないはずだ」

男の言葉遣いが変わった。やはりあのことを知っているのだ。

堀江は奥歯をギリリと嚙《か》み締めた。しかし、自分から白状する必要はない。

「何の話だ？」

とぼけると、男がいきなり向こう脛《ずね》を蹴ってきた。

「ぐっ」

堀江は呻《うめ》いた。それほど強く蹴られたわけではないが、弁慶《べんけい》の泣き所とも呼ばれる人間の弱点である。鋭い痛みがすぐには消えなかった。

「やっぱりな」

男の声に、堀江はとうとう怒りを表に出した。

「やっぱりとはどういう意味だ！」

「普通なら、こんなふうに身動きが取れないようにされたら、逃れようともがくはずだ。だが、お前は何もせずにじっとしている。前にも経験があって、ヘタに動いたらかえって窮《きゅう》地《ち》に陥るとわかっているんだろう」

そこまで知っているのかと、堀江は眉《まゆ》をひそめた。

「もっとも、そのときは拘束された側じゃなくて、したほうだったんだよな」

男が身を屈《かが》め、顔を近づけてくる。逆光で容貌《ようぼう》ははっきりせずとも、暗い光を湛《たた》えた目の場所はどうにかわかった。

「そのとき、お前はもがく彼女に言ったはずだ。暴れても無駄だと。そんなことをすれば椅子ごとひっくり返って、かえってまずいことになるとも。だが、恐怖に駆られた女性が、そんな忠告を素直に聞けるはずがない。結果、お前が目論《もくろ》んだ通り、彼女は床に倒れた。

こんなふうにな」

いきなり胸を押され、堀江は「うわっ」と声を上げて後ろに転倒した。後頭部をコンクリートの床にぶつけ、目の奥に火花が散る。しばらくは痛みに呻くだけで、声が出せなかった。

「無様だな」

言い放った男がしゃがみ込む。覗き込んできた彼を、堀江は負けじと睨《にら》みつけた。

「こんなふうに椅子ごと倒れた彼女を、お前は卑劣なやり方で弄《もてあそ》んだ。絶望に苛まれて、もがくことすらできなくなったのをいいことに」

「——あ、あいつに頼まれたのか⁉」

懸命に気を張って訊ねると、男が首をかしげたのがわかった。

「あいつとは誰のことだ？」

「今、お前が言った女だよ」

「名前は？」

質問に、堀江は答えられなかった。すると、男がやれやれという口調で、「ま、そうだろうな」と吐き捨てる。

「お前には、相手の名前なんてどうでもいいんだ。単なる欲望のはけ口でしかないからな。人間じゃなくて、ただのモノとしか思っていないんだろう」

「うるせえ。やっぱりあいつに頼まれたんだな。復讐《ふくしゅう》して、俺を同じ目に遭わせろって」

彼女の名前を、堀江は確かに憶えていなかった。だが、必ず見つけ出して、こんなことを依頼した償《つぐな》いをさせてやらねばならない。

「上条敦子だ」

「え？」

「あいつじゃない。上条敦子という名前がある。ひとりの人間としての尊厳もな」

男の説教など、堀江はまったく聞いていなかった。女を捜し出す手掛かりを与えるなんて、馬鹿なやつだとほくそ笑んだだけであった。

「だいたい、同じ目に遭わせるなんて不可能だ。あいにく私には、男色《だんしょく》の趣味はない。お前が彼女にしたことをお返しするなんて、おぞましいだけだ」

男が立ちあがる。また蹴られるのかと身構えた堀江であったが、そうはならなかった。

「ところで、これから言う名前は憶えているか？　有野《ありの》静華《しずか》、山木《やまき》茉莉亜《まりあ》、本郷《ほんごう》玲奈《れな》——」

いちいち数えていなかったが、二十名以上の名前が挙げられたようだ。もちろん、誰ひとりとして記憶に残っていない。ぼんやりと、聞き覚えがあるものはあったけれど。

「全員、お前がレイプした女性たちだ。ときには拘束し、ときには薬で意識を朦朧《もうろう》とさせて自由を奪い、お前は彼女たちのからだも心も踏みにじったんだ」

断罪する男の口調は落ち着いていた。丁寧な言葉遣いだったときと、それは少しも変わっていない。

それゆえに、不気味だったのも事実である。

（じゃあ、あいつに頼まれたわけじゃないんだな）

何人の女性を凌辱《りょうじょく》したのか、堀江は正確に憶えていなかった。訴えられないよう用意周到にコトを運び、一度ヤッてしまえばそれで終わりだ。そうして、また次の獲物を狙うだけなのだから。

セックスをさせるだけの女なら、いくらでもいる。地位と金をちらつかせれば、女たちは喜んで股《また》を開いた。

それに満足せず、強制的に交わることを好んだのは、より快感が大きかったからだ。肉体的にも、それから心情的にも。

女を支配し、屈服《くっぷく》させ、ついには恥辱の涙をこぼす姿に、堀江は心からの愉悦を覚えた。自身が神になった気すらした。

椅子に拘束して辱《はずかし》めた女の名前を、堀江は憶えていなかった。けれど、行為そのものは容易に思い出せる。昂奮《こうふん》と、快感が著《いちじる》しかったからだ。

強姦を始めた当初は、俗にレイプドラッグと呼ばれる薬物を使い、正常な判断力を失った女を犯していた。しかし、薬の効き具合によっては、最後まで相手の意識が朦朧としたまま終わってしまう。それでは面白《おもしろ》くない。行為の最中で我に返った女が、自らの置かれた状況に嘆き悲しむ姿こそが、彼を昂《たかぶ》らせたのだ。

薬物から物理的な縛めへと変化したのは、抵抗の激しかった女を殴り、手足を縛ったことがきっかけだった。自由を奪われて悲嘆にくれる彼女を、堀江は何度も責め苛んだ。薬の影響で抵抗もままならぬ女を抱くのより、何十倍も昂奮した。

以来、薬は獲物を捕らえるためにのみ用いることにした。その上で拘束し、正常な意識を取り戻したところで、彼女たちを凌辱したのである。嫌悪と哀切の声を、耳に心地よく感じながら。

女を殴ったのは、最初に縛ったひとりだけだ。暴力で言いなりにさせても面白みがない。あくまでもセックスで支配したかったのだ。

ベッドに縛りつけるのに飽きて、椅子を使うことを思いついたのが、その上条とかいう女のときである。そのままでは交わることができず、動けない女を少しずつ剝《む》き、言葉と手と器具を用いて辱めた。

長時間、恐怖に晒《さら》されたからだろう。縛めを解いたあとも彼女は抵抗しなかった。最後はベッドに組み伏せ、泣きはらした顔を小気味よく眺めながら、堀江は最高の歓喜にひたったのである。

女たちの名前を憶えていなかったように、彼女たちにもこちらの素性《すじょう》を明かしていない。己のテリトリーで行為に及んだこともなく、もちろん証拠を残すようなヘマはしない。加えて、最後にきっちりと脅したから、訴えられるなんて少しも考えなかった。

だいたい、レイプ被害者のほとんどは泣き寝入りなのだ。用意周到に進めた自分が捕まるわけがない。堀江は自信を持っていた。

仮に参考人として呼ばれ、取り調べを受けたところで、何もしていないとしらばっくれるだけだ。裁判になったら有能な弁護士を雇って、女の落ち度を責め立てればいい。すぐに耐えられなくなって、訴えを取り下げるだろう。

いくらレイプが非親告罪になったところで、結局は証拠がものを言う。被害者の協力がなければ、裁判所は何もできない。

しかしながら、まさかこんな方法で逆襲されるとは、思ってもみなかった。

「あいつじゃないってことは、他の女に頼まれたのか?」

問いかけに、男は「いや」と短く答えた。

「だったら、誰に頼まれた。女どもの家族か。それとも恋人か?」

「私は、誰からも依頼されていませんよ」

再び丁寧な言葉遣いになった男が、その場を離れる。遠くへ行ったわけではなく、すぐに戻ってきた。彼の手には、三脚に取りつけられたビデオカメラがあった。

「これから、あなたがしたことをすべて白状していただきます。女性たちの名前は憶えていなくても、どこでどんなことをしたのかぐらいは思い出せるでしょう」

どうやら自白ビデオを撮影するつもりらしい。犯罪の証拠にするために。

「お前、刑事なのか？」

「違います」

男が即座に否定する。確かに、こんな方法で自白を取ったところで、証拠になるはずがない。むしろ、非道な捜査方法を糾弾《きゅうだん》されるだけだ。

堀江は椅子ごと起こされ、最初の体勢に戻った。すぐ前に、ビデオカメラがセットされる。

「では、話してください」

カメラの赤いランプが点灯する。録画が始まったのだ。

「話すことはない」

堀江は唇《くちびる》を引き結んだ。こんなことでべらべら喋《しゃべ》るような腑《ふ》抜《ぬ》けではない。

すると、男がまた事実を突きつけてくる。

「あなたは、女性たちにこう言って脅したそうですね。お前の恥ずかしい姿は、すべて撮影した。妙な真似をしたら、動画をネットで公開するからな、と」

「どうしてそれを――」

言いかけて、慌てて口をつぐむ。そんなことまで知っているということは、やはりレイプした女たちに頼まれたのではないか。

「だけど、実際には撮影なんかしなかった。犯罪の証拠を残すような真似を、あなたがするはずありませんから。口先だけの脅しだったわけです」

事実その通りであったが、もちろん認めるわけにはいかない。堀江は無言を貫いた。

「気の毒なことに、女性たちはそこまで疑いません。本当にあれが撮影されたのかと、レイプされたあとも長らく苦しんだのです。つまり、あなたがすべてを白状しない限り、彼女たちは死ぬまでレイプされ続けるのです」

などと言われても、堀江が心を動かされることはなかった。次の言葉を聞くまでは。

「上条敦子が死にました。自殺です」

「え?」

レイプした女がどうなったのかなんて、少しも気にしていなかった。だが、自殺したと聞いて、堀江はさすがに動揺した。

「あなたに拘束され、レイプされたあと、上条敦子は日常生活を送ることも難しかったようです。椅子にも坐れなくなったのは、そのときのことを思い出すからでしょうね」

淡々と述べられるあいだに、堀江の脳裏に女の顔が浮かんだ。名前などすっかり忘れていたが、絶望をあらわにした面持《おもも》ちに情欲を沸き立たせ、容赦《ようしゃ》なく犯したのである。そのぐらいは憶えていた。

(ふん。自殺したからどうだっていうんだ)

堀江は開き直った。女は勝手に死んだのだ。自分には無関係である。

「彼女に対して謝罪の言葉があるのなら、言ってください」

「そんなものはない」

堀江は即答した。

「そもそも、そんな女は知らない。俺にはまったく関係ないことだ。なのに、どうして俺がこんな目に遭わされなくちゃいけないんだ。ふざけるな！」

言葉を継ぐうちに憤《いきどお》りがこみ上げ、口調が荒々しくなる。本当に無実の罪で責められている気がしてきた。

「そうですか」

男の口調に落胆が感じられたものだから、堀江は怪訝《けげん》に思った。無理にでも自白させようという気概が感じられなかったからだ。

(このぶんだと、案外すぐに解放されるかもしれないな)

かなり調べ上げていたようだが、警察関係でないとなると、探偵か何かだろう。容疑者を拘束し、自白させる権限などないのだ。恐れるに足りない。

「あなたは大勢の女性をレイプしたわけですが、それ以外の暴力、すなわち、腕力で女性を言いなりにさせたことがありません。これはなぜでしょう」

男が訊ねる。へたに相槌《あいづち》を打ったら、自分がしたことだとバレてしまう。堀江は無言を貫いた。

「もちろん、あなたに犯されて処女を散らしたり、また、初めてでなくても乱暴な挿入《そうにゅう》によって、膣粘膜《ちつねんまく》に傷を負ったりした女性たちもいたわけです。けれど、あなたは好んで肉体的な痛みを与えようとはしなかった。あなたが見たかったのは、凌辱されて絶望の涙をこぼす、女性たちの泣き顔だったのですから」

男がポケットから何やら取り出したようだ。ライトの光がキラッと反射した。

「つまり、ペニスで痛みを与えることはあっても、拳《こぶし》は使わない。私が調べた限りでは一度だけ、やむにやまれぬ状況で使ったのみです。この事実は、いったい何を意味するのでしょう」

「何が言いたいんだ?」

勿体《もったい》ぶった言い回しが気に障《さわ》り、堀江は口を開いた。すると、また男の言葉遣いが変化する。

「お前自身が、痛みに弱いということだ」

男がすっとしゃがみ込む。堀江の両腕は脇に下げられた状態で、椅子のパイプ部分に結束バンドで固定されていた。

次の瞬間、手の甲に衝撃を浴びる。

「うわぁあああああっ！」

これまで経験したことのない激痛が、腕の神経を高速で駆けのぼり、脳に到達した。

「な、何をしやがった、てめえっ！」

「千枚通しを刺しただけさ」

「ぐああっ！」

またも悲鳴をあげたのは、手の甲を貫いたものが乱暴に引き抜かれたからだ。今度は痛みだけでなく、熱さも感じた。

「痛みを感知する点、痛点は場所によって分布密度が異なる。手の甲は、指先の倍以上とも言われてるんだ。それと比べれば――」

立ちあがった男が、またも千枚通しを振り上げる。今度は堀江の肩へ真っ直ぐに下ろした。

「ぐぅうううっ」

痛みに身をよじる堀江に、男は冷淡に告げた。

「肩や背中は、痛点の密度はそれほどでもない。だが、脳に近いぶん恐怖感が著《いちじる》しく、心理的な痛みは増すのさ」

「は、早く抜け、馬鹿野郎！」

罵倒《ばとう》しても、男は少しも怯《ひる》まない。逆光で、相変わらず顔は見えていないものの、表情がまったく変わっていないように感じられる。

それゆえ、かなり不気味であった。

「抜いてもいいのか？」

「四の五の言わずにさっさとやれ。この野郎、傷害罪で訴えてやるからな」

「本当にいいのか？　これを抜いたら、また別のところへ刺すことになるぞ」

「な——どこだよ、別のところって」

「最も痛みに敏感なところさ。目だよ」

そのとき、堀江の頭に浮かんだのは、自身の目に千枚通しが突き刺さっている、猟奇的な場面であった。

（こいつ、本当にやる気だ！）

手の甲も肩も、少しもためらわずに刺したのである。こちらが白状するまで、あらゆるところを刺しまくるに違いない。

「わ、わかった。待て」

刺された二箇所がズキズキと痛みを訴えるのにも我慢できず、堀江はとうとう陥落《かんらく》した。促《うなが》されるまま、これまでの所業を呻き交じりに語る。女たちの名前は忘れていたが、男に補足されながら、ほとんどの事犯を告白したのではないか。

（こいつ、どうやって俺のことを調べ上げたんだ？）

ここまで詳細に探るのに、かなりの時間をかけたはず。いや、それだけでなく、協力者がいないことには不可能だ。

（そうすると、女たちの誰かってことになるな）

あるいは、その関係者か。

もうひとつわからないのは、この男の素性である。探偵かとも思ったが、どうも違うようだ。あくまでも印象に過ぎないが、金で雇われている感じがしないのである。

だいたい、こんなふうに拉致して拘束するなど、やることが芝居がかっている。

（俺が上条とかいう女にしたことを真似ているようだから、やっぱり復讐じゃないのか？）

だったら、拷問《ごうもん》してまで自白させる必要はない。闇討《やみう》ちでも何でもして、さっさと殺せば済むことだ。それをしないということは、自白という証拠を得て、服役《ふくえき》させることが目的なのか。

冗談じゃないと、堀江は鼻息を荒くした。千枚通しを刺されたところの痛みが、怒りとともにぶり返す。

「さて――」

男がカメラの録画を停止する。立ち位置を変え、堀江の横に立った。

つられて彼を見あげ、思わず息を呑む。逆光ではなく、横からライトで照らされた男の顔が、はっきりと確認できたのである。

他人に痛みを与えても、平然としていたのだ。堀江は頭の中で、凶悪な人相を思い描いていた。

ところが、鼻梁《びりょう》の影が痣《あざ》みたいに不気味な他は、予想に反して平凡な面容だ。いっそ、人畜無害《じんちくむがい》そうでもあった。

年は四十代ぐらいではないか。そして、まったく見覚えがない。

「これからどうする？」

問いかけに、堀江は面喰らった。それはこっちの台詞《せりふ》だと思った。

「どうするって、どういう意味だ？」

「お前の自白はすべて記録した。あとはお前自身が、どう落とし前をつけるかだ」

やくざじみたことを言われても、凡庸《ぼんよう》な顔を目にしているためか、少しも怖くない。

「私の希望はふたつだ。二度と過ちを犯さない。それから、罪の償いをする。それだけだ」

諭《さと》す口調で言われ、堀江は憤りを募らせた。どこの馬の骨とも知れぬやつの、言いなりになってたまるものか。

「え？」

「冗談じゃない。俺はこれからだって女どもを犯しまくってやる。自殺しようが、そんなことは知ったこっちゃない。俺はやりたいようにやるからな」

拘束されながらも強気だったのは、こいつには何もできまいと踏んだからである。千枚通しを突き刺すぐらいが関の山で、本性は見た目そのまま、気弱で平凡な男に違いない。

「だいたい、俺はお前に脅されて、怪我までさせられて仕方なく喋ったんだ。何が自白だ。そんな録画なんか、役に立つものか。逆に、脅迫強要、傷害致傷で貴様の社会的生命を奪ってやる」

パイプ椅子をがたつかせ、今にも飛びかからんばかりに嚙みつく。これで敵も怯むはずと、堀江は目論んでいた。

「そうか……」

男がうなずく。表情をほとんど変えることなく、こちらをじっと見つめた。

「え？」

堀江は胸を不穏に高鳴らせた。男の目から、光が消えたのである。

それは獣《けもの》の目であり、死者の目だった。あらゆる感情が消え去り、空洞《くうどう》のみが残ったかのようだ。

「な、なんだお前――」

結果、怯んだのは堀江のほうであった。

「これ以上、話しても無駄なようだ」

「どういう意味だ？」

「お前が人として存在することを、誰も望まない」

肩に刺さったままだった千枚通しを男が摑む。雑草でも毟《むし》るみたいに、無造作《むぞうさ》に引き抜いた。

「ぐはッ」

痛みと熱さが、肩をジンジンと痺《しび》れさせる。しかし、そんなことはどうでもいい。またどこか別のところへ、本当に目に刺すつもりなのかと、堀江は震えあがった。

カラン──。

コンクリートの床に何かが落ちる。千枚通しだとすぐにわかった。

(なんだ。やっぱり口先だけで、度胸がないんだな)

安堵して、堀江はまた喧嘩腰《けんかごし》になった。武器がなければこっちのものだ。

「さっさと結束バンドを切れよ、馬鹿野郎」

すると、男が背後から何かを出す。刃物だ。

「よしよし。素直じゃねえか」

てっきり、それで結束バンドを切るものと思ったのである。

ところが、普通のナイフにしては長すぎる。いや、ナイフではない。包丁だ。刺身を切るときに使う、刃の部分が三十センチほどもある柳刃包丁《やなぎば》だった。

堀江が唖然《あぜん》として見つめる前で、男が包丁の刃を下向きにする。切っ先を拘束された男の太腿《ふともも》に当て、ためらいもなくすっと押し下げた。

「あ――」

最初に感じたのは、熱さであった。腿の深いところまで、熱を帯びたものが侵入していた。

だが、半分も入り込んだ刃が熱いのではない。血潮《ちしお》が溢れたことで、そう感じたのだ。続いて、文字通り切り裂かれた痛みと、重い痺れが筋肉の内部に広がる。

「ば、馬鹿野郎！　何しやがる」

男を見あげて、堀江は罵倒した。ところが、彼が動じる様子はない。目だけでなく、影の差した表情も死んでいるかに映った。

「ぬ、抜けよ。早くっ」

「いいのか？」

「なに？」

「大腿動脈《だいたいどうみやく》を切断した。これを抜けば、お前は一分以内に失血死する。まあ、抜かなくても、長くは持たないが」

死の宣告に、体温が急速に低下するのを覚える。

（こいつ……死神だ）

だから死者の顔をしているのだ。たかが女をレイプしたぐらいで、黄泉《よみ》の国へ連れていくつもりなのだ。

「ふ、ふざける……な――」

口がうまく動かない。熱かったはずの太腿が、今は氷の冷たさに変わっていた。

「お前は、何人もの女性たちを殺した。レイプとは心を殺すことだ」

「う……あ……」

「だが、心を殺された女性たちの多くは、それでも強く生きようとする。お前は憐れに死ぬだけだ」

「死――」

視界がぼやける。男が突き立てた包丁を抜いたのが、堀江が今生《こんじょう》で目にした最後の光景だった。痛みも熱さも、あらゆる感覚が泡雪《あわゆき》のごとく消える。

間もなく、二度と抜け出せない闇が、堀江を包み込んだ。

2

都心から快速列車で三十分、ＪＲの駅からほど近い北多摩《きたたま》の市街に「彩《あや》」がある。

カウンター席のみの小さな飲み屋で、椅子の数は十脚しかない。脱サラした主人がひとりで切り盛りしているから、あまり大勢のお客を相手にできないのだ。

店そのものは、外観も内装も古びている。高齢で引退した前の経営者が手放した物件を、そのまま譲り受けたのである。おかげで初期投資は安く済んだものの、目新しいところが何もない。一儲《ひともう》け企むのは困難だ。

それでも、前の店からの常連が続けて通ってくれたり、彼らの声がけで新規のお客もぼちぼち現れたりして、どうやら食いつなぐことはできていた。路地を入った目立たない場所にありながら、気軽に入って一杯飲める店が近所にあまりないためもあって、閑古鳥《かんこどり》が鳴くことは滅多《めった》になかった。

今夜も、席はふたつしか空いていない。手狭《てぜま》な店は賑やかだった。

「大将、鯛《たい》の刺身を頼むよ」

すでにかなり酔っているらしいお客に声をかけられ、店の主人である半田龍樹《はんだたつき》は「承知しました」と答えた。

五年前、四十歳で飲み屋の主人になるまで、彼はごく普通のサラリーマンだった。もともと料理好きで、自分で魚をさばくなど普段から腕を振るっていたおかげで、一年も修業することなく店をやっていけるまでになれた。自分にはこれしかないのだと、一心不乱に打ち込んだ成果もあったろう。

鯛の刺身を注文したのは、上司だという常連客に連れてこられ、半年ほど前から通ってくれるようになった若い男だ。若いといっても、あくまでもこの店の客としてであって、実際の年齢は三十路《みそじ》を超えているだろう。

彼は、今日はひとりである。一合徳利《いちごうどっくり》を傾《かたむ》け、燗酒《かんざけ》をちびちびと舐《な》めるように飲みながら、食器棚の上に置かれたテレビを眺めていた。画面が煤《すす》けて、カラー放送がセピアっぽく映るのもかまわずに。

その他のお客は、古くからの常連である。龍樹が店を始めてからの者もいれば、前の経営者のときからのお客もいる。今日は半々ぐらいか。

客同士も顔見知りがほとんどで、ひとりで来ても会話がはずむことから、頻繁《ひんぱん》に通ってくれるようだ。隣に坐った者同士、盃《さかずき》を酌《く》み交わす光景も珍しくない。

そういう利点がなければ、すぐに飽きられるであろう。料理も酒も、味はともかく種類は決して多くないのだから。

「鯛の刺身か。わたしにももらえるかね」

常連客の中でも年配の男が注文する。彼は皆からご隠居《いんきょ》と呼ばれていた。実際はまだ七十を過ぎたばかりで、そこまで年寄りではない。

「承知しました」

刺身用の平皿を二枚用意し、ツマの白髪大根《しらがだいこん》を載せる。それから、鯛の切り身を俎《まないた》に置いた。

「まったく、ようやくかよ」

うんざりした口調でこぼしたのは若い客——岩井《いわい》だ。何事かとテレビを見あげると、九時のニュースが始まっていた。

キャスターが深刻そうな面持ちで伝えていたのは、昨年、世間を大いに騒がせた殺人事件の裁判が開始されたというニュースであった。

「捕まえてから、いつまで引き延ばしてるんだよ。さっさと裁判なんか終わらせて、死刑にすればいいじゃねえか」

その言葉に、龍樹は我知らず眉をひそめた。他のお客たちがテレビを見あげたのに逆らうみたいに、視線を俎に戻す。

「いや、それこそ死刑になるかならないかって事件だから、検察も慎重に調べてたんじゃないのかい」

別の客の発言に、岩井は大きくかぶりを振った。

「だけど、やったのはこいつに間違いないのに、何を調べるっていうんですか？　時間の無駄ですよ。たぶん、人権派とかいう弁護士が、精神鑑定がどうのって難癖《なんくせ》をつけてたんでしょう」

やはり酔っているらしく、声が普段よりも大きい。どうあっても己の考えを認めさせたいと、意地になっているかにも感じられた。おそらく、普段から犯罪者に対して、厳しい目を向けているのだろう。

「こんなやつ、普通に考えたら当然死刑ですよ。だって、ふたり殺してるんですから。他人の人生を奪っておきながら、自分は生きるなんてのは身勝手すぎますって。ていうか、ひとり殺したら死刑でいいんです」

声高な主張に、たしなめた客が苦笑する。もっとも、岩井に同調してうなずく者もいたのである。

店内が殺伐《さつばつ》とした雰囲気になりかけたのを嫌ってか、ご隠居が温和な笑顔を見せる。

「それにしても、大将は相変わらず腕がいいね。刺身を切るところなんか、もう何十年もやっているみたいに見事な手際《てぎわ》だよ」

「いえ、そんなことはありません」

龍樹は謙遜《けんそん》して答えた。

「たぶん、道具のおかげです。前のご主人から、いいものを譲っていただきましたので」

「その刺身包丁もかい？」

「ええ。まだあまり使っていなかったようですが、手入れがきちんとされていましたから。研《と》ぎ方のコツも、前のご主人から教えていただいたんです」

「なるほど。見ていると、確かに切れそうだね」

「はい。何でも切れます」

刺身を切り終え、龍樹は頬を緩めて答えた。

「ねえ、大将もそう思うでしょ？」

鯛の刺身を目の前に置かれるなり、岩井が唐突《とうとつ》に話を振る。

「え、何がですか？」

龍樹は怪訝な面持ちで訊ね返した。

「だから、ひとを殺したら死刑にすればいいって話ですよ」

「死刑、ですか」

このとき、ご隠居が岩井に向かって、《やめておけ》というふうに目配せをする。ところが、彼は気がつかなかったようである。

「そうですね……まあ、死刑という制度があるんですから、法に則《のつと》って執行されるのは、仕方ないのかなとは思いますけど」

「仕方ない？」

岩井があからさまに不満を浮かべる。

「つまり、大将は死刑制度に反対なんですか？」

「いえ、制度としてあるものは認めます。だけど、賛成はしません。反対もしませんが、なくなってもかまわないと思っています」

龍樹が穏やかな口調で述べたものだから、若い酔客はかえって苛立ったようだ。

「どうしてですか？　悪人なんか、この世に害しか及ぼさないんだから、みんなぶっ殺しちゃえばいいじゃないですか」

「私も、以前はそう思っていました。悪いやつは死刑にすればいいと。だけど、ふと気づいたんです。自分が死刑に賛成なのは、それこそ岩井さんがおっしゃったように、この世に害を為《な》す存在、つまり、自分にとって都合の悪い存在がいなくなればいいという気持ちからなんだって」

「それのどこがいけないっていうんですか？」

「個人の都合や感情で行われるものは、刑罰じゃありません。単なる私刑――リンチです。それがわかってから、死刑に賛成することをやめたんです」

「なんだそりゃ」

龍樹の述べたことが理解できなかったらしい。岩井がぞんざいな言葉遣いになる。何か言い返そうとしたか、食って掛かるように身を乗り出した。

その前に、龍樹が笑みを浮かべて言葉を継ぐ。

「ですから、個人の感情や都合でなく、それが必要だという真っ当な理由が見つかれば、私は喜んで死刑に賛成します」

煙に巻かれたと思ったのだろう、岩井が憤慨《ふんがい》の面持ちを見せる。ぐい呑みの燗酒をくいっと空け、大袈裟《おおげさ》に「ふう」と息を吐いた。

「大将は、被害者の気持ちを考えないから、そんなことが言えるんだよ。そりゃ、殺された人間は何も言えないけど、被害者の遺族とか、大切なひとを失った者の悲しみや悔しさを思えば、死刑がなくてもいいなんて考えは持てないと思うね」

ふんぞり返って鼻息を荒くする彼を、ご隠居はたしなめた。

「そんなふうに言うものじゃないよ」

他の客たちも、気まずげに目を伏せていたのだが、岩井は気がつかなかったようだ。

「べつにおかしなことは言ってないですよ。おれの意見は、国民大多数の意見と同じだと思いますけど」

「ああ、そうさ。わたしもそう思っているよ」

ご隠居が、それ以上言わせないように執《と》り成《な》す。しかし、若さゆえの真っ直ぐな気性を抑えることはできなかった。

「そうでしょ？　大将のほうがおかしいんだよ。もっとやられた立場になって考えなくちゃ。そうしないと、遺された者はいつまでも苦しむことになるんだから」

「それは違うよ」

とうとう我慢できなくなったようで、他の常連客が口を挟《はさ》む。岩井はギッと睨みつけた。

「何が違うんですか？」

「大将が、被害者や遺族の気持ちを考えてないわけがないよ。むしろ、誰よりもわかっているんだからさ」

「はあ？　わかってたら、死刑に賛成できないなんて言えないでしょ」

「大将は、娘さんを殺されてるんだよ」

　この一言で、店内が静まりかえる。岩井も表情を強《こわ》ばらせ、頬をピクピクと震わせた。

　テレビの音声だけが虚しく流れる中、龍樹は何事もなかったかのように、ご隠居に声をかけた。

「もう一本つけましょうか？」

「ああ、お願いするよ」

　龍樹が徳利を温めるあいだに、岩井はしかめっ面《つら》で刺身に箸《はし》をつけた。刺身皿を使わず、直に醬油を垂らして、綺麗《きれい》に並べられた鯛をふた口で平らげた。

「大将、お勘定《かんじょう》」

　岩井がぶっきらぼうに訊ねる。

「ええと、千八百円です」

　龍樹が答えると、目を伏せたまま二枚の札をカウンターに置いた。

「釣りはいいよ」

　言い残し、足早に「彩」を出て行く。誰とも顔を合わせないようにして。

　間もなく、店内が穏やかな空気を取り戻す。お客たちもそれぞれの会話に戻った。

「どうぞ」

龍樹がご隠居の前に燗徳利を置く。

「ああ、ありがとう」

齢《よわい》七十すぎ、年長の常連客はうなずき、何気なく訊ねた。

「もう何年になるのかな？」

簡潔な問いかけのみで、店主は察して答える。

「六年ですね」

「そうか……早いものだね」

「ええ。ただ、私自身は、まだそんなものかという気持ちが強いんです。あれ以来、時間が止まってしまったようで」

「そうだろうね」

大切なものを失ったのだからという言葉を、ご隠居は呑み込んだ。

「奥さんとは、連絡をとっているのかい？」

「いいえ。別れて四年以上経ちますし、私のことがまだ赦《ゆる》せないのでしょう」

「しかし、大将のせいであんなことになったわけじゃないのに」

「いいえ。事件のことじゃなくて、その後の私がいけなかったんですよ。岩井さんが言ったように、私は間違っているのかもしれません」

「そんなことはないと思うが」

ご隠居がやり切れなくかぶりを振ったとき、テレビのニュースが速報を伝えた。街外れの空き倉庫で、死体が見つかったというものである。

『——遺体の身元は明らかになっておりませんが、拘束されていた形跡があり、警察は何らかの事件に巻き込まれたものとして捜査を進めています』

眉間《みけん》にシワを寄せて、アナウンサーが届いたばかりの原稿を読む。だが、店内の客で、ニュースに目を向けているのはご隠居のみだった。

「やれやれ、物騒《ぶっそう》な事件ばかり起こるねえ」

「そうですね」

龍樹はテレビのほうを振り返ることなく、相槌を打った。

3

集会はいつもと同じく、市民センターの一室を借りて開かれた。

会が始まる前、龍樹は部屋の隅にいた。テーブルに用意された、各自で淹《い》れるコーヒーを飲んでいると、背後から声をかけられる。

「半田さん」

「ああ、上条さん」

集会で何度か会っている、顔見知りの女性だった。上条朝子《あさこ》。龍樹よりも年上で、五十近い彼女の頭髪には、白いものが目立っていた。

「ニュースを御覧になりましたか？　あの男が殺されたっていう」

「ああ、そのようですね」

空き倉庫で見つかった死体はその後の調べで、堀江幸広という広告代理店に勤める男だとわかった。拘束、監禁された跡があることから、警察は殺人事件と断定して捜査を始めたようである。

「こんなことを言ってはいけないのかもしれませんけど、正直ホッとしました。これで敦子も浮かばれるのかという気がします」

「ええ。私もそうであってほしいと思います」

彼女の娘は堀江にレイプされ、そのショックと恐怖からＰＴＳＤを発症し、普通の生活が送れなくなった。そして、事件から数ヶ月後に、自ら命を絶ったのである。

「だけど、あの男がああいう死に方をしたということは、かなりの恨みを買っていたんでしょうね。敦子以外にも、酷《ひど》い目に遭わされた娘さんがいたんでしょうか」

「可能性はあると思います。性犯罪者は再犯率が高いようですし。まして、彼は逮捕されていなかったわけですから、常習だったかもしれませんね」

「ええ……でなければ、娘もあそこまで酷いことをされずに済んだでしょう。きっと何人も毒牙《どくが》にかけて味を占めて、エスカレートしたんですね」

娘の敦子が受けた仕打ちを、朝子は本人から聞かされていなかった。亡くなったあと、残された日記を読んで、ようやく何があったのかを知ったという。生前、いくら問いただしても、娘は何も言わなかったそうだ。

日記には、強姦魔のことも記されてあった。傷つきながらも報いを受けさせたい一心で、懸命に調べたらしかった。訴えることも想定していたようであったが、残念ながらそれが叶うことなく、駅のホームから特急列車に身を投げた。

強姦が親告罪ではなくなった現在、その日記を証拠として捜査を依頼することもできただろう。けれど、朝子がそれをしなかったのは、親にすら何も言えなかった娘の気持ちを思うと、果たして公《おおやけ》にしていいものかどうか躊躇《ちゅうちょ》したからだと、彼女はかつて集会の場で、目に涙を滲《にじ》ませて語った。

この集会は、犯罪被害者の自助グループが開いているものである。直接的な被害者よりは、遺族のほうが多い。内に秘めた思いを口にし、同じ苦しみを背負っている仲間の話を聞くことで、前に進むためのきっかけや、力を得ることを目的としていた。

龍樹はここ以外にも、同種の集会があれば場所を問わず、可能な限り顔を出していた。その折に、レイプ被害者の話を何度も聞かされた。

朝子の娘と同じように、男から受けた仕打ちを誰にも言えない女性は多い。自身に非はなくても、穢れや恥の感情を捨てることが困難だからだ。

また、仮に告訴したところで、取り調べや裁判でセカンドレイプの憂《う》き目に遭う恐れがある。そのため、すべてを抱え込み、ひとりで苦しむしかないのだという。

彼女たちに被害を訴えるよう勧める人間は、集会ではまずいない。同じ被害者の立場ゆえ、どうすべきかは自分自身で決めるしかないとわかっているからだ。


どの集会も、だいたい十人前後が参加する。強制ではないから、たまにしか来ない者もいれば、休みなく出席する者もいる。

被害者になってからだいぶ経つ者、日が浅い者、様々だ。参加する必要がなくなれば来なくなるし、あいだを空けての復帰も自由である。

また、ここへ来たからといって、必ず何か話さなくてはならないわけではない。仲間の告白を聞くだけでもかまわないし、何をどう話すかも、参加者自身に委《ゆだ》ねられていた。

薬物やアルコールの依存症で苦しむ人たちにも、同様のグループや集会があると聞く。あいにく龍樹は参加したことがないので、そちらの実情はわからなかった。

「実は、最初に半田さんのお話を伺《うかが》ったとき、わたしは理解できなかったんです」

朝子が記憶を手繰《たぐ》る顔つきを見せる。龍樹は無言でうなずいた。

「犯人に厳罰を望むつもりはないっておっしゃって、正直、お嬢さんを愛していなかったのかしらとすら思いました」

そう言ってから、彼女は「すみません」と頭を下げた。

「いえ、当然だと思います」

「だけど、あの男が殺されたとわかって、確かにホッとしたんですが、一方でやり切れない思いもあるんです。あいつが死んでも、敦子が生き返るわけじゃありませんから。因果《いんが》応報《おうほう》なんでしょうけど、いい気味だとも思えないんです」

朝子がため息をつく。それから、龍樹に訊ねた。

「もしかしたら半田さんは、仮に犯人が死刑になっても、こういう気持ちになることがわかっていらしたんですか？」

「いえ、そこまで見通していたわけじゃないんです。それに、娘を殺した犯人はまだ生きているわけですから、彼が死んだらどんな気持ちになるのかなんて、今の私にはわかりません」

「そうですか……」

そのとき、彼女が下唇を噛んだのは、これからどうすればいいのかという思いに駆られたからではないのか。そして、話題を変えるように別の質問をする。

「お嬢さん——彩華《あやか》ちゃんは、生きていればおいくつになられるんでしたっけ？」

「あれは十歳の時でしたから、十六ですね。高校生になっているはずです」

「もうそんなに経つんですか」

「ええ。ただ、肝腎《かんじん》の彩華がいませんので、今は何歳かなんて実感は持てないんですが」

「そうでしょうね」

うなずいた朝子が、ふと縋《すが》るような面持ちを見せた。

「敦子は二十三歳まで生きられたわけですから、その点は幸せだったと考えればいいんでしょうか？」

幼くして逝った龍樹の娘と比べて、まだマシであったと思いたいのか。ただ、言ってから失言だったと悔やんだらしく、申し訳なさそうに目を伏せた。

「上条さんがそう考えられるのなら、べつにかまわないんじゃないでしょうか」

「……半田さんは、どうお考えなんですか？」

「たった十年しかそばにいられなくても、子は親にとってかけがえのない存在です。もう言葉は交わせませんし、本人の無念さはわかりませんが、あの子が生まれてくれたことで、私はとても幸せでした。それだけは、決して忘れないでいたいと思っています」

言葉を選びながら答えると、娘を亡くした母が小さくうなずく。

「お強いんですね、半田さんは」

「まさか。私はごく普通の人間です。強いどころか、娘を守れなかった弱い男親にすぎません」

龍樹の脳裏に、ひとつの光景が蘇《よみがえ》る。

あの日、安置所で愛娘《まなむすめ》の遺体と対面し、縋りついて泣き叫んだ。応えない我が子に何度も謝り、涙が涸《か》れたあとは自分を責め続けた。

ただ、それは本当にあったことなのかと、ときどき記憶が揺らぐことがある。自分は本当に泣いたのか、悲しんだのかと、自問自答が日毎《ひごと》に増えてきた。

——どうしてなの？

その問いかけは、別れた妻が龍樹に向けたものだった。

——あなた、父親でしょ？　彩華が可愛くないの？　あの子の気持ちなんて、どうでもいいの？

容疑者の弁護士にあることを伝え、それを妻にも話したとき、彼女は涙を流して夫を責めた。

どうしてあんな取引をしたのか、あれは本当に正しかったのか、龍樹はずっと悩み続けている。間違っていないとは、口が裂けても言えない。

けれど、そうすることが唯一、娘がこの世にいた証《あかし》を消さないことだと思えたのだ。

「弱い人間です、私は……」

その言葉を胸に刻みつけるように、龍樹はつぶやいた。

定刻になり、集会が始まる。

パイプ椅子が一方向に向けて並べられ、参加者はそこに坐る。今日は八名が出席した。

他には会を運営するボランティアの進行役がいて、彼は脇に立っている。参加者ひとりひとりを指名して、話をするかどうか確認するのが主な役割だ。

話したいことがある者はその場に起立する。いや、坐っていてもかまわない。話す内容もそれぞれで、自身の身に起こったことを打ち明ける者、近況を話す者、失った大切なひとの思い出を語る者、様々だ。自身の素性を明かす必要もなく、名前を伏せている者もいる。

そのため、外部の者が入り込まないよう、事前の身元調査は厳重にされていた。ここで見聞きしたことも他言無用であると、きつく言い渡されていた。

誰かが話すあいだ、他の参加者は黙して耳を傾けるのみである。話すひとのほうを見る者もいれば、瞼を閉じている者、ただ正面をじっと見つめる者もいる。

一巡した後、もう一度話したい者、あるいは、最初は話さなかったけれど気が変わった者が、口を開くこともあった。ただ、そういうことは滅多にない。だいたいはひと巡りして終了だ。

質疑応答も、意見を交わすこともない。話して聞くだけの静かな会である。参加者が負担を感じることなく、それでも前に進むためには、これが最良なのだろう。

会が終了したあと、その場はしばらく開放され、参加者同士が言葉を交わすこともある。それが目的で会に出る者もいた。龍樹は朝子と、そのときに何度か話した。

いた。彼女は、初回に自己紹介のかたちで参加した理由を話して以来、ずっと聞き役に徹していた。だが、今日は進行役に訊ねられ、「話します」と答えた。その場に立ち、すうと息を吸い込む。

「わたしの娘を死なせた男が……殺されました」

最初の発言で、室内にいつになく緊張が漲《みなぎ》る。誰も声を発していなかったが、空気がざわめいたようであった。

「わたしは被害者として、被害者の親として、あの男をずっと憎んでいました。警察に頼れないのなら、自らの手で復讐しようと考えたこともありました。勤め先を調べて、あとをつけて、どこに住んでいるのかも突き止めました。だけど、それ以上、何ができるわけでもありません。ただ憎み続けるだけでした。憎むことで、ようやく生きていられた気がします」

龍樹は朝子の隣に坐っていた。彼女のほうを見ることなく、視線を斜め下に向け、薄汚れた白い床のみを視界に入れていた。

「その憎い男が、今度は被害者になってしまいました」

そう言ったあと、しばらく間ができる。二分ほど経ち、どう話せばいいのか、自分はどうしたいのか、感情を持て余しているふうであった。

「これからわたしは、誰を憎めばいいのでしょう」

震える声で絞り出すように言い、朝子は腰をおろした。

重苦しい空気が、言葉を発することを許してくれない。進行役のボランティアも、次を指名していいものかどうか、迷っている様子である。

順番から言えば、次は龍樹だ。最初から、何も話さないつもりでいた。彼も朝子と同じように、聞くだけのことが多かったのだ。

話したくないわけではない。亡き娘をみんなに知ってもらいたかったし、事件のあと妻と別れたことも、ひとつの過ちとして伝えたかった。

ただ、自分には何も話せない。話す資格がない。特に今日は、それを強く感じていた。

――あなたは自分のことしか考えていないのよ。彩華やわたしなんてどうでもいいの。そうやって、いつまでも自己満足にひたっていればいいのよっ！

妻の辛辣《しんらつ》な叫びが耳に蘇る。鼓膜《こまく》に張りついたそれは、おそらく一生消えまい。

「では、半田さん、いかがですか？」

ようやく声がかけられる。龍樹は無言で首を横に振った。進行役が次を指名し、新たな告白が始まる。

龍樹は床をじっと見つめた。その目には、何の光も宿っていなかった。

第二章　面会

1

面会室は壁がクリーム色で、照明もわりあいに明るい。ここが犯罪者を収容する刑務所であるとは、その場所だけを目にするととても信じられない気がする。この印象は、最初に訪れたときから変わることはなかった。

龍樹が椅子に腰掛けて待っていると、向こう側に彼が現れた。こちらを見て、気まずげに目を伏せる。その反応も、初めて面会したときと同じであった。

彼は龍樹の正面に坐った。相変わらず目を伏せたままで。

ふたりのあいだを遮《さえぎ》るのは、二重になった透明なアクリル板だ。ちょうどふたりの顔の高さに、幾重《いくえ》もの円を描く穴がポツポツと空いている。だが、二枚の板がわずかにずれており、穴はふたつの部屋を通じていない。

龍樹は何も告げることなく、目の前の男を見つめ続けた。彼のほうも、口を開こうとしなかった。

彼の名前は野島恭介《のじまきょうすけ》。二十五歳。六年前、龍樹の娘を殺した男であった。


その日、ひとり娘の彩華が学校から帰ってこないと、妻から龍樹に電話があったのは、会社の終業時刻間近であった。

学校から自宅までは、徒歩十数分の距離だ。登下校をメールで知らせるサービスに加入しており、それによると、児童玄関を出てから一時間以上経っているという。

彩華は十歳で、小学五年生になったばかりだった。友達同士、家を行き来して遊ぶことも増えていると聞いていた。そのときも、友達の家に寄っているのではないかと龍樹は考えた。

ところが、妻はすでに仲のいい友達の家に問い合わせており、どこにもいないという。

もともと人見知りをしない、誰とでも仲良くなれる子だ。新学期になって間もないから、新しくできた友達と遊んでいる可能性もある。妻は、そういうときでも一度家に帰るはずだと訝《いぶか》りながらも、もう一度捜してみると言って電話を切った。

龍樹は胸騒ぎを覚えた。妻の声がやけに差し迫って聞こえたからだ。プレゼン用の資料の作成が遅れており、本当は残業するつもりであったが、定時に退社して真っ直ぐ帰宅した。

家に着いたのは、日の暮れかけた午後六時過ぎ。彩華はまだ帰宅していなかった。妻はひとりでオロオロしており、龍樹の顔を見るなり緊張の糸が切れたみたいに嗚咽《おえつ》した。

学校に電話をかけると、たまたま担任教師が残っていたので、事情を説明した。彼は、とりあえず心当たりを捜してみますと答えた。また、最近不審者の情報があったばかりだから、警察に連絡したほうがいいかもしれませんとも言った。

その後、警察や学校関係者、地域住民も加わっての捜索が行われた。

通学路だけでなく、範囲を広げて捜しても、彩華は見つからなかった。龍樹と妻が眠れない夜を過ごす中、警察は変質者の犯行や、誘拐も視野に入れた捜査を開始し、報道管制が敷かれた。

翌日、動きがあった。かねてより付近にあった不審者の情報——小学生女児への声かけを洗い出した結果、容疑者が特定されたのだ。

捜査官が任意同行を求めたのは、当時十九歳で、自宅住まいの大学生——恭介だった。同じ小学校区内ではなかったものの、住んでいたところは龍樹の家から二キロと離れていなかった。

彼は声かけの事実は認めたものの、それ以上のことを話そうとしなかった。そのため、令状を取って家宅捜索をしたところ、自室の押し入れより変わり果てた姿の彩華が発見された。

　わいせつ目的の誘拐、監禁、殺人、死体遺棄の容疑で逮捕された恭介は、未成年ながら事件の重大さから逆送され、刑事処分を科せられることになった。裁判員裁判の対象となり、実名報道こそされなかったものの、世間の多大な非難を浴びた。

　何しろ被害者は、何の落ち度もない十歳の少女だったのだ。大学は退学処分となり、バッシングは両親や兄弟にも及んだ。

　裁判においては、殺意の有無が争点となった。被告はわいせつ目的だったことは認めたものの、殺意については否定した。検察も殺意の有無までは証明できず、訴因《そいん》変更して傷害致死罪が適用された。

　強制性交等致死罪が適用されなかったのは、わいせつ行為に及ぶ前に騒がれたためパニックになり、蒲団《ふとん》を被せて強く押さえつけたところぐったりしたという被告の証言と、遺体の検視結果が矛盾《むじゅん》しなかったためである。よって、強制わいせつ未遂も訴因に加えられた。

　その公判中に、新たな事実が示された。詳細な検視の結果、遺体の性器と直腸内部に裂《れっ》傷《しょう》と、体液の痕跡《こんせき》が見つかったのだ。それは死後につけられたものであり、容疑者の証言から遺体を姦淫《かんいん》したことが明らかにされた。

　あまりに残虐《ざんぎゃく》な行為ゆえ、大手メディアは詳細な報道を控えた。それでも、興味本位で書き立てる媒体《ばいたい》は存在し、世間に知られることとなる。幼い少女の遺体を冒瀆《ぼうとく》した鬼畜《きちく》だと、死刑を望む声がいっそう高まった。

しかし、そもそも訴因に最高刑を与えるだけのものがない。何より、被害者の遺族が刑罰ではなく更生《こうせい》を望み、裁判では弁護士側の情状証人として出廷したのである。

これにより、被告は犯行当時成人ではなかったことも考慮され、十年以上十五年以下の不定期刑となった。遺族の意向を受けて検察も控訴せず、地裁の判決通りに刑が確定された。

2

「あの……」

恭介は思い切って口を開きかけた。だが、すぐに諦《あきら》めてつぐんでしまう。

そもそも、自らが殺《あや》めた少女の父親に、いったいどんなことを話せばいいのか。まずは謝罪なのであろうが、面会はすでに二十回を超えている。それに、そもそも謝罪など求めていないと、最初に言われたのだ。

では、何を話せばいいのか。

これまでも、ずっとこんな調子で黙りこくったまま、規定の三十分が無為に流れた。正直、重荷でしかなかったものの、会いたくないと断ることはできない。

なぜなら、面会の要請を断らないというのが、厳罰を求めず、弁護側の情状証人として出廷する上での、少女の父――龍樹の出した条件だったからだ。恭介はそのことを、弁護士を通じて聞かされた。

もっとも、その条件は龍樹にとっても賭けであったろう。恭介も刑務所に入って初めて知ったのであるが、受刑者との面会は誰でも許されるわけではない。親兄弟や配偶者といった身内を除けば、かなり制限されるとのことだ。刑務所によっても、認める認めないの判断に違いがあると聞いた。

まして、被害者の親が面会を求めた場合、そう簡単に許されないらしい。危害を加えることはできないまでも、加害者に恨み言を述べ、罵倒するのみでは、更生に役立つとは見なされまい。そんなことがまかり通れば、刑務所は加害者を責めたがる遺族で溢れかえるはずだ。

龍樹の場合、加害者の更生を願うと裁判で述べたことが考慮され、面会を許されたのではないか。その判断も時間がかかったようで、初めて彼が面会に訪れたのは、恭介が二年近くも刑期を務めてからであった。

不定期刑で済んだことについて、恭介の龍樹に対する思いは複雑だった。

彼のおかげであると弁護士が言ったから、その通りなのだろう。犯行の詳細が明らかになるにつれ、最初は嫌悪の感情しか見せなかった裁判員たちが、龍樹の証言を聞いたあとで顔つきが変わったからだ。もっとも、それでいいのかという戸惑いが、彼らの中に見受けられたのも確かであるが。

恭介は、龍樹の証言を素直に喜べなかった。申し訳なかったし、いったいどうしてという疑問が強かった。彼のおかげで罪悪感がいっそう強まった気がして、さらなる重荷を背負わされたようにも感じた。

いっそ、ありがた迷惑だったのである。

今も、無言でこちらをじっと見る少女の父親に、言い知れぬもどかしさを覚える。生殺しの憂き目に遭っているというのが、最もしっくりくるだろう。

いったい目的は何なのか。本当に更生しているのか、見極めようとしているのか。だったら、現在の心境を訊ねてもいいはずだ。

いや、もうひとつの可能性がある。早く刑が終わるように仕向けたのは、復讐するためではないのか。刑期を終えて出てきたところで、娘の仇《かたき》を討つつもりかもしれない。

龍樹が離婚したことは、弁護士に聞かされた。情状証人になる件についても、夫婦間でかなり諍《いさか》いがあったようだ。妻のほうは厳罰を望んでいたとも教えられた。

もしも復讐を計画してのものだったら、離婚する必要はあるまい。妻に伝えず、自分ひとりで決行しようとしているのなら別であるが。

こちらをじっと見据える彼の、目に浮かぶ言い知れぬ感情は、殺気の表れではないだろうか。

恭介は思い切って口火を切った。こんな仕打ちが続くことに、我慢できなくなったのだ。

「あの――」

「半田さんは、僕が憎くないんですか？」

それは救いを求めての質問でもあった。憎くないと言ってもらえたら、心から更生を願っていることの証になる。

龍樹はすぐに答えなかった。相変わらず恭介をじっと見つめるのみ。答えるつもりがないのかと焦《じ》れったくなってようやく、唇が小さく動いた。

「憎いよ。決まっているだろう」

期待とは異なる返答に、苛立ちが募った。

「だったら、どうして裁判であんな証言をしたんですか。更生して、真人間になることを願うなんて。憎い相手に、そんなことを願うはずがないでしょう」

「どうして？」

「どうしてって……憎いのなら死刑でも何でも、厳罰を望めばいいじゃないですか」

恭介は身を乗り出して言い放った。すると、龍樹が表情を変えることなく、首を横に振る。

「それでは意味がなくなる」

「意味？　何の意味ですか」

「彩華がこの世に存在した意味だ」

自らが命を奪った少女の名前を口にされ、恭介の脳裏に彼女の面影が浮かぶ。それは事切れたあとの死相ではなく、最初に声をかけたときに見せてくれた笑顔だった。

途端に、胸が破裂しそうに苦しくなる。

「仮に死刑を望み、その通りになったとして、いったい何が残る？」

龍樹が訊ねる。

「何がって……」

「彩華が死んで、彩華を殺した君も死ぬ。あとには何も残らない。だったら、彩華の死にどんな意味があるんだ？　生まれてきた意味は何だ？」

彼の声音には、どんな感情も見つからなかった。にもかかわらず、恭介は激しく罵《ののし》られた気がして、浮かせかけた腰を椅子に戻した。

「だが、君が心を入れ替え、更生してくれたら、少なくとも彩華が殺された意味は見つかる。どうしようもない男が真人間になることができて、被害者が増えることを阻止できたとすれば、彩華は他の少女たちのために身を挺《てい》したと言えるだろう」

龍樹はやはり自分を強く憎んでいるのだ。恭介は確信した。

更生を期待すると述べたのは、彼自身の願いではない。娘のためであったのだ。そんな大切な我が子を奪った男を、憎まないはずがない。

そうとわかって、恭介はむしろ安堵した。今の境遇を同情されたり、少女にしか昂奮できない異常者だと蔑まれたりするよりは、憎まれるほうがずっと気が楽だ。

龍樹ばかりではない。恭介は大勢の人間から憎まれている自覚があった。弁護士も、逮捕されたあと、外の反応が直に聞こえてくることはなかった。それらの声が耳に入らないよう配慮してくれた。

だが、犯罪者に対する世間の反応がどんなものかぐらい、恭介は知っている。特に性犯罪者、それも少女を狙った者が受ける罵倒の数々は、ネットでも多く目にしていた。そのときは、自分がその対象になるなんて、思いもしなかったけれど。

だいたい、親兄弟にもさんざん嘆かれ、責められたのだ。一般人がそれ以上に憤るのは当然である。

まして、愛娘を殺された父親が、加害者を許すなんてあり得ない。

(僕が更生しなかったら、このひとはどうするんだろうか……)

恭介はふと思った。彼の弁に依《よ》れば、自分が更生しなかった場合、あの少女は犬死にということになるのだから。

もっとも、更生とは具体的にどうすればいいのか、恭介はよくわからなかった。

自分のしたことを後悔しない日はない。けれどそれは、刑務所に入れられたから悔やんでいるのではないかと、時おり思う。もしも逃げおおせたのなら、ここまで苦しまずに済んだのではないかとも。

少女が死んで捕まるまでのあいだ、いったい何を考えていたのか、恭介はほとんど憶えていない。おそらく、しでかしたことの重大さを思い知り、取り返しがつかないからパニックにも陥り、まともな思考ができなかったのだろう。

そんな状況で死体を犯したのは、あの程度のことでどうして死んだのかという、少女への怒りが根底にあった気がする。もちろん、勃起《ぼっき》や射精《しゃせい》を可能ならしめるまで、昂奮もしていたはずだ。性器のあとで、肛門にも挿入したぐらいに。

そうやって身も心も荒《すさ》んでいたからこそ、あの子の遺体を発見したと刑事に告げられたとき、ようやく楽になれると全身から力が抜けた。

裁判中も、悔いる気持ちはほとんど湧いてこなかった。いくら足掻《あが》いてもあの子は生き返らないし、犯した罪は取り消せない。どうにでもなれと思った。

被害者の父親が情状証人になるから、収監後に面会を申し出られても断らないようにと弁護士に念を押されたときも、好きにすればいいとうなずいた。犯した罪のわりに刑期が短くなったことにも、それがどうしたという心境だった。

被害者の少女に詫《わ》びたい気持ちはある。しかしそれも、彼女が騒がなければああいうことにならなかったのだと、責める気持ちと表裏一体だ。自分が悪かったのだと素直に認め、悔恨《かいこん》するまでには至っていなかった。

だいたい、すでにこの世にいない者に、どうやって詫びろというのか。天国の少女に謝罪するなんてセンチメンタリズムを、あいにく恭介は持ち合わせていなかった。

「またやるのか?」

龍樹の問いかけに、恭介は肩をビクッと震わせた。

「え?」

「また少女を襲うのかと訊いたんだ」

息が詰まりそうに鋭い視線を向けられ、取り繕《つくろ》った答えができなくなる。

二度としませんと誓うのが、この場合は正解なのだろう。ところが、誓えるだけの根拠を、恭介は持っていなかった。

少女に声をかけ、最終的に命を奪う結果を招いてしまったのは、女性への苦手意識からだった。

裁判では、中学高校時代にクラスメートの女子から無視され、そのせいで同世代の異性に恐怖心が芽生えたために、幼い少女にしか関心が向かなくなったと弁護士が主張した。恭介自身がそう伝えたのだが、かなり誇張されている。実際は、内気な性格ゆえ女子と話ができず、好きな子に手紙で気持ちを伝えたことがあったものの、相手にされず傷ついただけなのだ。

少女を欲望の対象にしたのは、言うことを聞きそうだからである。幼い肉体に劣情《れつじょう》を覚えるのではなく、相手が弱ければ支配できると目論んでのことだ。また、女性と深く付き合った経験がないため、穢れていない少女ならゼロから教えてあげられるとも思った。

要は、異性への関心と高まる欲望を解消しようにも、男としての自信がなかったために、たやすく操れそうな存在を求めたのである。

とは言え、いくら声をかけても、今どきの少女たちは警戒心が強くて、なかなか目的を果たせなかった。失敗を重ねるあいだに、若い男による声かけが頻発《ひんぱつ》していると学校で指導があり、防犯メールでも市民に伝えられていたのを、恭介は知らなかった。さらに、その件で地元警察が作成したリストに、自分の名前が入っていたことも。

そして、スーツケースを引いて旅行者を装《よそお》い、親戚の家——実は恭介の自宅——への道を訊ねることでうまく拐《かどわ》かせたのが、あの少女であった。

もともと人懐《ひとなつ》っこい性格のようだったし、困っている人は助けなさいと、親からも言われていたのではないか。彼女は、決して近い距離ではなかったのに、わざわざ案内してくれたのだ。

そのときは恭介の両親も兄弟も不在で、お礼にお菓子でもと少女を家に上げた。ふたりっきりになれるよう、家族がいないときに実行したのである。

親戚の家なのに道を知らなかったこと、勝手に鍵を開けて入ったことについて、少女は疑問を口にした。意外と聡明《そうめい》だったのに驚きつつ、恭介は適当に誤魔化した。どんな説明をしたのか、舞いあがっていたので細かい点はよく憶えていない。それから、そのあとの経過も。

断片的に思い出せるのは、からだに触れようとして拒まれ、カッとしたこと。逃げられそうになり、力ずくでおとなしくさせようとしたこと。何の経験もないくせに、肉体を支配すれば言いなりにできるはずと、三文《さんもん》ポルノじみたことも考えたのではなかったか。

気がつけば、少女は蒲団の下で動かなくなっていた。

小さなからだを自室の押し入れに隠し、恭介が考えたのは、どうすれば発覚せずに済むのかという一点であった。しかしながら、少女を死なせたために動揺が著しく、妙案《みようあん》など閃《ひらめ》かない。また、誰にも見つからずに亡骸《なきがら》を処分する自信もなかった。

その晩、恭介は夜半に何度も目を覚まし、その度に押し入れを開けて遺体を確認した。もしかしたら生き返っているのではないかと期待してである。手遅れだとわかりつつも、人工呼吸や心臓マッサージの真似事も試みた。どうして生き返らないのかと苛立ち、遺体を凌辱したのはそのときだ。

けれど、彼女を穢したのは、そのときだけではなかったのである。

このことは取り調べでも裁判でも供述しなかったが、暴れる少女に蒲団を被せて押さえ込んだとき、恭介は目がくらむほどに昂奮した。ズボンとブリーフを慌ただしく脱ぎ、蒲団からはみ出したいたいけな手に、勃起した陰茎を握らせたのだ。

必死にもがく彼女に強く握られ、恭介はたまらず射精した。その過程で不必要に力が入り、幼い命を奪った可能性がある。このことが知られたら、強制わいせつ等致死傷罪が適用されていたであろう。

娘が生前にも穢されていたとわかったら、龍樹はどうするだろうか。

（何も知らないくせに、大きなお世話だ）

再犯の可能性を問う彼を、恭介は睨み返した。いくら被害者の父親だからといって、ここまで尊大な態度をとられてたまるものかと、反発心が燃え上がる。

「どうなんだ？」

もう一度訊ねられ、恭介は「わかりません」と答えた。

「どうして？」

「おそらく世間の人間は、いや、僕の親や兄弟だって、僕がまたやるに違いないと思っているはずです。だとしたら、彼らが望むように、再びやってしまうかもしれません」

子供じみた屁理屈《へりくつ》だと、恭介自身わかっている。一部本心ではあったものの、龍樹がどういう反応を示すのか見てみたくて、わざと拗《す》ねたのである。

「そうか」

相槌を打たれて拍子抜けする。てっきり、怒りをあらわにするものと予想したのに。

「そうかって、それでいいんですか？」

「君のほうは、そうやって他者の意のままになる人生でいいのか？」

反問され、言葉に詰まる。すべてを見透かされているようで苛々《いらいら》した。

「じゃあ、どうすればいいんですか。僕が出所後、どんな人間になればいいと半田さんは思っているんですか？」

いつしか口調が荒々しくなる。言いたいことがあるのなら言ってみろと、いっそう挑発的になっていた。

「それは君が決めることだ」

突き放す言葉に、恭介の忍耐も限界に達した。

「僕が更生しなかったら、半田さんはどうするつもりなんですか？」

アクリル板が曇《くも》るほどに顔を近づけて問いかけるなり、龍樹の目つきが変わった。

（え――？）

恭介は思わず身を引いた。同じ目を、以前にも見たことがあったからだ。

それは、死んだあとの少女の目にそっくりだった。

「そのときは、私が君を殺す」

抑揚《よくよう》のない口調に、強い意志が秘められているのを恭介は感じた。

第三章　暴走

1

深夜に近い時刻、西多摩の郊外を走る車があった。

車外にいれば耳障りであろうエンジン音も、車内にいれば気にならない。武者震《むしゃぶる》いに似た振動も、心地よく感じられる。

「今何キロだ？」

助手席の工藤正道《くどうまさみち》が、缶ビールを手に訊ねる。運転するのは友人の和久井《わくい》だ。

「六〇かな」

「もっと飛ばせよ」

「一般道だぞ、ここ。今だって制限速度をオーバーしてるんだからな」

「そのぐらいなんだよ。おれなら一〇〇まで出せるぞ」

「懲《と》りないやつだな」

和久井があきれるのも当然だろう。工藤は七年前、二十二歳のときに、交通事故で死傷者を出していたからだ。それも、飲酒運転とスピード違反によって。

あの日、ふたりは前の晩から、工藤の部屋で夜通し飲んでいた。

朝になり、足元がフラつくぐらい酔っていたにもかかわらず、工藤は愛車をマンションの駐車場から出した。時刻は午前八時近くであったろう。

和久井は酔い潰れ、寝落ちしていた。工藤も眠かったが、ひどく空腹だった。そのため、郊外の国道沿いにある、二十四時間営業のラーメン屋に行こうとしたのだ。

胃袋を満足させたいと、アクセルを深めに踏む。普段から制限速度など無視していたから、それは彼にとって文字通りに通常運転と言えた。

しかしながら、酔っていたせいで、いつも以上にスピードが出ていたようだ。

途中に通学路があり、ちょうど子供たちが登校する時刻だった。歩道や路側帯《ろそくたい》に彼らの姿が見えても、工藤はブレーキを踏まなかった。むしろ邪魔だと苛立った。

だからこそ、道路上に横断歩道の存在を示す白い菱形《ひしがた》のマークを見つけても、スピードを緩めなかったのだ。彼がブレーキに足をのせたのは、緩いカーブの先にあった横断歩道を渡る、小学生の姿を発見したときであった。

おそらく制限速度の倍は出ていたのではないか。アルコールの影響で反射神経が鈍っており、ブレーキペダルを踏み込む前に、車が子供たちの列に突っ込んだ。

そのとき現場に響いたのは、車が幼いからだを撥ね飛ばす衝撃音ぐらいで、驚くほど静まり返っていた。無残な光景を目撃した者は、あまりのことに言葉を失い、被害者には悲鳴を上げる余裕もなかった。

人間を轢《ひ》いたことは、酔っていても理解できた。工藤はブレーキから足をはずすと、アクセルを踏み込んでその場から逃げ去った。もはやラーメンどころではない。飲酒運転が発覚したら大変なことになると、己の身を案ずる判断だけは下せたのである。

追われていたわけでもないのに遠回りをして、和久井が眠っている自宅マンションに帰り着く。工藤は水をがぶ飲みしてから、ベッドにもぐり込んだ。あの事故で死者を出した恐れもあったのに、悪夢など見ることなく夜までぐっすりと眠った。

目を覚ますと、和久井がテレビのニュースを見ていた。横断歩道を渡っていた小学生の列に暴走車が突っ込んだ轢き逃げ事件を、アナウンサーが興奮気味に報じていた。何しろ死者四名、重傷者三名の惨事だったのだ。

自分がやらかしたことを他人事《ひとごと》のように眺めてから、工藤はあれをやったのはおれだと和久井に打ち明けた。そして、今後の対処について殊勝《しゅしょう》な態度で懇願《こんがん》した。

逃げおおせられないことはわかっていた。子供たちを何人も轢いたことで、現場にはかなりの証拠が残っているはず。マンションに帰ってから、ドアミラーが片方無くなっていたのに気がついたし、ヘッドライトのカバーもひとつ壊れていた。他にもブレーキをかけたタイヤの跡など、痕跡はいくらでもあるだろう。

まして乗っていたのは、広く普及している国産車ではない。日本に数十台しか入っていない高級外車だ。住んでいるマンションと同じく親から買ってもらったのだが、車種が割り出されれば運転者が特定されるのは時間の問題だった。

よって、最初から警察に出頭するつもりでいたが、すぐにというのはまずい。昨晩はかなり飲んだから、アルコールが完全に抜けていなかった。

工藤はお茶やスポーツドリンクを多量に飲み、体内のアルコールが分解、排出される時間を稼いだ。そうして翌朝になって、地元の警察に自首したのである。そのときまでに、重傷だった子供のひとりが息を引き取っていた。

スピード違反で五人もの幼い命を奪い、自首したとはいえ轢き逃げだったのだ。おまけに、高級外車を乗り回していた加害者が、二十二歳の無職ということで非難がヒートアップした。親に何でも買い与えられる成金《なりきん》の馬鹿息子だと、世間は見下《みくだ》したようであった。

当然ながら飲酒運転を疑われたが、工藤はきっぱりと否定した。ひと晩中友人とゲームをして、寝不足状態で起こした事故であると主張した。

丸一日経ってアルコールはまったく検知されず、家飲みだったから飲酒の証拠は何ひとつない。さらに、和久井が一緒に徹夜でゲームをしていたと、証言してくれたのである。スピード違反についても、あいにく付近には交通監視カメラがなく、目撃証言のみで正確な速度までは明らかにできなかった。

被害者遺族のみならず、多くのひとびとが厳罰を望んだ。交通事故で最も罪の重い危険運転致死傷罪が求められ、検察もそちらで立件できないか検討したようである。

しかし、飲酒運転が立証できなければそれまでだ。加害者が過去に起こしたスピード違反が明らかになったが、それで今回も無謀運転だったと断定できるものではない。結局は過失運転致死傷罪と、救護義務違反で訴追されることとなった。

公判も、工藤の親が雇った弁護士がやり手だったこともあり、加害者が過ちを認めて悔恨を述べる流れになった。新たな事実が示されることもなく、被害者遺族はもどかしさを感じつつも、どうすることもできなかった。

そんな彼らに、工藤は謝罪の意を切々《せつせつ》と述べた。心の中では、こんな無意味な裁判が早く終わることを願いながら。

法廷戦術が功を奏し、量刑は過失運転致死傷罪の上限である七年にすら満たない有期刑であった。

五人も殺しておいて、そんな短い刑期でいいのか。世間は非難囂々《ごうごう》であったが、それで刑期が変わるものではない。検察と弁護側の双方が上告せず、判決は確定となった。

収監された工藤は、親の金で刑務官を買収し、本来なら許されない差し入れを得るなどして、比較的優雅な刑務所生活を送った。古株の受刑者やリーダー格たちに現金を配ることで、所内のいじめからも守ってもらえた。

かくして、懲役という呼び名ほど過酷ではない環境で日々を送り、未決勾留《こうりゅう》期間が差し引かれたこともあって、工藤は裁判で言い渡された量刑よりも早く、三十歳になる前に出所した。

2

久しぶりに再会した和久井と旧交を温め、工藤の提案で深夜のドライブへと繰り出したのは、出所して三日が過ぎてからだった。

本当は、もっと早く走りたかったのである。ところが、酷い事故を起こして収監されたものだから、和久井のほうが気を遣ったらしい。車に近づこうともしなかった。以前はふたりで、公道をレースまがいに走ったこともあったというのに。

昨日、一昨日《おととい》は街へ繰り出した。夜は酒を飲み、女も買った。しかし、本当にしたかったのは、そんなことではないのだ。

工藤のほうは、事故をまったく引きずっていなかった。それどころか、車に乗りたくてうずうずしていた。貴重な二十代の大半を奪われた、憂さ晴らしをするために。

自身が五人もの子供たちから、二十代ばかりか人生そのものを奪ったことなど、考えもしなかったのだ。

裁判での謝罪や涙は刑を軽くするためのものであったし、刑務所暮らしのあいだも、轢き殺した子供たちのために祈ったことなど皆無だった。むしろ、退屈な日々に嫌気がさしたときには、あいつらが悠長《ゆうちょう》に道を横断していたからこんなことになったのだと、恨みと憎しみすら抱いた。

刑にこそ服しても、反省は一ミリたりともしていない。自分は悪くない、反省などしてたまるものかと、世間からさんざん非難された反動で、意固地になっていた部分もあった。

そのため、速度超過で事故を起こしたにもかかわらず、和久井にスピードを出すよう求めたのである。これがおれという人間なのだと、自分を非難した世間を見返したい気持ちもあった。

走っていたのは西多摩の、埼玉との県境に近い山間《やまあい》の街道である。心置きなくドライブを愉《たの》しむために、人里から離れたのだ。曲がりくねっているから、平坦《へいたん》な道よりもスリルがある。

とは言え、助手席に坐っているだけではもの足りない。

「なあ、運転を替わってくれよ」

工藤の申し出に、和久井はあきれた眼差しを向けた。

「お前、無免許だろ？」

「元免許所有者って呼べよ。それに、どうせまた取るんだから」

「え？　裁判で、もう運転はしないって泣きながら誓ったじゃないか」

「あんなの、ただの法廷戦術だよ」

　薄ら笑いを浮かべて言うと、和久井が口を開く。何か言いかけたものの、諦めたふうに黙りこくった。

　七年前、和久井に自分のしでかしたことを打ち明けたあと、工藤は必死で頼み込んだ。飲酒運転がバレたら身の破滅だ、そのことだけは知られるわけにはいかない、ちゃんと自首するし、罪も償うから、ひと晩中飲んでいたのではなく、ゲームをしていたことにしてくれと。

　友人のたっての願いであり、和久井も引き受けざるを得なかったようだ。眠っていたとは言え、泥酔《でいすい》に近かった工藤が運転するのを、止められなかった負い目があったのかもしれない。あるいは、裁判で真摯《しんし》に反省する姿を工藤が見せたことで、これなら刑期が短くなっても許されるだろうと、自分に言い聞かせたのではないか。

　なのに、出所するなり手のひら返しの態度を示されては、愉快な気分ではあるまい。

「……お前、おれのことも騙《だま》してたんだな」

　ボソッとつぶやかれても、工藤は平然としていた。

「敵を欺《あざむ》くには、まず味方からって言うだろ」

まだ何か言いたそうにしている和久井を、工藤は牽制《けんせい》した。

「言っとくけど、もう裁判のやり直しはできないからな。一事不再理だし、刑も終わったんだから」

「……わかってるさ」

「心配するな。お前の偽証や証拠隠滅《いんめつ》も、とっくに時効になっているから。まあ、刑の軽減に荷担《かたん》したって、世間の非難を浴びるかもしれないけどな」

おかしな気を起こして事実を公表するんじゃないと、要は脅したのである。和久井は不機嫌そうに唇を引き結んだ。

彼が口を閉ざさざるを得ない理由は、他にもある。刑が確定したあと、工藤の親からこの車を贈られたのだ。さらに、工藤が住んでいたマンションも、息子の刑が軽くなったお礼として譲《ゆず》られた。

どこまで子供に甘いのかとあきれながらも、工藤の父に是非《ぜひ》受け取ってほしいと頭を下げられ、和久井は好意に甘えることにした。友人を助けるために嘘までついたのだから、そのぐらいは許されると自らに言い聞かせて。

その挙げ句、共犯にされたわけである。

工藤がやったことの真実を明らかにすれば、自身にも火の粉が降りかかる。そうとわかっても行動が起こせるだけの良心を、和久井はあいにく持ち合わせていなかった。もしもそんなものがあったなら、七年前に正しいことをしていたであろう。

そして今も、友人の言葉に惑《まど》わされ、主導権を奪われつつあった。工藤には誇れる学歴などなかったけれど、悪知恵だけは働くし、他人を操ることにも長《た》けていたのだ。

「この車、いいだろ」

「ああ。乗り心地も走りもいいし、ずっと運転していても飽きないね。まったく、お前の親には感謝しているよ」

工藤にではなく、あくまでも彼の親にという気持ちを示したのである。すると、友人が我が意を得たりというふうにニヤリと笑う。

「これ、おれが次に買うつもりでいたやつなんだ。お前も絶対に気に入るはずだって、おれが親父に勧めたんだよ」

和久井は表情を強ばらせた。結局は工藤の息がかかっていたとわかり、ますますやり切れなくなる。そのため、

「だからさ、おれはこの車をずっと運転したかったんだ。なあ、替わってくれよ」

せがまれて、どうにでもなれという心持ちになった。

「わかったよ。だけど、おれまで事故に巻き込むんじゃねえぞ」

そんな厭味《いやみ》を口にするのが精一杯であった。

路肩に停車し、運転席と助手席を交替《こうたい》する。工藤はスタート前にアクセルを踏み込み、エンジンを音高く鳴らした。

「おお、いい音」

ほくそ笑み、ギヤをローに入れてクラッチを繋《つな》ぐ。

オートマ車など女子供が乗るものだと蔑んで、ずっとマニュアル車ばかり乗ってきた。七年のブランクがあっても、運転はからだが憶えており、スムーズに発進する。

「あまり飛ばすなよ」

和久井の忠告に耳を貸すことなくアクセルを踏めば、車体は夜の闇を切り裂くように疾《しっ》走《そう》する。カーブの多い道を、タイヤを軋《きし》ませて。

（ああ、これだよ、これ）

工藤は爽快感に包まれていた。このときをどれほど待ち焦がれていただろう。

ようやく取り戻した自由を、心ゆくまで堪能《たんのう》する。出所してから毎日飲み続けた酒も、気分を高揚《こうよう》させていた。心臓が鼓動《こどう》を忙しく鳴らし、血が騒ぎだす。

横目で確認すると、和久井が頬を引き攣《つ》らせていた。事故を起こす以前は、もっとスピードを上げても平然としていたのに。

（へっ、ビビってやがる）

一度事故ったから、ドライバーとして信用できないと思っているのか。ならば、小便をチビるほどに怖がらせてやろう。

工藤はアクセルを深く踏み込み、カーブ目がけて突進した。

「おおっ！」

目の前にガードレールが迫る。和久井がのけ反って太い声を放った。

ブレーキを踏んでハンドルを勢いよく切ると、車体がガードレールの手前で方向を変える。タイヤがアスファルトを擦《こす》り、女の悲鳴に似た音を立てた。

「——おい、気をつけろよ」

和久井がしかめっ面で言う。情けなく怯《おび》えたのが恥ずかしかったのではないか。

「ミスじゃねえよ。わざとだよ」

「だとしても、ブランクがあるのに無茶な運転をするなよ。それに、ビールだって飲んでただろ」

「たかが缶ビールの二、三本で酔うかよ」

工藤はスピードを落とすことなく、お気に入りの高級車をひたすら走らせた。深夜の山道で、他に車が走っていないのをいいことに車線を無視し、我が物顔でハンドルを操った。

この道は、前にも和久井と走ったことがあった。見通しが悪いし、対向車が来る恐れがあるため、昼間はここまでスピードが出せない。しかし、夜間なら仮に対向車があっても、ヘッドライトの明かりでわかる。暗いほうがかえって安全なのだ。

上り坂が続いている。間もなく峠《とうげ》で、そこを越えてしばらくいくと、埼玉に入るのである。

いっそこのまま一般道だけを走って、本州を横断してやろうか。そんな計画を練って愉快な気分になったとき、目の前を黒い影が横切った気がした。

続いて、鈍い衝撃が車体を震わせる。

「あっ！」

「うわぁ！」

ふたりの声が車内に響く。工藤が急ブレーキを踏むと、派手な金切《かなき》り声を上げて車が停止した。

（……今のは、まさか――）

血の気が失せるほどにハンドルを握りしめ、工藤は総身《そうみ》を細かく震わせた。たった今味わった感触が、嫌な記憶を蘇らせたのだ。

死なせた子供たちを、彼がしつこく恨み続けたのは、そのときのことを忘れたかったためもあった。幼い肉体を、車で撥ね飛ばしたときの感覚を。申し訳ない気持ちを持とうものなら、どうしたって彼らを轢いたときのことを思い出さねばならなくなる。

あれは人間ではなかった。小さなわりに重くて、肉の詰まったボールだった。

車を介しての衝突で、しかも、かなり酔っていたのである。にもかかわらず、ぐにっとひしゃげる嫌な感じが、工藤の中にいつまでも残った。

あのときと同じものを、またも味わうことになるなんて。

（おれ、やっちまったのか？）

背中を冷たい汗が伝う。

「何かぶつかったんじゃないのか？」

和久井が呼吸を不穏《ふおん》にはずませて訊ねる。スピードを出しすぎたせいだと責められた気がして、工藤は苛立った。

「ああ。動物だろ、きっと」

「本当にそうか？」

「何だよ、見なかったのか!?」

「一瞬だったし、何も見えねえよ！」

やりとりが口論じみてきたのは、最悪の事態になったことを互いに悟ったからだ。

「とにかく、何がぶつかったのか確認しようぜ」

「ああ」

ふたりは車を降り、まずは車のボンネットを注意深く見た。そこには明らかなへこみと傷があった。

「これ、血じゃないか？」

「まさか……」

へこみに液体が付着している。車体が黒のため色がわからないが、さわってまで確かめる気にはならなかった。何なのか、知るのも怖かった。

続いて、ヘッドライトに照らされた道路を進む。乾いたアスファルトのところどころに、何かが飛び散ったらしき染みがあった。

そして、三十メートルも進んだところに、横たわるものがあった。古びた衣類をまとったそれは、人間に間違いなかった。

「こいつを撥ねたのか？」

和久井の問いかけに、工藤は答えなかった。訊くまでもないだろうと思ったのと、怒りがフツフツとこみ上げていたためだ。

「クソが。何だって夜中に、こんなところをうろついてたんだよ」

吐き捨てるように言うと、

「浮浪者じゃないのか？」

和久井が身なりから判断する。

「だったら、適当に処理しても問題ないな」

「え？」

「どうせこの社会には不要な人間なんだ。消えちまったところで、誰も気にしないってことさ」

工藤がそう言い放ったとき、横たわった人物がかすかに動く。「うう」と、小さな呻き声も聞こえた。

「おい、生きてるぞ」

和久井が安堵の匂いのする声を放った。

「生きてるって？」

「ああ、ほら」

工藤は見た。アスファルトに横たわる人間のかたちをした塊《かたまり》が、もぞっ、もぞっと、蟲《むし》のように動くところを。

そいつは生臭い血溜《ちだ》まりの中にいた。声すらも出せず、恨みがましげな呻きをこぼすのみだ。生きているといっても、生命の灯が消えるのは時間の問題だろう。

いや、死のうが生きようが、そんなことはどうでもいい。とにかく、自分が轢いたこの物体を、この世に存在させておくわけにはいかなかった。

「早く救急車を――」

スマホを取り出した和久井を、工藤は「やめろっ！」と怒鳴りつけた。

「え？」

唖然とする友人を尻目《しりめ》に、ヘッドライトがぼんやりと照らす進行方向を見る。確かこの先に、ダム湖があったはずだ。

「おい、こいつを運ぶぞ」

「運ぶって、病院か？」

「馬鹿。そんなことできるわけねえだろ。おれは出所したばかりなんだぞ。しかも飲酒運転でスピード違反だ。二度目となったら、さらに長くぶち込まれるじゃねえか」

「だったら、どうするんだよ？」

「この先にダム湖があるだろ。あそこに沈めれば見つかりっこない。仮に死体が上がったところでそのときは骨だけになってるよ。おれたちが轢いた証拠は、どこにも残ってないってことさ」

「おれたち？　轢いたのはお前じゃないか」

「そのおれに運転を許したのはお前だからな。しかも、ビールを飲んでたのがわかっていながら」

「お前が無理やりハンドルを握ったんじゃねえか」

「とにかく、お前も共犯なんだよ。一緒に刑務所に入りたくなかったら、さっさと協力しろ！」

声を荒らげての命令に、返事はなかった。和久井がいきなりガクッと膝《ひざ》を折り、地面に転がったのである。

「おい、こんなときに気絶なんかするなよ」

非常事態でパニックに陥り、失神したと思ったのである。ところが、そうではなかったことが、すぐに判明する。

「うがッ！」

太腿に衝撃が走る。脳天まで貫くような、鋭い痛みであった。

たまらず膝をついたとき、今度は背中に同じものを感じる。痛みと同時に、声も出せなくなるほどの痺れが神経を侵した。

意識を失う寸前、工藤は気づいた。地面に倒れていたはずの浮浪者が、いつの間にか消えていたことに。

（じゃあ、あいつが――）

考えられたのはそこまでだった。工藤は友人と同じ姿勢で、アスファルトにからだを投げ出した。

3

「――はッ」

深い息をついて闇の世界から戻ったとき、工藤は運転席に坐り、ハンドルを握っていた。

（……夢だったのか？）

山の街道で浮浪者らしき男を撥ね飛ばしたことは、すぐに思い出せた。だが、車を降りたはずなのに、また乗っている。

では、あれは現実ではなかったのか。

自分の両手が結束バンドでハンドルに固定されていることに気がつき、工藤は狼狽《ろうばい》した。シートベルトも締められているから、自由を完全に奪われた状態だ。

いったい誰がこんなことをしたのか。それから、自分はどこにいるのか。車のエンジンはかかっているが、ヘッドライトが消えているためにさっぱりわからない。

(和久井か？ いや、あいつはこんな悪趣味なことはしない)

だとすると、あの浮浪者かと思考を巡らせたところで、

「気がつきましたか」

すぐ脇から男の声がして、ギョッとする。運転席側のパワーウィンドウが開いており、外に何者かがいたのだ。

「だ、誰だ!?」

視線を向けても、暗いために相手の顔が見えない。シルエットが確認できる程度であった。

「お前、おれが轢いた浮浪者か？」

苛立ちを隠すことなく訊ねると、外の男が笑ったようであった。

「やっぱり人間を轢いたと思い込んだんですね。もしかしたら、七年前に子供たちを轢き殺したときの感触が蘇ったんですか？」

図星だったが、その手にのってたまるものかと工藤は思った。あの事故について、真実を告白させようとしていると悟ったのだ。

「ちなみに、轢いたのは豚《ぶた》ですよ」

「え、豚？」

「あなたが車で撥ね飛ばしたものです。もちろん生きていません。精肉用に処理されたものです」

ということは、こいつはそれを車の前に投げて、人間を轢いたと思わせたのか。

「豚というのは、皮膚や肉の組成が人間と同じなんだそうです。服も着せておきましたから、本物の人間だと間違えても無理はありません。ついでに言えば、ああいうことに使ったあとでも、食べてしまえば少しも無駄にはなりません」

少しも笑えない冗談だ。

「それじゃあ、あれは浮浪者じゃなくて豚だったのか？」

血溜まりの中に横たわっていたものを思い出す。しかし、確かに呻き声が聞こえたし、動いてもいた。

「あれは私です。あなた方がどう始末をつけようとするのか、確認したかったものですから。まあ、おおかた予想通りでした。特にあなたは、本当に懲りていないようですね。自《みずか》らのしでかしたことを、まともに償う気持ちなどなさそうだ」

やはりこいつは、七年前のあれを今さら調べているのだ。わざと事故を起こさせ、こちらの出方を窺おうとしたのか。

ともあれ、人間を轢いていないとわかり、工藤は安堵した。要は罠《わな》にかけられただけであり、新たな罪を背負ったわけではないのだ。

（なんだってこいつは、そんな手の込んだことをしたんだ？）

おそらく丸まる一頭もの豚を用意した上に、自身も轢かれたように見せかけ、血の中にいたのである。すでに着替えているようながら、生臭かったあれは間違いなく本物の血だ。豚の血だったのかもしれないが。

（たぶん、豚に着せた服にも、染み込ませておいたんだろう）

だから車のボンネットに、赤黒い染みがあったのだ。たかが罠に嵌《は》めるためだけに、そこまでする必要があるとは思えない。

ということは、別の目的があるのか。

「そういうわけで、私をダム湖に遺棄されては困りますので、これを使わせていただきました」

男が手に持ったものを見せる。電動シェーバーのような形であったが、いきなりバチッと火花が散った。

「スタンガンか？」

「ご名答。確実に気絶させなきゃいけませんので、電圧を上げてあります」

そのせいでふたりとも、あの場にぶっ倒れたのだ。

「おい、和久井はどうしたんだよ⁉」

「離れたところで休んでもらっています。共犯とはいえ、そこまで悪人ではない。あなたと同じ目に遭わせるわけにはいきませんので」

「同じ目……お、おれをどうするつもりだ？」

「あの世で子供たちが待っていますよ。あなたが殺した子供たちが。いや、彼らは天国にいるはずですから、地獄に落ちるあなたには会わずに済みますね」

その言葉で、男が殺意を抱いているのだとわかる。工藤は顔から血の気が引くのを覚えた。

「どど、どうしておれが殺されなくちゃならないんだよ。おれはちゃんと刑期を務めて、罪を償ったんだからな」

「その償いは偽《いつわ》りだ。本当なら、お前はまだ刑務所にいるべき人間なんだからな。いや、一生出てきちゃいけないんだよ」

男の口調がいきなり変わる。声も地の底から響くような、低いものになった。

「て、てめえに何がわかるんだよ？」

「七年前のあれは飲酒運転の上に、お前はかなりのスピードを出していた。にもかかわらず、友人に嘘の証言をさせて罪を軽くし、殺人の罪から逃れたんだ」

「殺人って何だよ。あれは事故じゃねえか」

「あれが事故なら、これも事故で済ませられるな」

男がハンドル横のレバーを回す。ヘッドライトが点灯し、前方の景色を浮かびあがらせた。

「な、何だこれはっ！」

工藤は総毛《そうけ》立った。目の前には道などなく、急な斜面の先に、浮浪者を捨てようとしたダム湖が見えたのだ。

「お前はこのままダム湖に突っ込む。もっとも、その前にガソリンに引火するようにしておいたから、車は崖下《がけした》で爆発して大破だ。お前もろともな。よって、助かる見込みは万にひとつもない」

「な、なな、何を言ってるんだ」

「いくらブレーキを踏んでも無駄だ。この場所まで猛スピードで突っ込んだはずみで、オイル漏れを起こしたように装ってある。お前が酒を抜いて出頭したみたいな、幼稚な誤魔化しなんかじゃない。事故に見せかける細工は綿密《めんみつ》にやってあるよ。ハンドルもロックしてあるから回せないし、結束バンドも車が炎に包まれれば溶けるから、拘束されていた証拠は残らない」

　これは復讐なのか。そう考えて、工藤は男の正体がわかった気がした。

「お前、あの子供らの親か身内なんだろう。子供が死んだ腹いせに、おれを殺そうっていうんだな」

「腹いせか」

　男がやれやれというふうに肩をすくめた。

「そういうふうにしか考えられないのでは、やはり消えてもらうしかない。この先、誰もお前によって殺されることがないように」

「な、なに言ってやがる。図星なんだろ。おれがこれで死んだら、警察はすぐに事故じゃなくて他殺だって見抜いて、お前を逮捕するからな。おれを恨むやつなんて、あの事件の関係者以外にいないんだ。日本の警察をなめんな」

「お前は、私の顔に見覚えがあるのか？」

　男が訊ねる。ヘッドライトが点いても、反射した灯りが間接的に照らすだけで、顔がはっきり見えるわけではない。

　ただ、裁判や報道で目にした遺族の中に、こんな男はいなかった気がする。目に光の感じられない、生きているのか死んでいるのかわからないようなやつは。

「なるほど、お前が言ったことにも一理ある。これが事故ではなく事件だと判明したとして、さらに私があの事件の関係者だったのなら、捜査の手が伸びるかもしれない。だが、まったく関係のない人間が疑われることはないんだよ。被害者と無関係な犯人による通り魔的な犯罪に関して、警察が多くの事件で検挙できずにいるのがその証拠だ」

「だ、だけど、科学捜査で――」

「すべて燃えてしまうのに、何が残るんだ？　そもそも、お前が車を凶器にした七年前の殺人だって、飲酒も速度超過も証明できなかったんだからな。この国の優秀な警察は」

いずれ捕まると脅しても、男はこの馬鹿げたことをやめるつもりはないようだ。ならば、泣き落としで考えを改めさせるしかない。

「なあ、頼むよ。おれは本当に反省したんだよ。刑務所でも模範囚だったし、しっかり罪を償ったんだからさ」

精一杯情けない声で哀願すれば、「フン」と嘲笑《ちょうしょう》が聞こえた。

「本当に反省した人間が、親の金で刑務官を買収し、古株の受刑者にまで金をばらまいて、快適な生活を送ろうとするのかい？」

工藤は蒼《あお》ざめた。

（こいつ、どうしてそれを知ってるんだ⁉）

では、この男は刑務所か、裁判所関係の人間なのか。そのため、何をしても逃れられるという自信があるのではないか。

「だいたい、これが反省した人間の言葉だろうかね」

男がポケットから取り出したものを操作すると、聞き覚えのある声が流れた。

『え？　裁判で、もう運転はしないって泣きながら誓ったじゃないか』

『あんなの、ただの法廷戦術だよ――』

さっき、車の中で和久井と交わした会話だった。

（こいつ、車にマイクを仕掛けてたのか！）

あるいは自分なり、和久井なりの持ち物に、盗聴器を忍ばせておいたのかもしれない。

だからこそ、ドライブルートなどの行動が筒抜《つつぬ》けだったのか。

「私をダム湖に遺棄しようとしたぐらいだ。お前の性根《しょうね》が腐りきっているのは疑いようもない。この世にいても害を及ぼすばかりだから、すぐにでも消えてもらう」

「や、やめろ。そんなにおれが憎いのかよ」

「憎い？」

男がため息をついたようだ。

「お前が殺した子供たちの親は、今でも苦しんでいる。喪失感、無力感、やり場のない怒り、様々なものに心を砕かれ、生きているのがやっとというひともいる。私はあのひとたちの言葉を何度も聞いたし、涙も見た。あのひとたちはきっと、お前のことを憎んでいるだろう」

そこまで知っているのだから、やはりこいつは法曹《ほうそう》関係で、あの事故に義憤《ぎふん》を覚えた者らしい。縁もゆかりもない人間が、ここまで手の込んだ復讐をするとは思えなかった。

「だが、私はお前を憎んではいない。そもそも、人間だとも思っていない。だからこそ、命を奪うことにためらいはないんだよ」

「に、憎くないのなら、何だってこんなことを――」

「憐れだからだよ」

「え？」

「お前はただ憐れなだけの存在で、ひととして大切なものが欠けている。この世に在るべきではない。消えろ」

冷たく言い放ち、男の姿がウィンドウの外から消える。振り返っても、サイドミラーを見ても、姿を確認できなくなった。

しかし、車が動きだしたことで、後ろから押しているのだとわかった。

「や、やめろっ。やめてくれーっ！」

叫んでも、返事はない。男が言ったとおり、ハンドルはロックされて動かず、ブレーキもすかすかでまったく利《き》かなかった。

タイヤが斜面で回り出す。ギアはニュートラルに入っており、押されずとも車が加速した。

「わあああああああああっ！」

叫び声が夜の静寂に響く。誰もいない山の中で、誰かが聞いてくれるはずもないのに、工藤は声を張りあげずにいられなかった。

ガタンッ！

崖の縁で、車体が大きくバウンドする。次いでバンパーを下にして、角度が垂直になった。

（落ちる――）

崖下は水面ではなく、コンクリートの地面だった。このまま落ちたらかなりの衝撃で、まず生きていられまい。死のジェットコースターだ。全身がすくみ、睾丸《こうがん》がからだの奥にめり込む感覚があった。

車が落下を始めてすぐに、ボンネットが火を噴く。これも男が言ったとおり、発火の仕掛けがしてあったらしい。工藤は全身を炎に包まれた。

「――いいいいいい」

悲鳴も出せない。息を吸い込むなり、熱気と炎が鼻と口の中に入り、粘膜を焼いたのだ。

そして、激突の衝撃がからだ中の骨を砕いたのと同時に、閃光《せんこう》と爆発が起こる。

工藤が今生で最後に感じたのは、激しい痛みと熱さであった。それもほんの一瞬のことで、あとはヒトの形を成《な》さないものへと変容した。

地面を伝わってくる爆発音に、和久井は肩をビクッと震わせた。その前に、友人の悲鳴も聞こえた気がしたが、何かの間違いだと思いたかった。

（……おれはいったいどうなるんだ？）

恐怖が身に染み込み、震えが止まらない。股間《こかん》がぬるいものでじんわりと濡れた。

意識を取り戻したときから、彼は何も見ていない。どうやらアイマスクで視界を奪われているらしかった。手足を細いバンドで拘束され、木の幹らしきところにからだを縛りつけられていることも、かろうじてわかった。

何かが燃える、いや、焦げるような臭いがする。鼻の粘膜を刺激する、嫌な臭気だ。車がどこかに落ちて爆発したようだが、友人はどうなったのか。

「工藤正道は死んだ」

聞き覚えのない男の声に、和久井は身の凍りつく恐怖を味わった。

どうして死んだのか、知りたかったが聞きたくもない。それを知ることで、自分も同じ目に遭わされる気がしたからだ。

「工藤は君が止めるのも聞かずに酒を飲んで運転し、山道で事故を起こした。君はその途中で、車から放り出されたことにでもすればいい」

「……あ、あなたは？」

問いかけたものの、声がかなり掠《かす》れていたから、聞こえなかったのかもしれない。男は答えなかった。

「それ以上のことは、何も言わなくていい。余計なことを喋ると、七年前の事件で君も共犯だったことが、世間に知られることになる。私はその証拠を摑んでいるんだ」

ハッタリではなく、こいつは本当にすべてを握っているのだ。和久井は確信した。

「死んだ工藤は罪に問われることはないが、君の場合はどうかな？　偽証罪が時効だとしても、新たな事実が判明したとなれば、被害者遺族は損害賠償を求めるだろうね」

「わ、わかりました。余計なことは喋りません」

和久井は必死で訴えた。友人が死んだことにまったく悲しみを感じなかったのは、共犯にさせられた上に反省していないことがわかり、恨みを抱いていたからだ。

そもそも五人もの子供たちの命を奪ったのだ。死をもって償うのは当然である。

「もちろん、私のことも決して口外しないように。まあ、私が誰なのか、わかるはずはないがね」

そう言って、男が手に何かを握らせる。ナイフのようだ。

「あとは自分でなんとかしたまえ」

和久井はどうにか手首のバンドを切断し、アイマスクをはずした。足首の縛めも切ってから、からだを木の幹に縛りつけていた紐《ひも》を解く。

自由になって周囲を見回しても、そこは暗い林の中。他に誰の姿もなかった。

4

平日の夜にもかかわらず、「彩」には客が集《つど》っていた。十脚の椅子が、八つも埋まるほどに。

「この豚の角煮、旨《うま》いね」

酒よりも食べることを重視する常連客が、舌鼓《したつづみ》を打つ。

「ありがとうございます。豚肉のいいものが手に入ったんですよ。普段は、あまり肉料理は提供しないのですが、今回は特別に」

龍樹が答えると、客は首を横に振った。

「いやあ、たまにはいいよ。身も脂《あぶら》も柔らかくて、味が中まで染み込んでいるのにしつこくないし、これならいくらでも食べられそうだ」

「だからって、食べすぎないでよ」

連れの女性が脇腹《わきばら》を突《つつ》く。メタボ体型のそこも、角煮並みに柔らかだったらしく、

「ここのお肉も、大将に料理してもらえばいいのに」

と、軽口を叩いた。

「おれの肉は、ここまで旨くないよ」

「そりゃそうだな」

笑顔でうなずいたのは、並んで坐っていたご隠居だ。

「百グラム、二十円ってところかな」

「ひでえなあ。だったらおれはトータルで、たった一万二千円なんですか？」

「一万二千……六十キロ？　あんた、なに誤魔化してるのよ。とっくに八十キロをオーバーしてるくせに」

「細かいことに突っ込むなよ」

気の置けないやりとりを耳にして、龍樹は燗酒を準備しながら頬を緩めた。

「ご隠居、どうぞ」

「ああ、ありがとう」

一杯だけお酌《しゃく》をしてから、徳利をカウンターに置く。ご隠居は猪口《ちょこ》に口をつけ、目を細めた。

龍樹は、角煮が気に入った常連客に話しかけた。

「今、叉焼《チャーシュー》をこしらえているんですよ。ラーメンに使われるのは、煮て作るものが多いんですが、中国料理で出される炉《ろ》で焼くものを」

「へえ、それも旨そうだなあ。いつできるの？」

「私も初めて作るので、ちょっと時間がかかりそうなんです。まあ、明後日《あさって》には味見をしていただけると思います」

「うん。絶対に来るよ」

そのとき、新たな客が来店する。

「いらっしゃいませ」

龍樹の声で戸口を振り返ったお客たちの、何人かが眉をひそめた。

そこにいたのは、かつて龍樹に食って掛かった、岩井という若い男だった。さすがに気まずかったのか、あれ以来「彩」に来ていなかったのだ。

「席、空いてますか？」

仏頂面《ぶっちょうづら》で訊ねた岩井に、龍樹は愛想のいい笑顔で答えた。

「ええ、こちらへどうぞ」

ご隠居の反対側の隣が空いていたので、そこを勧める。岩井は腰掛けるときに「どうも」と、年長の常連客に頭を下げた。

「久しぶりだね」

「そうですね。大将、ビール」

「承知しました」

「それから――このあいだはすみませんでした」

殊勝に頭を下げた若い客に、龍樹は「いいえ、気にしていませんので」と答えた。このやりとりに、事情を知らないお客は怪訝な面持ちを見せたものの、すぐにそれぞれの会話に戻った。

すでに他で飲んできたのか、岩井の頬には赤みが差していた。だが、それほど酔っていない様子である。

おそらく、もう一度ここへ来るために、アルコールで勢いをつけたのであろう。きちんと謝らないことには、彼自身の気が済まなかったであろうから。

岩井にグラスを渡し、龍樹は「どうぞ」と瓶《びん》ビールを傾けた。岩井は恐縮《きようしゆく》して酌を受けた。

「何か作りましょうか？」

「ええと、お勧めがあれば。できれば、腹にどんと来るようなやつを」

「なんだ、安心して腹が減ったのかい？」

ご隠居のからかいに、岩井は「ええ、まあ」と苦笑いをして見せた。

「でしたら、とんかつはいかがですか？」

「え、そんなものができるんですか？」

「豚肉のいいのが入ったんですよ」

「じゃあ、頼みます」

「承知しました」

龍樹は厚めにスライスしたロース肉に、包丁の刃先で何カ所か切り目を入れた。それから小麦粉、溶き卵、パン粉の順番で衣《ころも》をつけ、中温に熱した天ぷら鍋に入れる。油の弾ける音が、店内の会話に色を添える。揚げ物のいい香りが、何人かの食欲もそそったようだ。興味深げに、天ぷら鍋のほうを眺めている。

カツが揚がるまでのあいだに、龍樹はキャベツの千切りを用意した。ザクザクと手際よく刻んでいると、在りし日の娘が浮かぶ。

『彩華にもやらせて――』

キッチンに立った母親にまといつき、包丁を使わせてほしいとねだる。何でも自分でやってみたがる年頃だったのだ。

怪我《けが》をしないようにと念を押されて、彼女が初めてこしらえた千切りキャベツは、長さも幅も不揃《ふぞろ》い。いっそ炒《いた》め物に使ったほうがよさそうな代物《しろもの》だった。

龍樹はソースをかけて、それをすべて平らげた。どんな千切りキャベツよりも、遥かに美味《おい》しかった。

彩華が包丁を手にしたのは、あれが最初で最後だった。次の機会を得る前に、この世から去ってしまったために。

そんなことを思い出したものだから、千切りキャベツが太くなってしまった。これではお客に出せない。

太くなったものを取り除き、新たに細く刻む。皿に盛り、揚がったカツを等間隔《とうかんかく》に切って並べた。

「どうぞ。こちらのソースをお使いください」

普段、カウンターに置いていないソース瓶を添えて、とんかつの皿を岩井の前に出す。

「へえ、旨そうだ」

彼は割り箸を手にし、カツの一切れを口に運んだ。「あちっ」と声を洩らしつつ、はぐはぐと咀嚼《そしゃく》する。

「うん、旨い」

相好《そうごう》を崩した岩井に、龍樹は「ありがとうございます」と頭を下げた。

「これ、すごくビールに合いますよ」

グラスを一気に空にした岩井は、瓶に残っていたものを注ぐと、「ビール、もう一本追加で」と注文した。

「承知しました」

「大将、おれもとんかつ」

豚の角煮を平らげたばかりの常連客が声をかける。

「まだ食べるの？」

連れの女性は渋い顔をしたものの、

「いいじゃんか。ふたりで食べようぜ」

言われて、「ま、それならいいわね」と許した。彼女も食べたかったのだろう。

「大将、わたしにもとんかつを」

ご隠居の言葉に、龍樹は驚きを浮かべた。

「え、大丈夫なんですか？」

普段、魚と野菜しか食べないから気遣ったのである。

「わたしだって、たまには肉がほしくなるさ」

そう言って、隣の岩井をチラッと見る。若い客が美味しそうに食べているものだから、我慢できなくなったようだ。

「承知しました。とんかつが都合ふたつですね」

「大将、おれも」

別の客も手を上げる。

「承知しました。とんかつ三つ」

カウンターの空瓶《あきびん》を下げ、栓《せん》を抜いた新しいビールを出してから、再び豚肉の下ごしらえをする。

「そう言えばウチの母親は、とんかつを作るときに肉を叩いてたんですけど、あれって何だったのかな？」

岩井の問いかけに、龍樹はロース肉に包丁で切り目を入れながら答えた。

「叩くことで肉の繊維《せんい》を断ち切って、火を通りやすくするんです。そうすると、肉が柔らかくなるんですよ」

「へえ」

「平べったくすることで、中まで火の通る時間を短くするためだと思っているひともいるみたいですが、叩いて伸びた肉は、元のかたちに戻さなくちゃ意味がないんです」

「なるほど。だけど、大将は叩いてないですよね。包丁は入れてるけど」

「これは、赤身と脂肪のあいだのスジを切っているんです。そうしないと、肉が縮んで反り返ってしまうものですから」

「ふうん」

「それに、この肉は叩く必要はないんです。前もって、充分に叩いてありますから」

「え、どうやって？」

「大きな塊のまま天井からぶら下げて、サンドバッグ代わりに殴ったんです」

岩井が目を丸くする。けれど、龍樹の唇に笑みが浮かんでいるのに気がついて、「なあんだ」とあきれた。

「大将、それ観たことありますよ。『ロッキー』って映画でしょ」

龍樹は笑顔でうなずくと、下ごしらえを終えた肉に小麦粉をまぶした。

「『ロッキー』か。しかし、あれが公開されたとき、君はまだ生まれていなかっただろう」

懐かしむ表情を浮かべたご隠居が、岩井に訊ねる。

「ええ。おれが生まれる十年前ですね。テレビで見たんですよ」

「なるほど」

その会話から、ふたりの視線は自然と点けっぱなしのテレビ画面に注がれる。ニュース番組が、未明の事故の続報を伝えていた。

「あ、ちょっと音を大きくしてもらえますか」

岩井が言い、常連客がリモコンを操作する。アナウンサーの声が、店内の会話を邪魔しない程度に流れた。

『――警察では、亡くなった工藤さんがスピードを出しすぎてカーブを曲がりきれずに、崖下に転落したものと見ています』

映し出された被害者の顔写真に、岩井は顔をしかめた。

「こいつって、あれですよね。何年か前に、子供たちを暴走車で轢き殺したやつ」

「ああ、そうだったかな。よく憶えてるね」

「ネットのニュースで流れてたんですけど、あの事件は憶えていましたよ。たしか、小学生が四人ぐらい死んだんですよね」

「五人ですね」

龍樹がぽつりと言い、衣をつけた肉を鍋に入れる。油のはねる大きな音で、テレビの音声が聞こえづらくなった。

「そうそう、五人。なのに、裁判では懲役七年とか八年とかそのぐらいで、ものすごく頭にきたから記憶に残ったんです」

「そうか……そんなこともあったかな」

ご隠居が徳利を傾ける。燗酒をすすり、ふうとため息をついた。

「悲惨な事件は途絶えることはないが、時が経つと忘れてしまうものだね。それこそ当事者にならない限りは、何もかも他人事《ひとごと》に過ぎないのかもしれない」

やり切れなさそうに言い、天ぷら鍋を見守る龍樹に視線をくれる。だが、彼は何も言わなかった。

「あの事件のとき、飲酒もスピード違反も立証できなかったから、刑期が短くて済んだんですよね。犯人の親が金持ちだから、警察が買収されて捜査に手心を加えたんじゃないかって噂もありましたよ」

「いや、さすがにそれはないんじゃないか？」

「そうとも言い切れませんよ。お上が信用できないってのは、昔から変わっていませんから。だいたいあいつらは――」

鼻息を荒くした岩井であったが、何かに気がついたようにトーンダウンする。

「ま、憶測ですけどね」

つぶやくように言ったのは、前回、昂奮しすぎて大将に食って掛かったことを思い出したからであろう。話題をお上から、事故で死んだ男に戻す。

「確か、あいつは出所して間もなかったんですよね。こんな事故を起こしたってことは、結局のところ反省してなかったわけですから、自業自得《じごうじとく》ですよ。遺体を調べたら、アルコールだって検出されるんじゃないですか」

「ああ、それは無理みたいだよ」

岩井の発言を聞いていたのか、別の常連客が口を挟む。

「え、どうしてですか？」

「遺体は黒焦げどころか、ほとんど炭だったたって。調べようがないんじゃないかな」

「そうなんですか。まあ、あんなやつに余計な金を使って調べる必要はないから、かえって好都合ですね」

うなずいた岩井が、ふと気遣う面差《おもざ》しを浮かべる。

「あいつのせいで子供を亡くした親たちは、今回のこれで多少は救われたんですかね？」

「どうだろう。事故で死なすのなんか生ぬるいし、自分が同じ目に遭わせてやりたかったと思っている親もいるんじゃないのかな」

ご隠居が珍しく過激なことを口にする。子供が五人も亡くなっていることで、怒りがこみ上げたのではないか。

「ああ、そうかもしれませんね。大将はどう思いますか？」

龍樹に訊ねてから、岩井は《しまった》というふうに唇を歪《ゆが》めた。愛娘を亡くしている彼には、酷な質問であったと気づいたのだ。

「岩井さんが言われたように、救われることを望みますよ」

龍樹は穏やかな表情で答えた。間もなくとんかつが揚がる。

「お待たせいたしました」

湯気の立つ皿が、三人の前に置かれた。

「申し訳ありませんが、ソースの瓶がひとつしかなくて、回していただけますか？」

「ああ、了解」

ソースが岩井からご隠居へ、それから他のふたりへと渡される。

「おお、最高」

最初にかぶりついたのは、肉好きの常連客だ。笑顔を見せ、隣の連れにも皿を勧める。

「うん、美味しい」

女性も満足げに目を細めた。今度はたっぷりのキャベツと一緒に、二口目を食べる。野菜をしっかり摂《と》るように、普段から気をつけているのだろう。

「ああ、これは旨い」

ご隠居も嬉しそうにうなずいた。

「肉はしばらくぶりだが、揚げ物なのに少しもしつこくない。大将の揚げ方が上手なんだろうね」

「恐れ入ります」

龍樹は礼を述べ、ご隠居の猪口に燗酒を注いだ。

「それに、肉が柔らかいねえ。これは本当に、かなり叩いたんじゃないかい?」

「そうですね。頑張りました」

「肉をサンドバッグにするのは、なかなかいいアイディアかもしれないね。ストレス解消にもなるだろうし」

「だけどシルベスター・スタローンは、『ロッキー』の撮影で肉を叩きすぎて、拳が平らになったそうですよ。ネットの記事で読んだことがあります」

岩井の口出しに、ご隠居は首をかしげた。

「『ロッキー』のあれは、確か冷凍庫でのトレーニングじゃなかったかね?」

「ああ、そうですね」

「凍った肉だったら、それは拳を痛めてしまうだろうよ」

言われて、岩井はなるほどとうなずいた。もっとも、龍樹が豚をサンドバッグにしたという話は、本気にしていない様子だ。

すべてが終わったあと、持ち帰った豚をサンドバッグにしたのは事実である。やり場のない思いを拳に込めて、龍樹は飽くことなく殴り続けた。

けれど、それで気が晴れることはなかったのだ。

5

やけに明るくて、殺風景な面会室。刑務官に付き添われて中に入ると、透明なアクリル板の向こうに見知った顔があった。

「どうも」

恭介はペコリと頭を下げ、こちら側にある椅子に腰掛けた。

「うん……」

小声を洩らしてうなずいたのは、恭介が命を奪った少女の父親、半田龍樹だ。

すでに何度も面会しているのに、会話が始まるまでは、どんな顔をすればいいのか未だにわからない。そのため、恭介はなるべく彼の目を見ないようにして、視線を落ち着かなくさまよわせるのが常だった。

それでも、最初の頃と比べれば、ずいぶんマシになっている。とりあえず話すことが見つけられれば、あとはスムーズなのだ。龍樹は相変わらず無口ながら、恭介は刑務所生活のことや、自らの心境を話すようになった。

そこまでになれたのは、彼に殺意を告げられたからである。

いきなり脅されたわけではない。刑務所で罪を償っても、更生しなかったらどうするのかと訊ねたとき、龍樹は凍りついたみたいな眼差しを向けて、こう言い放ったのだ。

『そのときは、私が君を殺す――』

不思議なもので、それを聞かされるなり気持ちが楽になった。

愛娘を殺され、極刑を望んでもおかしくないのに、龍樹はそうしなかった。むしろ、温情判決が出るように証言したのである。

いったい彼は何を考えているのだろう。十歳の少女をわいせつ目的で拐かし、手にかけた殺人者が更生することを、本当に願っているのか。そうではなく、早く自由の身にさせて、娑婆《しゃば》に出たところで復讐するつもりではないのか。

そんなふうに疑っていたものだから、面と向かって殺すと言われ、恭介はかえって安心した。龍樹は生半可《なまはんか》な優しさを見せていたわけではない。自分を激しく憎むのと同時に、心から更生を願っていることがあれではっきりした。悔い改めなければ殺すというのは、彼の本心なのだ。

おかげで恭介は、面会でも心を開けるようになった。龍樹に殺されるのを恐れてではない。彼の強い信念に胸打たれ、是非とも更生したところを見せて、報《むく》いたい気持ちになったのである。

だからと言って、何もかも打ち明けたわけではない。あの事件に関しては、まだ秘密を抱えている。窒息死《ちっそくし》する寸前の少女にペニスを握らせ、劣情の樹液《じゅえき》をほとばしらせたなどと、口に出せるはずがなかった。

「そう言えば、工藤が事故で死んだそうですね」

恭介の言葉に、龍樹がわずかに眉を動かす。

「工藤……」

「ほら、僕が前に、半田さんに教えたやつですよ。車の事故で五人も子供を死なせた」

龍樹がうなずく。「ニュースで見たよ」と、簡潔に答えた。

「ていうか、あいつのあれは事故じゃなかったわけですけどね。飲酒運転にスピード違反までやっておきながら、裁判ではすべてなかったことにして、刑期が短くなるように仕組んだんですから。しかも、それを得意げに僕たちに話して」

工藤正道は、この刑務所に収監されていたのである。

恭介はあとから入ったのであるが、新入りで二十歳《はたち》になったばかりとあって、かなり下に見られていた。工藤自身も二十代で、所内では若いほうだったにもかかわらず。

それでいて、周囲の年長者たちは、彼に一目《いちもく》置いているようだった。工藤が親の財力を後ろ楯《だて》に、刑務所内で幅を利かせていることを、恭介は程なく知ることとなった。

自身の罪状を大っぴらに口外しない者が多い中、工藤は事故——事件のことを、手柄話のように他の受刑者に語った。そうすることで、いっそう箔《はく》をつけようとしたのかもしれない。少なくとも奪った命の数では、所内で彼を超える者はいなかった。

少しも反省の色を見せない工藤が、恭介は不快であった。しかし、面と向かって感情をあらわにしても、いいことは何ひとつない。好んで恩恵を受けようとも思わなかったが、彼の息がかかった古参の連中に睨まれてもまずいから、表向きは従順なフリをした。

そのため、裁判では明らかにならなかった罪業《ざいごう》を、知ることができたのである。年下ゆえ、特に恭介には気を許したようで、工藤はぺらぺらと何でも話した。出所後、またすぐに運転するつもりでいることも。

恭介がそれを龍樹に伝えたのは、自分のほうがまだマシだと思われたかったからではない。胸の内におさめておくのが我慢できず、さりとて他に話せる相手もいなかったために、面会での話題として取り上げたまでであった。

龍樹のほうは興味を示したのか、そうでないのかわからないいつもの無表情で、うなずきながら耳を傾けてくれた。おかげで、恭介は知っていることをすべて話せて、かなりすっきりした。

「まあ、反省しないでまた運転して、挙げ句事故を起こして死んだんですから、天罰が当たったってところじゃないですか」

そのニュースが所内に伝わったとき、特に恩恵を受けていた連中は、動揺を隠せない様子であった。工藤がいなくなったあとについても、何らかの約束事がされていたらしく、それが叶わなくなったのだ。

もっとも、あの薄情な男が、自らの益《えき》にならない約束を守るなんて、恭介には少しも信じられなかった。

「……あいつに殺された子供の、親なら知っているよ」

珍しく龍樹から発言があり、恭介は思わず身を乗り出した。

「え、どうしてですか？」

「集会で会ったんだ」

犯罪被害者のそういう会があることは、弁護士や刑務官から教えられた。龍樹がそこに顔を出していることも、本人の口から聞いた。

ただ、そこでどんな話をするのかは訊ねなかった。加害者の立場としては、遺族の心情など知りたくなかったし、聞けば罪悪感が増すばかりであったろう。

そのくせ、工藤が殺した子供たちの親が、彼の死をどんなふうに受け止めたのか興味が湧く。

「あいつが死んで、遺族は喜んだんじゃないですか？」

問いかけに、龍樹はかぶりを振った。

「事故のあとには会っていない」

「あ、そうなんですか」

「仮に会ったとしても、集会でのことは誰にも話せないんだ」

それもそうかと、恭介は質問を引っ込めた。ただ、この話題をこれで終わりにするのは物足りない気がして、つい余計なことを言ってしまう。

「だけど、あいつは本当に事故死だったんですかね」

「……どういう意味だ？」

「遺族の誰かが恨みを晴らしたっていうか、事故に見せかけて復讐したなんて可能性もあるんじゃないかと思って」

軽い気持ちで口にした推測に、龍樹の目から光が消える。

「そんなことは無理だ。できるわけがない」

「え？」

「子供を亡くした親に、復讐する気力なんてないんだ。喪失感が消えることがないまま、みんな打ちのめされているんだから」

口調は静かなのに、言葉がやけに重く響く。恭介は反射的に背筋を伸ばした。

「そうですね。すみません」

謝ると、彼の目に光が戻る。表情に漲っていた緊張もなくなった。

「あまり軽はずみなことは言わないほうがいい」

穏やかな声音でたしなめられ、恭介は「わかりました」と素直に首肯した。

(これは墓穴《ぼけつ》を掘ったかも……)

深く考えなかった発言を後悔する。遺族が復讐したなんて、まるで龍樹にそうしろとけしかけるようなものではないか。

とは言え、龍樹は復讐などしないだろう。恭介が更生することなく、同じ過ちを犯そうとでもしない限りは。

もちろん、そんなつもりは一切ない。

(ていうか、半田さんも打ちのめされているってことなのかな?)

一般論を述べたのではなく、本音が出てしまったのではないか。そう考えて、わずかながら彼との距離が縮まった気がした。

「まあ、でも、工藤だけじゃないですけどね」

話題を変えると、龍樹がじっと見つめてきた。

「工藤だけじゃないって?」

「刑務所に入っても反省しないやつですよ。反省しないどころか、確実にまた同じことをするに違いないやつがいますから」

「……誰だ?」

「半田さんが知ってるかどうかわかりませんけど、三橋《みつはし》ってやつです。奥さんに暴力を振るって懲役を喰らったんですけど、ここを出たら片をつけてやるって、しょっちゅう言ってるんですよ。あれは絶対に、またやるつもりですね」

「三橋……」

「ええと、名前は三橋昭吾《しょうご》です。事件がどこまで報道されたかわかりませんけど、奥さんに熱湯をかけて大火傷《おおやけど》をさせたとか、かなり酷いことをやったようですよ」

龍樹が眉をひそめる。その男を初めて知ったふうながら、かなり不快感を覚えたようだ。

そんなふうに反応されると、不謹慎《ふきんしん》ながら、話した甲斐があったと嬉しくなる。彼に認められた気がして、恭介はますます口が軽くなった。質問にも嬉々《きき》として答える。

「そいつが釈放されるのか？」

「来月には出るような話を聞いています。もともと刑期は長くなかったし、刑務官のあいだでは模範囚で通っているようですから。たぶん、早くここを出て、奥さんに仕返しをしたいんでしょう」

「仕返し？」

「仕返しじゃなくて逆恨《さかうら》みですね。ああ、そいつには奥さんだけじゃなくて、まだ小学校に上がる前の子供もいて、その子にも手を上げたそうです。それで奥さんが庇《かば》ったものだからカッとなって、熱湯をかけたんだって。人伝《ひとづて》に聞いたので、どこまで本当かはわからないですけど」

龍樹の表情がますます険しくなる。我が子を亡くしているからこそ、子供を虐待する父親が許せないのかもしれない。

「そいつは、自分の子供にまで暴力を振るっていたんだな？」

「自分の子供……あ、実子じゃなかったかもしれません。奥さんとも正式に結婚したわけじゃなくて、内縁関係だって聞きましたから」

「じゃあ、子供は女性の連れ子なのか？」

「ええ、たぶん」

やけに関心を持ったふうな龍樹が、恭介には意外であった。工藤のことを話したときには、ただ相槌を打っていただけで、彼からの質問はなかったのである。

もっとも、工藤に関しては、恭介のほうも話すネタをたくさん持っていた。面会時間の三十分を使い切るほどに喋り続けたので、単に口を差し挟む余地がなかっただけかもしれない。

それに、龍樹も工藤の件については、ある程度知っていたようである。集会で遺族と会ったと言ったから、そちらでも話を聞いていたのだろう。

だが、今回話題にした三橋に関しては、何も知らなかったらしい。

ＤＶなんて、今どき珍しいことではない。情報量の少ない刑務所内でも、特に子供が被害者になった悲惨な事件を耳にすることが何度もあった。それだけに、かなり深刻な事件でないと、報道すらされないのではないか。

「刑務所に入って、本当なら反省しなくちゃいけないのに、そいつは逆に恨みを募らせたみたいですね。刑罰が役に立たないどころか、逆効果になったわけです」

調子に乗って、口が過ぎてしまったようだ。龍樹がわずかに顔をしかめる。

「他人のことより、君はどうなんだい？」

「え？」

「君自身は、ちゃんと反省できているのか？」

責める口調ではなく、自省を促すような問いかけだった。それゆえ、己を振り返らないわけにはいかなくなる。

「完全にとは言えませんけど、日々反省しているつもりです。事件のことも、心から悔いていますから」

「本当にそうなのか？」

うなずいた彼が、じっと見つめてくる。視線が胸の奥まで迫ってくるようで、恭介は息苦しさを覚えた。

「ひょっとして、僕が反省していないと疑っているんですか？」

射貫《いぬ》く眼差しに耐え切れず、抗うように問いかける。すると、龍樹が首を横に振った。

「そうじゃない」

「だったら、どうして睨むんですか？」

「睨んでいるつもりはない。そう感じるのは、君に後ろ暗いところがあるからじゃないのか？」

心臓が鼓動を大きくする。反論しようとして何も言えなかったのは、余計なことを口にしてボロを出すのが怖かったからだ。

けれど、そんな内心を、彼は見抜いたのかもしれない。

「まだ君には、誰にも打ち明けていない事実があるように見える」

恭介は絶句した。背すじに寒気を覚えつつ、殺した少女の父親から視線をはずせなくなった。

第四章　遺恨

1

鏡に映した背中には、ケロイド状の火傷の痕《あと》。腰の裏側に、醜《みにく》い模様を描いていた。

（これ、一生なくならないわね……）

野口明日菜《のぐちあすな》はやるせない思いを噛み締めた。

子供がいるとはいえ、まだ二十四歳と若いのだ。なのに、こんな傷痕が残ってしまっては、もう恋愛は無理かもしれない。整形手術で目立たなくしようにも、そんなお金がどこにあるというのか。

悲しいなんてなまっちょろい感傷は、とっくに消え失せている。最悪の状況に置かれ、あとは絶望するしかないところまで追い詰められたのだ。泣いてどうにかなるのは、恵まれた環境にいる人間にのみ与えられた特権なのである。

そうではない持たざる者は、少しでもマシなところに浮かび上がろうと足掻くしかない。それをしなくなったら、待ち受けているのは絶望すらできない水底《みなそこ》だ。

火傷の痕は、太腿にもあった。幼い息子を庇って覆いかぶさったら、背中に熱湯をかけられたのである。悲鳴を上げ、反射的に身を翻《ひるがえ》したところで、今度は太腿に熱さを感じた。

いや、あれは熱さではなかった。それまで経験したことのない、衝撃と激痛だ。

幸いなことに、のたうち回る明日菜を見て嗜虐心《しぎゃくしん》が満たされたのか、あいつは子供には手を出さなかった。もっとも、インスタントラーメンを煮るために沸かした小鍋のお湯が無くなり、諦めただけだったのかもしれない。

もうひとつ幸運だったのは、痛みに耐えかねて救急車を呼んだところ、酷い熱傷に事件性を察知した救急隊員が、通報してくれたことである。それまではDVの訴えに対処してくれなかった警察が、ようやくあいつを逮捕してくれたのだ。

おかげで、こうして平穏な生活を送ることができる。少なくとも今は。

信頼し、一緒に暮らしていた男から暴力を受けた挙げ句、消えることのない痕を肌に刻みつけられた。肉体ばかりか、心にも深い傷を負っている。

今でも夜中に目が覚めると、言い知れぬ不安と恐怖に苛《さいな》まれて叫びたくなることがある。人生そのものをボロボロにされたというのが、偽らざる心境だ。

できればあいつには、一生刑務所に入っていてもらいたい。しかし、そういうわけにはいかないだろう。

ついカッとなったと、あくまでも一時的な感情に流されての過ちであると男は主張した。明日菜は日常的な暴力を証言したが、証拠の提示を彼の弁護士に求められ、満足な反論ができなかった。

そのため、執行猶予こそつかなかったものの、一年にも満たない懲役刑で済んだのである。

内縁関係ではなく正式に結婚していれば、また違う結果になったのだろうか。どうして逃げなかったのかと彼の弁護士に質問され、それができる状況ではなかったことを説明しても、まったく理解してもらえなかった。男と女の関係は、逃げて解消できるほど容易《たやす》いものではないのに。特に、あんな執着心の強い男に捕まった場合は。

とは言え、明日菜の周囲にも、批判的な見方をする者が少なくなかった。

そもそも、未成年で子供を宿したシングルマザーということで、周囲の風当たりも厳しい。だから女に手を上げるような、くだらない男に引っ掛かるのだと、本来なら味方になってくれるはずの身内からも非難された。

明日菜は決して、無軌道《むきどう》な生活を送ってきたわけではない。そのときそのときを、真剣に生きてきたつもりだ。

最初の恋人で、息子の父親である男は郷里の幼馴染《おさななじ》みで、同級生だった。将来を約束して付き合っていたし、からだの関係を持ったのは高校生になってからだ。

あるとき、避妊具《ひにんぐ》がないのにせがまれて交わった。最後は外に出してもらったものの、すでに洩れていたのか妊娠してしまったのである。

せっかく芽生えた命を、明日菜は消したくなかった。子供が生まれるのは高校卒業後になるし、彼と話し合って産むことを決めた。

どちらの両親にも反対されたが、懸命に説得してどうにか認めてもらった。特に地元の名士である彼の親は渋ったが、結婚するのは彼が大学を卒業するまで待つと約束したところ、それならばと了承した。

その後、彼は志望大学に合格して上京。明日菜は出産のため、進学を諦めねばならなかった。同じ大学で、ふたりでキャンパスライフを楽しむのが夢だったのに。残念ながら、夢は夢で終わった。

妊娠中も、それから出産も、想像していたよりもずっと大変だった。けれど、生まれたばかりの息子を胸に抱いたとき、すべての苦労が吹き飛ぶほどの喜びを感じた。かけがえのない存在だと実感できたし、母親になれた幸せを嚙み締めた。

彼が東京で他の女と付き合っていることを知ったのは、乳児の一ヶ月健診を終えたあとだった。夏休み中も理由をつけて帰郷しなかったのを怪しみ、電話で問い詰めたところ、苛立ちをあらわに白状したのだ。

とにかく面と向かって話さないことには埒《らち》が明かない。彼を東京から呼び寄せ、両家の親も交えた話し合いを持った。

その場で彼は、本当に自分の子供なのかと、無責任極まりない疑問を口にしたのである。ずっと避妊していたし、あのときもちゃんと外に出したはずだと、親の前で露骨な発言すらした。他の男とセックスして妊娠したと決めつけんばかりに。

彼への愛情が急速に冷めるのを、明日菜は感じた。どうしてこんなやつを好きになり、将来の約束までしたのかと、情けなくてたまらなかった。

いや、以前は誠実で、優しいひとだった。都会での生活が、彼を荒んだ人間に変えてしまったのであろうか。

恋人に結婚する意思がないとわかり、明日菜はこれ以上食いさがっても無駄だと悟った。出生届はとっくに提出されているのであり、父親であることを否定しないよう確約させ、あとは養育費さえ払えば結婚しなくてもいいと譲歩した。それでもごねるようであったら、DNA鑑定でも認知のための裁判でも、何でもするつもりであった。

予想に反して、向こうはこちらの条件をあっさりと呑んだ。あるいは、最初から結婚を諦めさせるつもりで、わざと不誠実なところを見せたのかもしれない。

そもそも養育費にしたところで、本人が出すわけではない。会社を経営する彼の親には、痛くも痒《かゆ》くもない出費だった。

その後、明日菜は両親に手伝ってもらいながら子育てをし、先のことを考えて勤めにも出るようになった。いずれは自分と子供を受け入れてくれる、寛容な男性が現れることを願って。

それから二年も経たないうちに、思いがけない事態となる。元恋人の実家が事業に失敗し、多額の損失を出したのである。借金が瞬く間にふくれあがり、息子も東京の大学を辞め、故郷に戻らねばならないところまで没落した。

自分たちを捨てた罰《ばち》が当たったと嘲笑《あざわら》うなんて、明日菜にはできなかった。彼らの事業が地元の経済を支えていたのであり、仕事や収入源を無くす者が大勢出ることになったのだから。その中には明日菜の父親も、明日菜自身も含まれていた。

おまけに、子供の養育費も望めなくなったのである。

元恋人がUターンしてくるのと入れ替わるように、明日菜は東京へ向かった。彼と顔を合わせたくなかったのもあるし、すでに上京していた女友達から、仕事を紹介すると言われたからだ。

手っ取り早く稼ぐには、都会のほうが何かと都合がいい。加えて、妊娠したために進学できなかった悔いを、若いうちに晴らしたい気持ちもあった。

紹介されたのは、夜の店であった。

ふたり分の生活費を稼がねばならないのである。からだは売りたくなかったが、それ以外は何でもするつもりでいた。もちろん、法律に反しない限り。

そこは比較的健全な店で、お客もみんな羽振《はぶ》りがよかった。下品な悪さをされる心配はなく、また、仕事中に子供の面倒を見てもらえるとあって、明日菜には好都合であった。

あいにく、無条件でちやほやされるほどの美貌《びぼう》は持ち合わせていない。明日菜は心を込めて応対し、お客の良い話し相手になった。おかげで、指名されることも少しずつ増えていった。

三橋昭吾とは、その店で知り合った。

四十路《よそじ》近い彼は常連客ではなく、たまたまふらりと立ち寄ったらしかった。最初の相手を明日菜がして、以来、来店するたびに指名してくれるようになった。

こういう店では、とにかく自分のことを語りたがるお客が多い。そもそもが女の子に話を聞いてもらい、鬱憤《うっぷん》を晴らす場所なのだから。

ところが、三橋はそうではなかった。自分のことは積極的に話さず、水割りをちびちびと飲みながら、明日菜にあれこれと訊ねた。過去に色々とあったから、プライベートを話したがらないとわかると、世間の出来事や流行などを話題にして意見を求めた。

そんなやりとりの中で、三橋もポツポツと自身を語ることがあった。彼は独身で、区役所勤めの公務員であるという。福祉関係の部署だそうだ。

——だから真面目《まじめ》なのかしら。

人柄も温厚そうだし、言葉の端々《はしばし》にも誠実さが滲み出ていた。困っているひとを助けるために公務員になったのだろうと、明日菜は密かに想像した。一回り以上も年が離れていたから、頼りがいも感じた。

彼への好感が好意へ変わるのに、そう時間はかからなかった。あるとき、明日菜は思い切って、それまで話さなかった自身のことを打ち明けた。自分のことを知ってもらいたい気持ちが高まったためである。

妊娠したせいで大学に進学できなかったことから、相手の男が不誠実で結婚には至らず、シングルマザーとして子育てをしていることまで、包み隠さず告白する。正直、引かれるのではないかとドキドキしていたのだが、三橋はうなずきながら耳を傾けてくれた。

『ウチの窓口に、明日菜さんみたいなひとがよく来るんです』

共感を込めて言われ、明日菜は胸に熱いものがこみ上げた。何ということのない相槌が、心に響いたのである。上京して以来、いや、それ以前から男性の優しさに飢えていたため、理解を示されただけで感激したようだ。

三橋には二度ほどアフターに誘われ、三度目で求められるままにからだを許した。そのときは、将来の約束などしたわけではなく、寂しさを紛《まぎ》らわせるために抱かれたようなものだった。

独り住まいのアパートに誘われ、二度目の関係を持ったとき、ここで一緒に暮らさないかと彼に持ちかけられた。

嬉しかったのは確かである。だが、自分ひとりならともかく、幼い子供がいるのだ。子連れで押し掛けたら迷惑をかけるし、どこまで本気なのかもわからない。真面目な性格ゆえ、抱いたことで責任を感じたとも考えられた。

それはできないと断ると、三橋はどうしてと疑問を口にした。さらに、店を辞めて、子供と一緒に留守を守ってほしいとまで言ったのだ。

人柄に惹《ひ》かれていたし、間違いなく誠実な男なのだと信じられた。明日菜は涙ぐみ、真摯《しんし》な要請《ようせい》にうなずいたのである。

そのときには、一緒に住み始めて三ヶ月も経たないうちに、彼がそれまでの印象とは真逆の言動を見せるようになるなんて、想像すらしなかった。

2

息子を保育園に送り届けてから、勤務先であるショッピングモールへ向かう。母子家庭を支援する団体から紹介され、明日菜は清掃員《せいそういん》をしていた。

ホステスをしていたときより、正直なところ収入は減っている。だが、夜の街へは戻りたくなかった。またあんな男につきまとわれるのはご免だ。

だいたい、腕や脚ばかりか、見えないところにもDVの痕が残っている。そんなからだで接客業などできるわけがない。たとえ肌を晒さなくても。

「おはようございます」

ロッカールームで挨拶をすると、先輩である女性が「おはよう」と返してくれる。それから思い出したように、「あ、そうそう」と言った。

「昨日、あなたが帰ったあとで、モールに訪ねてきた男性がいたわよ」

「え?」

「わたしと但馬《たじま》さんが声をかけられたんだけど、あなたに連絡を取りたいから、住所か電話番号を教えてほしいって言われたの」

心臓が不穏な高鳴りを示す。顔から血の気が引き、頬がピクピクと痙攣《けいれん》した。

「それって、どんな男性でしたか?」

「んー、四十歳は過ぎてるように見えたけど。以前、あなたと付き合っていて、たまたま見かけたからなんて言ってたわ。それにしては年が離れすぎだし、かなり怪しいじゃない。まあ、あなたはまだ若いし、オジサンに一目惚れされることならありそうだけど」

彼女は軽口を叩いてから、安心させるようにうなずいた。

「心配しなくても、わたしも但馬さんも何も教えてないわよ。そういうのは個人情報で口外できませんって、突っぱねたから」

「そうですか……」

とりあえず胸を撫で下ろしたものの、不安が完全に消えたわけではなかった。むしろ膝が震えて立っていられなくなるほどに、明日菜は怯えていたのである。

「その男性って、真面目で温厚そうな感じじゃなかったですか？　あと――」

外面だけはよかったあいつの印象や外見を口にしたものの、彼女は首をひねった。

「んー、言われてみればそんな感じだったかもしれないけど、その説明だけじゃ断言できないわね。写真か何かない？」

あの男の写真など、すべて処分してしまった。スマホにあったデータも含めて。

「そういうのはないんですけど……」

「でも、心当たりがあるみたいだし、本当に付き合っていたの？」

「いいえ。ただの知り合いです」

否定の言葉に、先輩女性が眉をひそめる。その程度の繋がりの男ではないと、悟られてしまったようだ。

内縁関係にあった男に母子ともども暴力を振るわれ、挙げ句そいつが刑務所に入ったことを、今の職場では誰にも打ち明けていなかった。男で苦労するタイプだなんて、色眼鏡《いろめがね》で見られたくなかったのだ。

（本当にあいつが……だけど、まだ刑期は終わっていないはずだわ）

　しかし、反省の態度を示して真面目に務めていれば、仮釈放があると聞いた。あいつが心から反省するはずがないことぐらい、明日菜は嫌というほどわかっている。何しろ執拗《しつよう》で、残忍なやつなのだ。

　仮釈放になったとしても、決して悔い改めたわけではない。早く出所して仕返しをしようと目論んでいるのは、火を見るよりも明らかだった。

　彼は間違いなく自分を恨んでいる。いや、いっそ憎んでいるはずだ。逮捕されて刑に服したばかりか、役所も懲戒免職となり、すべてを失ったのだから。自棄《やけ》を起こし、再び捕まってもかまわないと荒れているだろう。

　もちろんそれは逆恨みである。すべてはあいつ自身が招いたことだ。

　とは言え、そんな真っ当な反論が通用する人間なら、そもそも同居する女子供に暴力を振るうような真似はしまい。まともに話ができる相手ではないのだ。

　本当にあいつが仮出所して、こちらの動向を窺っているのだとすれば、まずいことがある。明日菜は息子と、以前あの男と同居していたアパートに住んでいるのだ。あいつが逮捕されたあとに、当然ながら引っ越しを考えたのである。出所後にやって来る可能性があったし、嫌な思い出が染みついた部屋だから。

　けれど、それには先立つものが必要だった。

　ホステスをしていたとき、わずかながら貯えはあった。ところが、すべてあいつに毟《むし》り取られたため、金銭的な余裕はまったくなかった。

アパートは2DKながら、古くて駅から遠いこともあり、家賃が安かった。大家も事情を汲《く》んで賃借人《ちんしゃくにん》の名義を変更し、続けて住まわせてくれたのだ。

危機感がなかったわけではない。出所するまでの限られた猶予しかないことぐらい、重々承知していた。実際、アパートの建て替えも決まっているし、そろそろ新しい住まいを探さなければと、準備を進めていた矢先であった。

訪ねてきた男が、あいつだと決まったわけではない。アパートではなく勤め先に来たということは、それこそ好意を持たれるかして、見ず知らずの男が連絡先を聞き出そうとした可能性もある。そもそも、ここで働いていることは知らないはずだし、本当にあいつだとしたら、出所して真っ直ぐ元の住所へ来るだろう。

そうだとしても、危機が迫っていることに変わりはない。仮釈放される可能性もゼロではないし、早急に手を打つ必要があった。

「ちょっと、どうしたの？」

様子がおかしいことに、先輩も気がついたようだ。心配そうな面差しを向けてくる。からだの震えが止まらなかったし、おそらく顔面蒼白《がんめんそうはく》になっているのではないか。

「すみません……ちょっと体調が悪くて。もしかしたら、早退させていただくかもしれません」

「そうなの？　こっちのほうは大丈夫だから、主任に言って帰らせてもらいなさい」

すぐに信じてくれたから、本当に具合が悪そうに見えたのだろう。もっとも、本当のことを話したら、かえって同情されないかもしれない。

簡単に裏切るような男の子供を産んだばかりか、安易に夜の店で働き、そんなところで知り合った男と付き合うから、こういうことになったのだ。事件後、何人かの身内からそう非難された。

落ち度があったと、誰よりも自分自身がわかっている。数え切れないほど後悔したし、眠っている我が子を抱き締めて、泣きながら何度も謝った。

だけど、どうしていつも女が責められるのだろう。

妊娠させた男や、一生消えない傷を負わせた男のことは何ら責めず、明日菜を非難した連中は、女がだらしないから悪いと言わんばかりだった。おそらく、世間にもそういう考えの者は少なくあるまい。警察や検察の取り調べでも似たようなことを言われたし、病室で最初に対応した警官は、どうして逃げなかったのかと面倒くさそうな顔を見せた。

結局、最終的に責任を負わされるのは女なのである。

これが逆の状況で、例えば男が悪い女に引っ掛かった場合も、やはり女が責められるのだ。悪女のレッテルを貼られ、裏の事情など慮《おもんばか》られることなく、口汚く罵られることになる。

（不公平だわ――）

この世が男社会であることぐらい、まだ若い明日菜にも理解できる。もっともそれは、男のほうが偉いなんて単純なものではない。男社会の本質は、身勝手な男たちを甘やかし、女を虐《しいた》げることなのだと今はわかる。

明日菜だって、何度も逃げようとした。けれど、幼い息子がいて、しかも生活のすべてを支配されていたのだ。簡単に逃げろなんて言わないでほしい。

それでも、今は本当に逃げなければならない。自分自身と、最愛の息子を守るために。すぐに帰って荷物をまとめ、保育園で息子を引き取ろう。とりあえず、友人のところへ身を寄せるつもりだった。

もしも昨日の男があいつで、職場を突き止められたのだとしたら、転職も考えねばなるまい。接近禁止命令の申立ても必要だろうか。

しかしながら、あいつがそんなものに従うわけがない。狂犬は鎖《くさり》で繋がない限り、どこまでも追ってくるのだ。

（とにかく、急がなくちゃ）

溢れかけた涙を拭い、明日菜は早退の許可をもらうために主任を探した。

3

(眠っているな——)

深夜、かつて住んでいたアパートの一室を見あげ、三橋昭吾は全身を熱くした。その胸にあったのは懐かしさなどではない。闘志であった。

(あいつのせいで、おれは臭いメシを食わされることになったんだ)

養《やしな》ってやった恩も忘れ、大袈裟に騒ぎ立てた女の顔が浮かぶ。憎しみが募り、嗜虐心が燃えあがった。

彼女に熱傷を負わせたために逮捕、起訴されたのに、三橋はそのことをまったく後悔していなかった。あれは単なる躾《しつけ》であり、誰からも非難される謂《いわ》れはない。

それでも、刑務所に入ったあとは反省の態度を示し、仮釈放の前に面接官にも悔悟《かいご》の情を切々と訴えた。あの女に復讐するため、一刻も早く娑婆に出たかったからだ。

(まずは子供を人質にすればいいな。そうすればあいつは逃げられない。子供には手を出さないでと泣いて頼み、言いなりになるだろう)

悪辣《あくらつ》な笑みを浮かべ、三橋はアパートの外階段を上った。足音を立てないよう、注意深く。

部屋の前に立ち、ドアのネームプレートを確認する。そこには、かつて差し込んであった自分の札がなく、代わりにあの女の苗字があった。

(くそ。ここはおれの部屋だぞ)

ちゃっかり住み続けるとは、なんて図々しいやつなのか。怒りがこみ上げ、三橋は我知らず拳を握りしめた。

しかしながら、好都合なのは確かだ。もしも引っ越していたら、どこにいるのか一から捜さねばならない。その手間が省《はぶ》けたのは幸いだ。

(まだここに住み続けているってことは、おれのことが忘れられないんだな)

つまり、あいつの人生には、自分が存在しなければならないのだ。よって、あいつを好きにしていいのだと、三橋は短絡的に結論づけた。

ドアノブを握ると、抵抗なく回る。鍵はかかっていなかった。

仮に施錠されていても問題はない。三橋はキーを持っていた。こういう古いアパートは、何かあっても錠交換などしないだろうと踏み、取って置いたのだ。

ともあれ、またも手間が省けたから、なんて幸運なのかと増長《ぞうちょう》する。

(やっぱりあいつは、おれが帰るのを待っていたんだな)

だから鍵をかけていないのだと決めつけ、三橋はそっとドアを開けた。

中は電気が消えている。アパートの外にある蛍光灯《けいこうとう》の光が差し込み、いくらかは様子が窺えた。目につくところは、以前とほとんど変わっていないようだ。

靴を脱いで上がり、足音を忍ばせてダイニングキッチンを抜ける。引き戸を静かに開けると、かつてリビングとして使っていた和室であった。

さすがにそこまでは、外の光がほとんど届かない。窓のカーテンも閉じているようで、ほぼ真っ暗であった。

その部屋に、母子の気配はなかった。

（奥で眠っているんだろう）

かつては、襖《ふすま》で隔てられた隣の六畳間で寝ていたのである。

もう電気を点けてもかまうまい。三橋は壁のスイッチを探った。

次の瞬間、首の後ろに衝撃がある。バチッと音がして、室内が鈍く白い光で照らされた。

三橋は声も立てずに意識を失い、その場に膝をついて頽《くずお》れた――。

「うわっ！」

声を上げ、三橋は目を覚ました。途端に、首の後ろにヒリつく痛みを感じる。

（……何があったんだ？）

かつて住んでいた部屋に忍び込んだところまでは、容易に思い出せた。それから、何かの衝撃を受けたことも。首の痛みは、その名残であろう。

暗闇の中、畳に転がされていることに気がつく。起きあがろうにもからだが動かない。

後ろ手に拘束され、両足首もしっかり固められていた。紐ではなく、何やら細くて硬いものので。針金か、あるいは結束バンドではないか。

（くそ、誰がこんなことを）

あの女なのかと思ったとき、

「動けないでしょう」

男の声がした。聞き覚えはない。

「だ、誰だ？」

問いかけてから、もしやと蒼くなる。まだあいつが住んでいるものとばかり決めつけていたが、実はとっくに別の人間が入居しており、そいつに泥棒と間違われたのではないか。

「す、すみません。怪しい者じゃないんです。実は、私は以前この部屋に住んでいた――」

弁解しかけたところで、

「知ってますよ。三橋昭吾さん」

名前を口にされ、三橋は激しく狼狽した。

「誰なんだ、お前は？」

もう一度訊ねたものの、男は答えない。代わりに、

「この部屋に戻ってきたのは、復讐のためなんですね」

と、静かな口調で断定する。三橋は肩をビクッと震わせた。

「復讐？　何のことだ？」

動揺を隠して問い返すと、男が笑ったような気がした。

「しらばっくれなくてもいいですよ。また奥さんに熱湯をかけるつもりですか？」

逮捕、起訴されるきっかけとなった出来事を口にされ、三橋は驚愕《きょうがく》した。

（どうしてそのことを――）

だが、疑問を覚えるまでもないのだと、すぐに気がつく。自分は見ていないが、あのときメディアが不要に騒ぎ立てたのであろう。

（だけど、誰かが死んだわけでもないんだぞ。どうしてこいつは、一年も前のことをしつこく憶えているんだ？）

似たような事件は、国内のそこかしこで日常的に起きている。三橋も自らが当事者になる前に、その類《たぐ》いの報道をいく度も目にしたことがあった。そのときは糾弾される側の男たちにシンパシーを感じ、世間の反応が大袈裟すぎるのだと思った。

そもそも、言うことを聞かない女子供を躾けるのは、男として当然の義務なのだ。

（こいつ、明日菜の身内か知り合いなのか？）

だとすれば、部屋の中にいたのも納得できる。縁を切りたいからと彼女に頼まれ、待ち構えていたのではないか。つまりこれは罠であり、脅しだ。

もちろん三橋は、この程度のことで引き下がるつもりなどなかった。

「お前が何者か知らないが、どうやら勘違いをしているようだな。ここで暮らしていた女は、おれの妻じゃない。子供も一緒に部屋へ置いてやっただけで、要は居候《いそうろう》だ」

だから何をしてもかまわないのだと、言外に匂わせる。拘束されていても、相手が明日菜の身内ならば恐れるに足りない。

「勘違いをしているのはあなたですよ」

男の声が低くなる。それでいて、言葉遣いは丁寧なままだ。

「どういう意味だ?」

「私が奥さんと言ったのは、あなたが五年前に離婚した女性のことです」

予想もしなかったことを言われ、三橋は大いにうろたえた。

(こいつ……どうしてそのことを⁉)

彼が言ったとおり、三橋は二十代の終わりに結婚した相手と、五年前に別れたのだ。

そのぐらいのことは、ちょっと調べればわかるかもしれない。だが、その女にした仕打ちまで、こいつは知っている様子である。あのときは、逮捕も通報もされていないのに。

「隠しても無駄ですよ。あなたは奥さんだったその女性にも、熱湯をかけて酷い火傷を負わせた。ちゃんとわかっています。しかも、その前から日常的に暴力を振るい、挙げ句の果てに一生消えない傷痕をつけてしまったわけです。肉体だけじゃなく、心にもね」

「あ、あいつが喋ったのか？」

堪《こら》え切れずに問いかけても、男は答えなかった。

「あのひとは今でも、あなたの影に怯えています。虐待の件を訴えないことを条件に、あなたと別れることができたあとでも、あなたから受けた仕打ちの数々を今でも夢に見て、眠れないことがあるそうです。夜だけじゃありません。昼間だって、またあなたが現れるのではないかという恐怖に苛まれ、外出のときも常にビクビクしているんです。他の男性と付き合うことも、あなたとの関係がトラウマになって、怖くてできないのです」

本人から聞いたのか、それとも人伝《ひとづて》なのかはっきりしない言い回しに、三橋は焦れた。

（じゃあ、明日菜じゃなくて、あいつの身内なのか？）

理由がなんであれつきまとうなと、脅しに来たのか。しかし、だったらどうして、こんなところにいるのだろう。しかも今頃になって。

男の正体が見えなくなり、三橋は苛立ちと言い知れぬ恐怖を覚えた。それでも、弱みを見せたら相手の思う壺だと、懸命に気持ちを奮い立たせる。

「あいつのことはいい。とにかく、お前は何者なんだよ⁉」

怒気をあらわに声を荒らげても、男は意に介さない様子だった。

「あなたは奥さんだったひとだけでなく、そのあとで同居した女性にも暴力を振るい、熱湯をかけた。逮捕され、罰を受けたにもかかわらず、こうして復讐のため夜中に部屋を訪れるとは、改心する気持ちなどなさそうですね」

「どうしておれが改心しなくちゃならないんだ。言うことを聞かない馬鹿な女を躾けるのは、男の務めだろうが！」

三橋は頭に血が上っていた。だからこそ、本音が出たとも言える。

「では、復讐のために来たことは否定しないんですね」

「復讐じゃない。躾だと言ったろう。何なら熱湯じゃなくて、直に火を点けてもいいんだからな」

怒りに任せて言い放つと、やけに深いため息が聞こえた。しばらく間があってから、

「虐待されて育った子供が大人になると、同じように我が子を虐待する場合があると聞きます」

沈んだ声音が闇を伝う。何を言おうとしているのかわからず、三橋は口をつぐんだ。

「しかし、あなたは違う。親に愛情を注がれ、ごく普通に育った。なのに、ここまで歪んでしまったのは、もともとあなたの中に残虐な心が潜《ひそ》んでいたんでしょうか」

「何が残虐だ。勝手なことを言うな！」

言い返したものの、心臓の鼓動がやけに大きくなる。不気味な雰囲気を感じ取っていたためかもしれない。

「おそらく、嗜虐心が表に現れたのは、コンプレックスのせいなんでしょうね」

「は？　何を知ったふうなことを」

「職場――役所でのあなたの評判は、決して悪くなかった。真面目に仕事をこなしていたと、同僚も証言している」

「お前、おれのことを聞き回ったのか？」

「但《ただ》し、あくまでも悪くないだけであって、称賛は皆無です。そもそも、仕事を真面目にこなすなんてのは、ごく当たり前のことです。褒め言葉でも何でもありません。むしろ、何の取り柄《とえ》もなかったから、ありきたりな評価をするより他なかったわけです」

「取り柄がないだと？　ば、馬鹿にするなっ！」

拘束をものともせず、三橋は網にかかった海老《えび》のごとく暴れた。怒りに震えたのは、図星を指されたためもあった。

「おれは公務員として、全体の奉仕者として、立派に勤めていたんだ。なのにあいつのせいで、おれは価値のある仕事を奪われたんだ。お前にその悔しさがわかるのか⁉」

「全体の奉仕者、価値のある仕事……なるほど、あなたのプライドが窺える発言ですね」

「自分の仕事にプライドを持つのは、当たり前だろうが」

「そのため、目立った成果を上げることができず、歯車みたいにただそこで回っているだけの存在であることが、我慢できなかったんですね」

三橋は軽い目眩《めまい》を覚えた。

（こいつ、どうしてそこまで――）

包み隠していたはずの本心を暴かれ、言い返すことができなくなる。背中を冷たい汗が伝った。

「そこまで仕事にプライドを持っていたのは、自信があったからでしょう。ところが、現実には与えられるものをこなすのが精一杯で、職場では完全に埋もれた存在だった。それが我慢ならなくても、見返すだけの力がなかったから、鬱憤を他で晴らすしかなかったわけです。自分よりも弱い者をターゲットにしてね」

「やめろっ！」

三橋は叫んだ。しかし、声は闇に吸い込まれ、少しも響かなかった。

「やめろか……別れた奥さんも、それから一緒に暮らした女性も、あなたに同じことを言ったんじゃないのか？　どうかやめてほしいと。なのに、あなたは聞く耳を持たずに彼女たちを殴り、熱湯をかけ、子供にまで手を出そうとした。懇願を無視してね」

男の口調が徐々に変わる。肉体の奥から絞り出されるような、重い響きをまといだした。

「お前がしたことは、八つ当たりに過ぎない。自身の無能さを認めたくなかったものだから、弱い者を打ちのめすことで、脆弱《ぜいじゃく》なプライドを保とうとしただけだ」

「ち、違うっ！」

瞼の裏に熱さを感じながらも、三橋は足掻いた。身をよじり、男がいるであろうほうに首をのばす。

「そんなことより、明日菜はどこへ行ったんだ。お前が逃がしたのか？　あいつに頼まれて、おれをこんな目に遭わせているのか⁉」

荒ぶる呼吸が、やけに大きく聞こえる。それが自分のものだと、少ししてからわかった。

「……憐れだな」

つぶやきが聞こえると同時に、天井《てんじよう》の明かりが点く。闇に慣れた目を光で射貫かれ、三橋は反射的に瞼を閉じた。

その前に、男の顔が一瞬だけ目に映った。

（——誰だ？）

見覚えはなかった。中肉中背で特徴のない、どこにでもいるような男であった。腕力で他人を従わせるタイプの人間とも思えない。

それゆえに、不気味だったのも確かである。

三橋は怖《お》ず怖《お》ずと瞼を開いた。目許《めもと》を歪めて明かりに慣らしながら、腕組みをしてこちらを見おろす男を確認する。

「……お前、誰だ？」

問いかけに、男は目を細めた。三橋がそうしているのを真似るみたいに。

「誰でもいいし、私の顔を憶える必要はない。仮に憶えたところで、誰かに伝えることもできないだろうがな」

不吉なことを言われ、からだが震える。

「お、おれを殺すつもりなのか?」

その質問が迷わず出てきたのは、男の目に死の色を感じたからである。殺気ではない。彼自身がこの世の存在ではなく、地の底から来たように思えた。

「殺されたいのか?」

冷淡に問い返され、三橋はぶんぶんと首を横に振った。

「ま、まさか」

「お前は、まだ死ぬわけにはいかない。女性たちが受けた苦しみを味わっていないからな」

男がすっと視界から消える。頭をもたげて姿を追ったとき、両足首を固定する結束バンドが目に入った。おそらく後ろ手にされた手首にも、同じものが使われているのだろう。間もなく、男が隣の部屋からベッドを引きずってくる。マットレスの載っていない、木枠だけのものを。

「あ、明日菜はどこへ行ったんだよ?」

こいつはいったい何をするつもりなのか。募る恐怖を振り払うように訊ねると、「さあ」と素っ気ない返事があった。

「さあって、お前が逃がしたんじゃないのか？」

「そんなことはしていない。このアパートは近々取り壊されるそうだから、引っ越したんだろう」

「何だって⁉」

「他の住人もいない。つまり、お前がいくら喚《わめ》こうが、誰にも知られないってことだ」

死ぬわけにはいかないという男の言い分を信じるのなら、命を奪われることはなさそうだ。だが、いくら喚こうがと告げられたことで、拷問されるのだとわかった。

（くそ……なんだっておれがこんなやつに）

別れた妻や明日菜に恨まれるのなら、まだ理解できる。けれど、この男は彼女たちの身内ではなさそうだし、縁もゆかりもないらしい。

それだけに、弱いところを見せたくなかった。

「お前、あいつらに金でも積まれて、頼まれたのか？」

男に襟首《えりくび》を摑まれ、上半身を起こされる。このままやられてたまるかと、精一杯虚勢《きょせい》を張って訊ねたものの、やれやれというふうにため息をつかれた。

「そんなことができるのなら、彼女たちはお前に虐待されたときも、耐え忍ばなかったはずだ」

「だ、だったら、どうしてこんなことをするんだ？」

「これ以上、罪のない被害者を増やしたくないだけだ。いいから黙ってろ」

またも首の後ろでバチッと音がする。スタンガンだ。悟るのと同時に衝撃を浴び、三橋は「がッ」と太い声を上げ、再び闇に落ちた。

4

「――起きろ」

頬を平手打ちされ、意識を取り戻す。天井の蛍光灯が、やけに眩《まぶ》しい。

（え？）

瞼を閉じようとして、動かないことに気がつく。何か器具のようなもので固定され、開きっぱなしになっているようだ。さらに両手両足と、胴体も頭部すらも動かせない。

（な、何だ？）

三橋はもがいた。薬か何か盛られて、からだを麻痺《まひ》させられたのかとも思ったが、そうではないらしい。背中に簀《す》の子板《こいた》みたいなものが当たる感触に気がつく。

（そうか。ベッドに――）

剝き身の寝台に、大の字で動けなくさせられているのだ。感触からして、さっきのような結束バンドではなく、ダクトテープか何かではないか。

しかし、どうして瞼を開きっぱなしにする必要があるのだろう。

そのとき、三橋の脳裏に、若い頃に観た映画のワンシーンが蘇った。近未来の荒廃した社会を描いた作品で、罪を犯した若い男が矯正《きようせい》のためにと、目を閉じられないようにして様々な映像を見せつけられる場面があったのだ。

そうすると自分も、見たくもないものを見せられるのか。目が乾いてきたようで、瞳に鈍い痛みを覚える。瞼もジンジンと痺れていた。

（くそ……この程度のことで音《ね》を上げてたまるものか）

鼻息を荒くすると、視界に男の顔が入った。

「てめえ、いったいどういうつもりだっ！」

声を張りあげても、彼はまったく動じない。むしろ鼻白《はなじろ》んだ面持ちで、首を小さく横に振った。

「やれやれ。ここまでされても反省できないんだな」

「うるせえッ！　てめえにあれこれ指図される筋合《すじあ》いはねえんだよ」

三橋が強気に出られたのは、男に暴力的な性向が窺えなかったからだ。いかにもやくざ風な男に拘束されたのなら、泣き言を並べたかもしれないが、彼は違う。やはり誰かに頼まれて、口先で脅《すご》しているだけなのだ。

ただ、表情に凄みがなく、むしろ死んだ目をしているのが気にかかる。

「ならば、お前が与えた苦しみを、身をもって味わうがいい」

言い置いて、男が視界から消える。目玉を動かして行方を追うと、キッチンのほうへ行ったようだ。

（おれが与えた苦しみ……まさか——）

不意に悟ったのは、さっきから耳鳴りみたいに聞こえていた音の正体がわかったからだ。シュンシュンと夕暮れの蜩《ひぐらし》を思わせるそれは、沸騰したお湯の蒸気に違いなかった。

（じゃあ、おれにも熱湯をかけるのか？）

ふたりの女にしたのと同じように、熱傷を負わせるというのか。

男が戻ってくる。手に提げていたのは、アルマイト製の大きな薬罐《やかん》だった。注ぎ口から白い湯気がたち昇っている。

（クソっ、おれはそんなものを使わなかったのに）

そもそも明日菜のときは、最初から熱湯をかけるつもりではなかった。たまたまインスタントラーメンを食べるため、片手鍋にお湯を沸かしていたから、それを使ったまでのこと。なのに薬罐を持ち出すとは、明らかに過剰な仕返しだ。火傷だけで済まず、命も奪われるのではないか。

「お、お前、やっぱりおれを殺すつもりじゃないのか」

さすがに怖《お》じ気《け》づくと、男はかぶりを振った。

「お前に安らかな死を与えるわけにはいかない。お前が女性たちにしたのと同じように、

れやがれ」

「苦しめだと？　冗談じゃない。いいか、この茶番が終わったら、すぐに通報してやるからな。お前の顔はきっちり憶えたんだ、クソ野郎め。不法侵入に監禁、暴行傷害で逮捕さ

それは強がりというより、ほとんど自棄《やけ》っぱちであったろう。なぜなら、いくら顔を憶えても、素性がさっぱりわからないのだ。通報したとしても、人相のみですぐに逮捕されるとは思えない。

元妻や明日菜の依頼でここへ来たのだとすれば、その繋がりから捜査をすることは可能であろう。ところが、男は捕まらない自信があるのか、少しも意に介していないふうだ。

「通報か……そんなことをしても無駄だ」

「どうして無駄なんだ？」

「証拠が何もないからだよ」

「指紋は拭き取れば消えるってか？　フン。そんなものがなくても、おれの証言だけで充分だ。覚悟しやがれ」

「お前は証言などできない」

「何だと？」

「お前がこの世で最後に見るのは、確かに私の顔だ。あとは深い闇の中で、羽化《うか》しない蛆《うじ》

虫《むし》のごとく生きるがいい」

吐き捨てるように告げるなり、男が薬罐のお湯を注いでくる。しかも、開きっぱなしの目に向かって。

「うぎゃぁあああああっ！」

喉《のど》が破れんばかりの悲鳴がほとばしる。これまで経験したことのない熱さと激痛と衝撃を、三橋は味わっていた。脳が直にダメージを受けているようであった。

いや、熱湯の一部は眼球を溶かし、視神経を伝って本当に脳まで達していたのかもしれない。仮に瞼を閉じられたとしても、無駄な足掻きにしかならなかったであろう。

「うわっ、うがッ、ぐはぁあああ……」

程なく声も出なくなる。目を中心に顔がジンジンと痛んだのは、それほど長い時間ではなかった。痛みや熱を感じる神経が麻痺したらしく、鉛《なまり》みたいな重さの熱湯が、ドボドボと目に当たるのを感じるのみになる。煮え立った眼球が、眼窩にめり込むのもわかった。

彼が言ったとおり、三橋は光を完全に奪われた。気が遠くなりかけたとき、薬罐が畳に落ちる鈍い音が響く。

「通報なら、私がお前の代わりにしてやろう。残念ながら、証拠は何も残さないがな。いや、ひとつだけ、お前が復讐のためにここへ来たことがわかる音声データだけ残しておくよ」

三橋は言い返す気力もなく、意識ごと闇に吸い込まれていった。

5

「——半田さん」

声をかけられ、龍樹は振り返った。

ここは犯罪被害者が集う場である。定例の会が開かれる公共施設の一室には、まだ数名しかひとの姿がなかった。

「ああ、どうも」

頭を下げると、彼女——沢口喜代子《さわぐちきよこ》は興味深げに見つめてきた。

「半田さん、こちらの会合にも出られていたんですね」

「まだ二回目ですが。沢口さんは？」

「わたしは、ここは初めてです」

そう言って、喜代子は穏やかな微笑を浮かべた。

「実はわたし、半田さんを見習うことにしたんです」

「え、見習うって？」

「半田さん、わたしが通っていた会に初めていらしたとき、おっしゃいましたよね。実は別の被害者の会に出ていたけれど、なるべく多くのひとたちの話が聞きたいから、ここにも参加させてもらうことにしたって」

「ええ。確かに言いました」

「わたしはあとで、そんなにたくさんの方の話を聞いて、かえってつらくなりませんかって訊ねましたよね。そうしたら、多くのひとと悲しみを共有することで、むしろ気持ちが楽になると、半田さんはおっしゃったんです」

「……そうでしたね」

「正直、そのときは半信半疑だったんです。だけど、試しに他の会に出て話を聞き、自分のことを話したら、あとで声をかけてくださったり、相談にのってくださる方もいて、本当に前よりも楽になれたんです」

喜代子の表情は以前よりも明るかった。ひとり息子を交通事故で亡くした彼女は、初めて会ったときは四十路前だったのに、十歳以上も老け込んで見えたのだ。

今の彼女は、年齢相応の若さを取り戻している。深い悲しみと苦しみに満ちていた面差しも、だいぶ和《やわ》らいでいた。

「それで、他にも会合がないか探して、今日はこちらに伺ったんです」

「そうでしたか。ここは女性の方が多いですし、沢口さんも話しやすいんじゃないでしょうか」

「ええ、そう思います。それから、できればですけど、皆さんの力にもなれたらと思って」

「え、力に？」

「はい。わたしが多くの方から助言や励ましをいただいて、いくらかでも立ち直れたぶんを、他の方々にお返ししようと思って」

喜代子の言葉は力強かった。いくらかどころか、だいぶ立ち直ったかに見える。その強さが、龍樹には眩しかった。

「そうですか。それはとてもいいことだと思いますよ」

「ありがとうございます。ここまでになれたのは、半田さんのおかげです」

「いいえ。私は何もしていませんから」

それは謙遜ではなく、本心であった。

仮に、自分の言葉が何らかのきっかけを与えたのだとしても、偶然の産物に過ぎない。そんな意図は端《はな》っから持ち合わせていなかった。そもそも彼女が出ていた会合に参加したのは、情報を得るためだったのだから。

それから、ここへ来たのだって。

「そう言えば、工藤正道が事故で死にましたね」

話題を変えるなり、喜代子の顔に一瞬だけ緊張が走る。彼女のまだ幼かった息子は、工藤がハンドルを握った暴走車に殺されたのだ。

「ええ……」

うなずいた彼女は、吹っ切れるようにかぶりを振った。

「自業自得ですわ。ただ、罰が当たったと思えればいいんでしょうけど、事故のニュースを見たときには、またやったのかとあきれてしまいました」

恨んでいたはずの男が死んでも、素直に喜べるものではない。龍樹は以前にも似た反応を目にした。おそらく同じ立場になれば、自分もそうなるであろう。

「確かに、懲りない男でしたね」

「本当に。ただ、できればあの子を死なせる前に、彼がひとりであの世に行ってくれたらよかったのにとは考えました。うちの子に限らず、犠牲者が出たことが本当に悔やまれます」

「ええ……同感です」

「あとは、今度こそ反省して、天国であの子に謝ってくれればいいんですけど」

「まあ、彼が天国に行ける保証はありませんが」

「それもそうですね」

喜代子は寂しそうにほほ笑んだ。

間もなくメンバーが集まる。会合は定刻に始まった。

十数名ほどの出席者の、半分以上が女性である。その多くがＤＶ被害者だった。

龍樹は室内を見渡し、目当ての女性がいないことを確認した。前回、話を聞いたそのひとは、三橋昭吾の元妻であった。

つい先日、元夫が事件の被害者となったのだ。もうつきまとわれないとわかって安心し、会合に出る必要がなくなったのか。いや、そんな単純なものではないだろう。心の傷はからだの傷以上に、簡単に癒《い》えるものではない。

同居女性に熱湯を浴びせるなどし、暴行と傷害致傷で服役した三橋が、出所してすぐに自身も熱湯をかけられ、失明した事件はわりあいに大きく報道された。彼が復讐のために元の住居を訪れたことが明らかとなり、怪我の回復を待って書類送検されるであろうことも伝えられた。結果的に未遂で終わり、本人が痛手を受けたこともあって、不起訴になる可能性が大きいことも。

誰が三橋を待ち伏せていたのかについて、興味本位に何でも暴くテレビのワイドショーや週刊誌ですら、ほとんど取り上げなかった。ＤＶ男が罰を与えられたのは因果応報だというのが世間の風潮で、犯人捜しをしても共感を得られないと判断したらしい。

加えて、そんなことをするのは被害者本人か、身内などの関係者である可能性がある。追及すれば、被害者をまた苦しめることになろう。それは世間の賛同を得られないばかりか、要らぬバッシングを呼ぶ恐れもあった。

しかしながら、いくら悪人でも被害者になれば、警察は捜査をせねばならない。三橋の元妻や、同居していた女性が疑われないかと、龍樹はそれだけが気がかりだった。もちろん、事前に彼女たちのアリバイが成立することは確認していたが。

出席者が順番に、体験談や心境を語る。男に虐げられ、暴力を受け、怪我の後遺症やPTSDに苦しむ女性たちの話は、耳を塞《ふさ》ぎたくなるほど酷いものばかりだ。

龍樹自身は、妻や娘に手を上げたことはない。言葉で脅したこともない。それでも、同じ男というだけで申し訳なく、居たたまれない気持ちに苛まれる。同時に、彼女たちを助けたいとも思うのだ。

だからこそ、三橋を再起不能にしたのである。

あれですべてが解決したわけではない。被害に遭っている女性は、今も大勢いる。

自分のほんの些細な言動も、男が威張りくさる社会の成立を許しているのかもしれない。女性を力で支配しようとする男たちの、片棒を担いでいる可能性もある。と、龍樹は罪悪感にも駆られた。

『犯罪は個人の業ではなく、それが存在することを赦《ゆる》す者全員の業である』

どこかで読んだ言葉が脳裏に浮かぶ。その赦す者の中に、己が含まれていない自信がなかった。

いや、自分はすでに、何度も罪を犯しているのだ。

「半田さん、いかがですか」

進行役の呼びかけにハッとする。反射的に、龍樹はその場に立ちあがった。

「半田龍樹です」

名乗るなり、前のほうに坐っていた喜代子が振り返り、驚きを浮かべる。龍樹が他の参加者の発言を聞くばかりで、自ら口を開くことがなかったと知っているのだ。

だが、今は話さなければならない。これまで胸に秘めていたものすべてを。大切にしていた娘のこと、彼女を失った悲しみ、それから――。

「私は六年前、ひとり娘の彩華を殺されました」

このひと言で、室内の空気が張り詰める。

胸を衝《つ》きあげる情動を抑え、龍樹は事実を淡々と述べた。感情に任せたら、かえって何も言えなくなってしまうからだ。

今になって話す気になったのは、悲しみが癒えたからではない。それは日を追うごとに強くなり、ときには押し潰されそうになる。

胸の内を打ち明け、同情を引こうとも考えていなかった。自分に同情される資格はないし、そんな甘えはとっくに捨て去っている。今の生き方を決めた、あのときから。

龍樹にとって話すことは、懺悔《ざんげ》に等しかった。何もできぬまま娘を死なせた不甲斐なさを告白し、自らを責める。こめかみに、心臓に、見えない弾丸を何発も撃ち込む。それでも彩華が味わった苦痛には、到底《とうてい》及ばないのだ。

静かな部屋に、龍樹の声だけが低く流れた。

第五章　彷徨《ほうこう》

1

会社帰りに、「彩」の前に佇む見知った人物を見かけ、岩井は声をかけた。

「あれ、ご隠居？」

「ああ」

振り返ったのは、この店でよく顔を合わせる年配の常連客であった。

「入らないんですか？」

「いや、これ」

「え？」

見ると、入口に貼り紙がしてある。

『都合により、しばらく休業いたします。店主』

丁寧な字で、簡素な文が書かれてあった。

「休業……いつからなんですか？」

「もう五日になるかな」

ご隠居がやれやれというふうにため息をつく。苛立った様子はない。むしろ、店主である龍樹のことを気にかけているのが、表情から見て取れた。

岩井は仕事が忙しかったため、一週間ほど「彩」から足が遠ざかっていた。そんなに長く休んでいるとは知らなかったのだ。

（しばらく休業って、いつまでだ？）

期間が定まっていないのが気にかかる。

定休日でもないのに「彩」が閉まっていることは、これまでにも何度かあった。けれど、翌日には何事もなかったかのように開いており、どうして休んだのかと、大将に訊ねる常連客もいなかった。

それについては、ご隠居が前に教えてくれたことがある。

『大将も色々あったから、ときには気持ちが追いつかなくなって、店を開けられなくなることだってあるだろうよ』

色々というのが愛娘を殺されたことであるのは、確認せずともわかった。大将の過去を知っている常連客は、彼の心情を慮り、余計なことを訊ねずにいたようだ。

しかし、今回はこれまでとは違っている。以前は臨時休業の札が下がっているだけだった。わざわざ貼り紙を出して、しばらく休業というのは穏やかではない。

「どこか遠くへ出かけたんでしょうか。旅行とかで」

岩井は憶測を述べた。すると、

「旅行か……まあ、なくはないかな」

ご隠居はうなずいたものの、それは違うだろうと顔に書いてあった。

「ひょっとしたら、郷里のほうに帰らなくちゃいけない用事ができて、帰省したのかもしれませんよ。年齢的に、親御さんが体調を崩してもおかしくないでしょうから」

「うむ、そうかもしれんな」

「あとは、料理の修業をしているとか」

特に深く考えもせず、思いついたままを口にしたのである。すると、ご隠居が初めて明るい表情を見せた。

「なるほど。そういう前向きなことであれば、陰ながら応援しなくちゃな」

うんうんと、何度もうなずく。ただの思いつきにそこまで賛同され、発言した岩井のほうが戸惑った。べつにそうだと決まったわけではないのに。

にもかかわらず、ご隠居が応援なんて言葉まで口にしたのは、そうであってほしいという願望だったのだろう。

（たぶん、最悪の結末を恐れているんだろうな）

それは、龍樹が娘のあとを追うことだ。

もちろん、そんなことになってほしくない。その一方で、そうはならないだろうという思いもあった。確信ではなく、直感みたいなものであるが。

店で客に対応するときの大将は、常に穏やかだ。つらい過去を背負っているとは信じられないぐらいに。だからこそ岩井は失言をやらかし、しばらく「彩」に来られなくなった。

あのとき酔っていたとは言え、龍樹に生意気な口をきいたのは、何を言っても受け入れてもらえる安心感があったからだ。要は甘えていたのであり、そんな自分が許せなかった。自己嫌悪に駆られ、ちゃんと謝らなければと決心し、再び常連に加わることができた。

大将が穏やかなのは、つらさや痛みを知っているからなのだ。あのあと、岩井は密かに実感した。弱い人間が、敵を作らないよう穏便《おんびん》に周囲と接するのとは異なる。心の強さに由来する、ひと当たりの善《よ》さなのだ。

だからこそ、彼が自ら命を絶つことはあるまい。そこまで弱い人間ではないし、娘のためにも生きるのではないだろうか。

失言をやらかしたあと、岩井は龍樹の家族に起こったことを調べた。事件そのものは記憶の片隅にあったものの、詳細までは知らなかったからだ。

あれから何年もの年月が経っているのに、ネットには様々な情報が残っていた。龍樹が厳罰を望まなかったことを知り、岩井は驚くと同時に納得もできた。

　犯行当時未成年だった、犯人の名前や顔写真も見つかった。それだけのことをやらかしたのであり、正体を晒されるのは当然だと思ったものの、これを大将が目にしたらどう感じるだろうと想像し、胸にモヤモヤが残った。

　岩井自身は、犯罪者は己がしたことと同等か、もしくはそれ以上の報いを受けるべきだと考えている。それゆえ、厳罰を望まなかった龍樹の姿勢を、彼の人柄ゆえに納得はできても、素直に賛同したわけではなかった。

　ただ、これも直感だが、彼は犯人を許したわけではない気がする。

「次に『彩』が開くときには、新しいメニューが増えているんじゃないですかね」

　岩井が安心させるべく言うと、ご隠居が「そうだね」と笑う。

「まあ、わたしは、旨い刺身が食べられればそれでいいんだが」

「だけど、大将がとんかつを出したとき、喜んで食べてたじゃないですか」

「そうだったね。まあ、あれは特別だ」

　照れくさそうに誤魔化した彼が、ぴったりと閉じられた「彩」の入口に目をやる。明かりが点いていないこともあり、貼り紙も含めて妙に余所余所《よそよそ》しく映った。

「まあ、気長に待つとしよう」

　自らに言い聞かせるように、ご隠居がつぶやいた。

2

会社帰りに、いつもの店を訪れた速水怜治《はやみれいじ》は、カウンターの中に馴染みのない店員がいることに気がついた。

（新人か？）

もっとも、年齢は四十代ぐらいに見えるし、包丁を握る手つきも様になっている。即戦力になる人材を、他の店から引き抜いたのではないか。

瓶ビールと、つまみを三品ほど注文し、手酌《てじゃく》でグラスを満たした速水は、八割がたの入りで賑わう店内をぼんやりと眺めた。

ここは駅から程近いところにある居酒屋だ。テーブルもあるが、二十人以上も坐れるカウンター席がメインである。速水のように、常に独りで飲む者には利用しやすい店だ。料理が安くて美味しいのも、通う理由であった。

これが、もっとこぢんまりした店だと、店員との距離が近くて気詰まりであろう。だが、ここはカウンターが長いぶん、中で働く白衣姿の店員の数も多い。しかも、みんな忙しそうだ。

そのため、店員とのやりとりが最小限なのも有り難かった。友人でもない相手と会話をするのは面倒だし、だからこそ速水は飲みたくなると、必ずここへ来るのである。

そういう気に入った店ではあっても、不愉快な思いをまったくしないわけではない。

店内で目につき、苛立ちを覚えるのは、カップルの客だ。カウンター席の椅子は固定されており、隣との距離も充分に確保されているのに、必要以上に身を寄せ合って談笑するのが腹立たしい。おそらく見えないところで、互いにボディタッチをしているに違いなかった。

今夜もあいにく、そういうカップルがいた。しかも、ふた組も。

(いちゃつくのなら、個室居酒屋に行けよ。バカップルが)

心の中で罵るものの、ヘタに睨んで男のほうに絡まれてはまずい。なるべく見ないようにする。時おり女が甲高《かんだか》い声で笑うと、胸の内で舌打ちをした。

他に常連ぶって、やたらと店員に話しかける客も腹立たしい。その度《たび》に店員は手を止めざるを得ないから、料理を出すのが遅れるのである。己の身勝手な行為が、他のお客に迷惑をかけていることに、そいつはまったく気がついていない。むしろ、こんなふうに店員との会話を愉しめる自分は粋《いき》であると、得意げにアピールしていることが窺えた。

幸いにも、今日はその手の客はいない。ただでさえ見苦しいカップルがふた組もいるのに、クソみたいな常連まで加わったら、酒も料理もまずくなる。

馴染みの店で飲んでいる客に対して、それら負の感情を抱くのは、速水が三十歳の現在まで異性と付き合った経験がなく、他者とのコミュニケーションも苦手だからだ。

内向的で気弱な性格ゆえ、思ったことが口に出せない。職場でも、行き場のない感情を煮えたぎらせる毎日だ。

速水は会社でのストレスを解消するため、こうして飲んでいるのである。その場所でも不快感を募らせることになったら、元も子もない。

まあ、ストレスを発散する方法は、他にもあるのだけれど。

人間関係を築くことは不得意でも、その他の面では誰よりも優《まさ》っているという自負が、速水にはあった。大学も名前の知られたところを出ているし、勤めている会社も業界大手で一流のところだ。人生という勝負には、明らかに勝利をおさめている。

そうやって他の連中より優れていると思い込んでいるために、うまくいかないと自己嫌悪と劣等感がかき立てられる。

「はい、お待ち。本日のお造りです」

カウンターの店員が、目の前に刺身の器を出してくれる。今日はアイナメと鯛であった。

刺身皿に醤油を垂らし、ワサビは刺身に載せる。醤油に溶かすなんて刺身の食べ方がわかっていないと、漫画で得た知識を胸の内で得意げに披露しながら。

特別に魚が好きというわけではない。なのに、速水が決まって刺身を注文するのは、作法にのっとって食べるところを誰かが見て、感心してくれるのを期待してだ。できればそれは女性がいいし、さらに声をかけられて交流を持てたらと、思春期の少年じみた出会いを望んでいた。

(ていうか、店員が褒めてくれればいいんだよな)

お客さん、わかってるねと喜んでくれれば、他の客も注目するであろう。そうすれば、こんなのは常識だよと軽く受け流し、みんなの尊敬だって得られるのに。

そんな場面を夢想しながら鯛を一切れ口に入れたとき、速水は気がついた。刺身のツマの中に、さらに細くて黒いものが一本紛れていることに。

髪の毛だ。速水は眉間に深いシワを刻んだ。

ほんの四センチほどのそれは、下のほうにひそんでいたから、刺身には触れていない。だが、気分のいいものではなかった。

これも食に通じた者のたしなみとして、速水はツマを最後に食べていたのである。髪の毛があっては、よけたとしてもその気になれない。

(店員に言ったほうがいいかな)

髪の毛が入っていたと言えば、まだ一切れしか食べていないし、新しいものを出してくれるだろう。だが、他のお客の目が気になる。クレーマーだと誤解される恐れがあった。

さらに言えば、本当に最初から入っていたのかと、疑われる可能性だってある。自分で仕込んで、難癖をつけているなんて思われたくなかった。

見れば、店員たちは全員白い和帽子を被っている。髪の毛など落ちるはずがないと主張された、分が悪いのはこちらだ。

（くそ……誰の髪だよ）

刺身を担当しているのは、例の新しく入った男だ。速水に横顔を見せている彼は、慣れた手つきで魚の切り身に包丁を入れていた。

あいつなのかと、速水は睨みつけた。

千切り大根は事前に準備しておくのだろうし、そのときに髪の毛が混入したと考えるのが自然だろう。それでも、盛りつけるときに気がつくはずだし、目の行き届かなかったあいつに責任がある。

（いくら包丁がうまく使えても、料理人としては最低だ）

決めつけて、さらなる罵倒を心の中で積み重ねようとしたとき、その店員がいきなりこちらを向く。

（あ――）

速水は焦り、反射的に目を伏せた。睨む視線に気がついたのかと、胸の鼓動が大きくなる。

調理師なんて多くが学歴のない落ちこぼれだと、速水は決めつけていた。建設作業員と似たようなもので、学生時代は不良だったに違いないと、偏《かたよ》った見方すらしていた。

だからこそ、絶対に怒らせてはならない。速水がなかなか顔をあげられなかったのは、怯えていたからである。

しばらく経って、恐る恐る視線をカウンターの中に向けると、くだんの店員は何事もなかったかのように包丁を使っていた。

(……くそ。ふざけるなよ)

安堵して、声に出さず悪態をつく。その店員と、何もできない己に向かって。だが、自分は何も悪くないのだと、直ちに思い直した。

(おれは被害者なんだ。ふん。あんながさつなやつ、どうせすぐクビになるさ)

そんなふうに考えても溜飲は下がらず、胸がムカムカする。おかげで、せっかくの刺身がまずくなった。もともと味にうるさいわけではないが。

刺身を平らげると、速水はツマには手をつけず、器をカウンターの上に戻した。普段はすべて食べるのに残っていたら、店員がどうしてなのかとチェックして、髪の毛に気がつくのではないかと密かに期待したのである。

ところが、すぐ前にいた店員は器を下げると、そのまま洗い場へ運んでしまった。ツマは確認することなく捨てたようである。

(何だよ、客商売失格じゃないか)

週に一度は訪れる常連なのであり、いつもと違うところに気づかなければならないのにと腹を立てる。要は、どれだけ通っても店員の記憶に残らなかっただけなのに。

地味で特徴のない、その他大勢の役回りだという現実を、速水は無視した。彼の自尊心が、その程度の存在であることを認めなかったのである。

（え――⁉）

不意に気がついて、ドキッとする。速水の視界に、刺身を作ったあの店員の姿があった。彼は横目で窺うように、こちらをじっと見ていたのである。

（どういうつもりだよ⁉）

速水は、今度は目を伏せなかった。怒りが募っていたため、挑発的に睨み返してやった。何か言われたら、刺身のツマに髪の毛が入っていたと、文句をつけるつもりでいた。

ところが、信じ難いことが起こる。店員の頬が、フッと緩んだのである。まるで、嘲笑するかのごとくに。

いや、明らかに彼は、嘲《あざけ》っていたのだ。

頬がカッと熱くなる。速水は混乱し、落ち着かせるべくビールを喉に流し込んだ。

（あいつ、どうしておれを笑ったんだ？）

ということは、ツマに髪の毛が入っていたのを知っていたのか。それに対して何もできないことを見抜き、情けないやつだと馬鹿にしているのか。

（……いや、さすがにそれは考えすぎか）

そもそも、あいつとは今日が初対面だ。言葉だって交わしていない。そんなやつに、どうして蔑まれなければならないのか。

おそらく、たまたま思い出し笑いでもしたのを、変なふうに捉えてしまったのだ。そうに違いないと、速水は自らに言い聞かせた。

そこへ、注文した他の料理が運ばれてくる。

ビールを追加して、揚げ物と串物《くしもの》を代わるがわる味わう。食べて飲むあいだに、速水はだいぶ落ち着いてきた。

(もうちょっと食べようか……)

あとでラーメン屋にでも立ち寄るつもりでいた。しかし、この店にも麺類《めんるい》やご飯ものはある。ここで夕飯を済ませたってかまわない。

だったらどれを頼もうかと、メニューを手に取る。そう言えば、本日のお勧めは何だったかなと、カウンターの中にあるメニュー黒板を見ると、あの店員が目に入った。たまたま手が空いたのか、こちらを向いて立っていたのだ。

(あ――――)

思わず固まった速水に、彼は顎《あご》を上げ、見下す態度をとった。さらに、唇がこう動いたように見えた。

『失せろ』

あまりのことに、全身がガタガタと細かく震える。怒りと同時に、訳のわからない恐怖も感じた。

喧嘩っ早い人間であれば、間違いなくやつを怒鳴りつけ、カウンターを乗り越えて飛びかかったのではないか。しかし、速水にそんな真似はできない。怒りを実力行使に結びつけるだけの、勇気も度胸もないのだから。

それに、そもそも挑発された証拠はない。髪の毛の件も含めて、こちらが勝手にそうだと決めつけたに過ぎないのだから。

いや、仮に向こうが挑発し、馬鹿にしたのだとしても、そんなことはしていないと主張されたらおしまいだ。暴力など振るおうものなら、すべてこちらの非にされてしまう。

結局は逃げの姿勢に終始するしかなく、速水は残っていた料理をそのままに、伝票を摑んでレジへ向かった。会計を済ませて振り返ると、あの店員が目を細めて、小馬鹿にした顔つきをしているのが見えた。

それでも速水は何もできず、怒りを持て余したまま店を出た。

「くそ……くそ――」

と、小さくつぶやきながら。膝がどうしようもなく震え、歩きづらかった。

しばらく歩いて、多少は昂《たかぶ》りが鎮《しず》まる。そのとき、何かがフラッシュバックみたいに脳内を走り抜けた。

（あれ、あいつ……）

どこかで見たことがあると、今になって気がつく。実際に会ったわけではなく、過去に目にした写真か映像に、似たような顔がなかっただろうか。

しかしながら、確証は持てない。そもそもが目立つような風貌ではなかったし、他人の空似《そらに》という可能性もあった。

誰にせよ、どうして敵意をあらわにされなければならないのか。

恨みを買ったことが、まったくないとは言い切れない。正しい行動をしていても、悪人にとって正義は敵だ。反発される可能性は大いにある。

(じゃあ、あいつはおれに糾弾されたやつなのか?)

だとしても、あのことは誰も知らないはずだ。

(……やっぱり考えすぎだな)

速水はそう処理することにした。だが、胸のむかつきはなかなかおさまらない。職場でのストレスと一緒で、すっきり解決とはいかないようだ。

こんなとき、速水がすることは決まっていた。怒りを他にぶつけるのである。それも、「正しい」方法で。

(よし、早く帰ろう)

速水は家路を急いだ。誰も待っていない、自分だけの城を目指す。胃袋は満たされていないが、途中のコンビニでおにぎりでも買えばいい。

正義の行使のために、速水は鼻息を荒くして前へ進んだ。

3

仕事終わりに、駅前で知った人間とばったり顔を合わせる。

「あら、半田さん」

驚いた顔を向けられ、龍樹は「どうも」と頭を下げた。

彼女は琴平直子《ことひらなおこ》。犯罪被害者の集会で知り合った女性であった。

もっとも、彼女は犯罪に遭ったわけではない。広く定義すれば含まれるかもしれないが、別の見方では敵対する存在であるとも言えた。

実際、彼女は集会の出席者ではなく、ボランティアとしてあの場にいたのである。

「半田さんは、お仕事の帰りなんですか？」

「ええ。琴平さんは？」

「わたしは、ボランティアスタッフの打ち合わせがあったんです」

答えてから、直子はすまなそうな面持ちを見せた。

「あの……せっかくですから、またお話を聞いていただいてもよろしいでしょうか？」

恐る恐る申し出たのは、そんなことをお願いできる立場ではないという意識があるからだろう。

「かまいませんよ」

龍樹が了承すると、彼女が安堵の微笑を浮かべる。

「よかった……でしたら、近くのお店にでも」

遅い時間まで営業しているコーヒーショップが近くにあったので、ふたりはそこへ入った。

「お仕事のあとでお疲れのところを、申し訳ありません」

隅《すみ》のテーブルで向かいあうと、直子は深々と頭を下げた。まだ二十代の後半だが、表情から深い疲れが感じ取れる。

「いいえ、お気になさらずに。ところで、新しい仕事は見つかったんですか？」

「まだです」

力なくかぶりを振ってから、彼女はかすかに笑った。

「すべてをなかったことにするのは、やっぱり無理なんですね」

投げやり気味な、自嘲《じちょう》のほほ笑み。逃れようのない悔恨につきまとわれると、人間はそんなふうに笑うことしかできなくなるのだ。

「だけど、琴平さんは何もしていないのに——」

言いかけて、龍樹は口をつぐんだ。要は何もしなかったからこそ、彼女は責められることになったのだ。まったくもって理不尽であるが。

「ありがとうございます。半田さんからそんなふうに言っていただけるだけで、わたしはずいぶん救われる気がします」

　お礼を言われても、やり切れないばかりだ。

　直子がすべてを打ち明けてくれたのは、龍樹が愛娘をわいせつ目的でさらわれ、殺されたからであろう。おそらくは、懺悔するに等しい心境だったのではないか。

　なぜなら、彼女の弟である琴平洋二《ようじ》は、幼い少女を狙った連続わいせつ事件で、二年前に逮捕されたのだ。

　その名前は、本当なら世間に知れ渡るはずがなかった。彼は逮捕されたとき、まだ十八歳の予備校生だったのである。

　ところが、余罪が調べ上げられ、洋二が高校生のときから幼女や女子児童に性的な悪戯《いたずら》を繰り返していたことが判明すると、彼を糾弾する声が大きくなった。そうなれば、ネットに巣くう正義漢を標榜《ひょうぼう》する連中が黙っていない。名前や住所を調べ上げ、私刑として晒したのである。

　龍樹も洋二の名前と顔を、ネットのあるサイトで目にした。そこは娘の彩華を殺した犯人、野島恭介の素性も掲載されたところであった。

　人間は複数で行動していれば、行き過ぎたときに抑える者が現れる。ところが、ネットで活動する者は、多くが個人で動く。そのため、抑えが利かずに暴走する傾向にあるのだ。

まして、本人が正しいことをしているという意識を持っていれば、私刑がおさまることはない。

そのサイトの管理人は、容疑者である琴平洋二のみならず、彼の両親や姉――直子の氏名、さらには顔写真や勤務先まで暴露したのだ。親として、きょうだいとして、犯行に気がついて止めるべきなのに、そうしなかったのは同等の責任があるという理由で。

一度ネットに流出した情報は、衆人《しゅうじん》の関心を集めれば拡散する一方だ。知人や同僚にも犯罪者の姉だと知られ、直子は会社を辞めるしかなくなった。

その後、再就職を目指したそうだが、犯罪者の姉となれば雇うほうも躊躇する。弟と本人は別だと判断してくれる採用責任者がいても、体面を重んじる周囲から反対の声が上がり、結局は見送られることになる。それが残酷な現実だった。

直子が集会のボランティアをしているのは、弟が犯罪に手を染める前に、正しい方向に導いてやれなかった後悔の念と、罪悪感からであるという。犯罪被害者の声を聞くことで、自らの過ちを深く胸に刻みたい。また、少しでも力になることで償いたいのだと、彼女は以前、龍樹に話してくれた。

そこまでする必要はないと、龍樹は直子に告げた。彼自身、愛娘を奪った恭介には様々な思いがあれど、その身内には何の感情も抱いていなかったからだ。

そう聞かされても、直子は力なく首を横に振った。彼女は弟の裁判を傍聴したとき、そこにいた被害者女児の親から、酷く罵られたと打ち明けた。かなり露骨で、聞くに堪えない罵詈讒謗《ばりざんぼう》を浴びせられたらしい。

いったい何を言われたのか、龍樹はさすがに訊けなかった。だが、直子への誹謗中傷なら、ネットで目にしていた。弟が性犯罪に走らないよう、姉が欲望を処理してやれば良かったじゃないかという、下劣極まりないものを。おそらく被害者の親が口にしたのも、その類いではなかったろうか。

「ところで、弟さんは？」

話題を変えると、直子が表情を強ばらせる。

「……亡くなりました」

ぽつりと告げられた言葉に、龍樹は衝撃を受けた。

「え、亡くなった――」

「自殺したんです。シャツを切り裂いて紐にして、トイレで首を吊ったそうです」

「だけど、どうして？」

「遺書があって、わたしや両親が世間から酷い仕打ちを受けることに耐えられない、死んでお詫びすると書いてありました」

そう言って、直子は下唇を噛んだ。

彼女の弟がしたことは、決して許されることではない。被害者の少女たちは、からだにも心にも傷を負い、この先もトラウマを抱えて生きることになるであろう。

本来なら、琴平洋二はその罪を生涯背負い、償わねばならなかったのだ。なのに、彼は両親や姉への負い目から死を選んだ。自らのしたことを悔やんでいたとしても、心から反省することなく逝ってしまったのだ。

彼が自殺したと知ったら、ネットに情報を流した連中は快哉《かいさい》を叫ぶのであろうか。しかし、それは間違っている。龍樹は歯嚙みする思いであった。

「洋二が死んでも、まだ終わりじゃないんです」

直子が言う。眼差しに、決意が宿っていた。

「わたしは洋二の死も背負って、生きていかなくちゃいけないんですから」

龍樹には、彼女にかけるべき言葉が見つからなかった。加害者の身内も、犯罪被害者の家族と変わりがないと告げたかったが、自虐《じぎゃく》に陥っていては伝わるまい。

「……琴平さんや、ご両親の情報をネットに流したのは、やはり琴平さんが以前勤めていた会社の人間なんですよね？」

たぶんそうであろうと、かつて直子に教えられたのだ。あれから色々と調べて、あのサイトの管理人が誰なのか、だいたいの目星はついている。

「ええ。わたしが履歴書に書いたことも、ネットで流れていましたから。でも、それはもうどうでもいいことです」

「琴平さんがよくても、同じように苦しめられているひとたちが、まだ大勢いるんです」

「それはそうかもしれませんけど」

彼女自身は、本当に吹っ切れているようだ。弟の死で、それどころではなくなったというのが正直なところであろうが。

直子がふと怪訝な面持ちを見せる。

「ああいう情報をネットに流すのは、どんなひとなんでしょうね」

それならば、すぐに答えられる。

「ネット上で威張りくさっているだけで、現実では何もできない、情けない人間ですよ」

龍樹は吐き捨てるように答えた。

4

かなり迷ったものの、速水はまたあの居酒屋を訪れた。他に適当な店がなかったのである。明日は休みだから、是非とも飲みたい気分になっていた。

（あいつ、またいるのかな……）

不愉快極まりない対応を見せた、あの男。ベテランっぽい風格がありながらも、店員としては最低最悪だった。

あんな態度の悪いやつは、とっくにクビになっているさ。そう期待したものの、店内に足を踏み入れたのとほぼ同時に、カウンターの中にいたそいつを見つけてしまった。

（チッ、いやがった）

彼と目を合わせないよう顔を伏せ、速水は奥のカウンター席に向かった。椅子に腰掛け、今日のお勧めは何かなと、メニュー黒板に視線を向ける。

その中に「お造り」の文字を認め、自然と唇が歪んだ。前回、ツマに髪の毛が紛れていたのを思い出したのだ。

通であるところを見せたいがため、速水は毎回刺身を頼んでいた。しかし、今日は諦めねばなるまい。嫌な思いは二度としたくなかった。

だったら何がいいかなと、他の肴《さかな》に目を移していると、視線を遮るみたいに白衣の店員が前に立った。

「いらっしゃいませ。お飲み物は何にいたしましょうか」

オシボリを渡されながら訊ねられ、反射的に店員の顔を見る。速水は驚きで固まった。

あの無礼なやつだったのだ。

（こいつ、接客もするのか？）

料理専任ではなかったのかと戸惑う。早い時間でお客が少なかったし、手が空いていたのかもしれない。

意外なことに、彼は愛想のいい笑顔を見せていたのだ。

「……あ、び、瓶ビールを」

どうにか告げると、「承知しました」と答える。さらに、

「瓶ビール一丁」

と、店内に威勢のいい声を響かせた。

速水は狐《きつね》につままれた気分であった。まったく態度が違っているではないか。

（あのとき、おれを馬鹿にしていたみたいに見えたのは、勘違いだったのか？）

考えてみれば、縁もゆかりもない客に無礼な態度を示すなんてあり得ない。刺身のツマに髪の毛が入っていたのはただの事故であり、嘲笑され、暴言を吐かれたように見えたのも、こちらが勝手にそうだと思い込んだ可能性がある。

だとすれば苛立ち、悶々《もんもん》としていたのは、まったくの杞憂《きゆう》だったことになる。

「お待たせしました。こちら瓶ビールになります」

あの男が目の前にグラスを置く。速水に向かってビール瓶を差し出した。

「お注ぎします」

「あ、ど、どうも」

恐縮してグラスを持つと、黄金色の液体がトクトクと注がれる。泡の比率も完璧《かんぺき》にビールを注ぎ終えると、彼は瓶をカウンターに置いた。

「ご注文が決まりましたら、お声がけください」

言い置いて、持ち場に戻る。速水はその後ろ姿をぼんやりと見送った。

（……なんだ、いいヤツじゃないか）

瓶ビールは何度も注文しているが、店員から注いでもらったのは初めてだ。彼は瓶を傾ける手つきも堂に入っていたし、接客そのものも慣れた感じであった。やはり他の店で長く勤めたあと、引き抜かれたのではないか。

そういうベテランだったら尚《なお》のこと、お客に喧嘩を売るような真似をするはずがない。余計なことで気を揉んで、無駄なストレスを抱え込んでしまった。それが解消されたことで、心がすっと軽くなる。

速水はグラスのビールを空け、二杯目を手酌で注いでから、メニュー黒板に目を移した。胸のつかえが取れた今、悩むことなく注文できる。

「すみません」

右手を挙げて声をかけると、あの店員が戻ってきた。

「ご注文ですか？」

「ええ。本日のお造りと――」

刺身以外に、串物と揚げ物も頼む。そのとき、店員の胸に留められたプラスチックのネームプレートが目に入った。「半田」と印字してある。

（あれ、半田？）

顔と同じく、名前にも見覚えがある気がした。しかし、いつどこで目にしたのだろう。注文したあとで考え込んだものの、さっぱり思い出せなかった。

「お待ちどおさまでした。本日のお造り、イサキとアジになります」

あの店員が刺身を持ってくる。カウンターに置くと、またビールを注いでくれた。

「どうも」

速水は、今度は恐縮することなく、堂々と杯を受けた。恐れるに足りない相手とわかれば、いくらでも強気になれるのである。

「お客様は、日本酒は飲まれないんですか？」

ビール瓶を戻し、半田という店員が訊ねる。

「まあ、飲まないこともないけど」

「刺身には日本酒のほうが合いますよ。冷酒もいいですけど、私なんかは燗酒が好きですね」

言われて、速水はなるほどとうなずいた。彼の言葉に共感したわけではない。徳利の日本酒と刺身という組み合わせが、いかにも通っぽいと思えたのだ。他人の目を意識して飲む彼にとって、それは最も重要なポイントでもある。

「たしかにそうだね。この刺身に合う日本酒はあるの？」

「もちろんございます。越後《えちご》の純米酒で、お燗にすると風味がいっそう増すんです」

「じゃあ、それをいただこうかな」

「ありがとうございます。徳利は一合と二合がありますが」

「一……いや、二合にしよう」

「かしこまりました。お燗をしますので、少々お時間をいただきます」

店員が下がると、速水はグラスのビールを飲み干した。日本酒が来る前に、空けることにしたのである。

この店の瓶ビールは中瓶で、いつもその一本だけで終わらせる。飲み足りなかったらサワーを一杯追加するぐらいで、普段の酒量は決して多くなかった。

(二合も飲めるかな……)

日本酒は好んで飲むほうではないのに、みみっちい人間だと思われたくなくて、つい見《み》栄《え》を張ってしまった。一合でよかったなと後悔する。

(ま、たまには酔うのもいいさ)

仕事のストレスも溜まりがちだったし、それを発散したくてここへ来たのだ。酔ってくだを巻くつもりはなかったけれど、たまには嫌なことを忘れるぐらい飲んだってかまうまい。何しろ、せっかくの週末なのだから。

速水は、会社では人事部に所属していた。配置転換や異動、昇給に昇格、評価や研修といった、社員の地位と身分に直接関わる仕事をしている。そのため、とかく風当たりが強かった。

平部員の速水が、何らかの決定権を握っているわけではない。管理側から指示されたことを行っているだけだ。

にもかかわらず、人事部というだけで、不満やクレームを引き受けねばならない。同期のやつから人事評価について、面と向かって厭味《いやみ》を言われたこともあった。

そんなとき、強く言い返せるだけの度胸や負けん気を、速水は持ち合わせていなかった。いい年をして女性経験がないほどに、対人スキルが乏《とぼ》しかったのである。そのため、理不尽なことも言われるまま、黙ってやり過ごすのが彼の常だった。

だからこそ、前回あの店員から馬鹿にされたと感じたときも、何もできなかったのだ。

「お待たせいたしました。こちら、日本酒の熱燗です」

酒を運んできたのは接客専門の女性店員で、半田という男ではなかった。いつの間にか店内の客が増えており、彼は持ち場につきっきりとなったようだ。

（お酌はしてくれないの？）

喉まで出かかった言葉を、速水は呑み込んだ。女性店員が空になったビール瓶とグラスを手に、そのまま下がろうとしたからだ。

もともとそういうサービスがある店ではない。さっきあの男がビールを注いでくれたのは、おそらく以前働いた店でそうしていたからであろう。それに、女性店員にお酌を強要したら、セクハラだと受け止められかねない。

そんなことはわかりきっているのに、サービスが悪いなと速水が不満を覚えたのは、いつもより速いペースでビールを空けてしまったためだろうか。アルコールが脳を昂奮状態にしているようで、立ち去った女性店員を忌《い》ま忌《い》ましく睨みつける。

とは言え、今日に限らず、不満なら年がら年中抱えている。仕事の件だけではない。世上《せじょう》の出来事も腹立たしいことばかりだ。

こうして真っ当な考えを持っている自分に、女性たちが振り向かないのも合点《がてん》がいかない。あの女性店員も、おれだから酌をしなかったのではないかと、被害妄想でしかない推測にも囚われる。三十路童貞のコンプレックスゆえか。

そもそも、振り向かないも何も、速水は好きな異性にアプローチをしたことがない。もしも拒まれたらと考えると勇気が出せず、ただ指を咥《くわ》えて眺めるだけに終始していた。傷つくことをひたすら恐れ、そのくせ世間には毒を吐きまくる。臆病なくせに自意識過剰、自負心も人並み以上にあった。

（まったく、クソみたいな世の中だぜ）

いつものように、カウンター席のカップルに消えろと念を送りながら、速水は徳利を傾けた。素朴な造りのぐい呑みを満たし、口許に運ぶ。

熱燗は、日本酒の独特な香りがかなり強かった。慣れていないため顔をしかめたものの、思い切ってすすると口内に甘みが広がる。

（へえ、なかなかいけるじゃないか）

予想していたよりも飲みやすく、喉を軽やかに流れてゆく。そのままくいっと、最初の一杯を空けてしまった。

速水は刺身に箸をつけ、燗酒を手酌で飲み続けた。本物の酒呑みになった気分で。

（よし。次からはビールじゃなくて、日本酒を頼むことにするかな）

こうして徳利を傾ける手つきは、我ながら絵になると思った。それから、ぐい呑みに口をつけるところも。

これまでジョッキの生でなく、瓶ビールを頼んでいたのも、いちいちグラスに注いで飲むのが格好いいと感じたからだ。刺身を食べる作法と一緒である。彼は常に他人の目を気にして、酒にではなく自分に酔っていた。

最初に頼んだ串物と揚げ物も運ばれてくる。速水は失敗したかなと悔やんだ。串物はともかく、揚げ物は日本酒に合わない気がしたからだ。実際、食べると油のベタつきがしつこく感じられる。

「すみません。お新香《しんこ》の盛り合わせをください」

日本酒に合うのはこれだろうと、素朴なつまみを注文する。塩辛《しおから》のほうがもっと渋くていいのかもしれないが、見た目からして好きではなかった。

若い世代も訪れる居酒屋で、通ぶって徳利を傾けながら、速水は心の中で悪態を吐き続けた。何もわかっていない会社の連中や、無知無能な世間、男を見る目がない女性たちに向かって。

（まったく、みんな馬鹿ばっかりだ）

こんな社会を、自分がどうにかしてやらなくちゃいけないのだと、鼻息を荒くする。今夜もそのための行動をするつもりでいた。明日は休みだから、オールナイトで。

（え、あれ？）

頭がぼんやりしてくる。二合徳利はまだ半分ぐらいしか空けていないが、もう酔ったのだろうか。

少しペースを落とそうかと思ったところで、不意に目の前が真っ暗になる。何が起こったのかと慌てたのは、ほんの二、三秒であったろう。

速水の意識は、深い闇の中に吸い込まれた——。


気がついたとき、速水は事務室らしきところで寝かされていた。デスクが置かれ、ロッカーが並んだ手狭な部屋で、壁際《かべぎわ》の長椅子に横たわっていたのだ。

（え、ここは？）

なかなか力の戻らないからだを叱りつけ、上半身を起こす。頭の中は、半分ぐらい霞《かすみ》がかかっていた。

それが晴れるにつれて、自分が何をしていたのかを徐々に思い出す。行きつけの居酒屋で、飲み慣れない日本酒を飲んでいたことを。

（……酔い潰れたのか？）

ペースは速かったかもしれないが、摂取したアルコールはそれほど多くない。酔って記憶をなくしたことは過去にもあったものの、そのときは水割りを十杯近くとか、明らかに飲みすぎたからであった。

ただ、仕事のストレスが溜まり、疲れていたのは事実である。そのせいでアルコールの影響が強く出たのであろうか。

それにしては、酔ったあとに必ず生じる頭痛がない。頭がぼんやりしているのは一緒でも、どことなく違っていた。

そこへ、白衣姿の居酒屋店員が現れる。いつもレジを担当している、店長格の男だ。

「お気づきになられましたか」

安堵の笑顔を向けられ、速水は恐縮して頭を下げた。

「すみません。あの、おれはいったい――」

「お客さん、カウンターで眠ってしまわれたんですよ」

「え、眠った？」

「いきなり顔を伏せて、それこそ寝落ちしたっていう感じで。最初は、急性アルコール中毒かと蒼くなったんですけど、それほど多く飲まれていませんでしたし、様子も特に切羽《せっぱ》詰《つ》まった感じはなかったので、とりあえず奥の部屋に来ていただきました」

「そうだったんですか……」

「だいぶお疲れだったんですか？」

「いや……そこまでではないと思うんですけど」

首をひねった速水の目に、壁の時計が映る。時刻はすでに零時近かった。

「え、もうこんな時間？」

驚いて声をあげる。店に入ったのは六時前だったから、かなり長く眠っていたことになる。

「お客さん、ぐっすりと眠られて、声をかけても起きていただけなかったんですよ」

店員の顔に困惑が浮かぶ。だいぶ迷惑をかけてしまったようだ。

「ここって、閉店が十一時でしたよね？」

「ええ。従業員もだいたい帰りましたし、私もここを閉めなくちゃと思っていたんです。その前に起きてくださって、安心しました」

「すみません。ご迷惑をおかけしました」

「いえ。こういう店ではけっこうあることですから。あと、お荷物のほう、そちらのラッ

ク に入っていますので、無くなっているものがないかご確認ください」

長椅子の脇に、店内にもある荷物入れがあった。そこには鞄《かばん》と、シワにならないよう脱がしたのであろう、スーツの上着が入っていた。

(ひょっとして、誰かが薬でおれを眠らせて、財布を盗んだんじゃないだろうな)

近くにいた客あたりが、隙《すき》を見て酒か料理に睡眠薬を仕込んだ恐れもある。速水は焦って上着と鞄を確認した。

幸いなことに財布も鍵も、パスケースもちゃんとあった。中身も抜かれていない。鞄の中のものも無事だった。

「大丈夫です。ちゃんとあります」

告げると、店員は笑顔でうなずいた。すぐに対処したから、盗られるような心配はないとわかっていたのだろう。

速水は注文したものの代金を払い、店の裏口から外へ出た。週末の街は、深夜近くでも人通りと喧騒《けんそう》に満ちていた。

(てことは、薬で眠らされたわけじゃなかったんだな)

何も盗まれていないから、犯罪に巻き込まれたわけではない。そうすると、本当に疲れていて、眠ってしまったのか。あるいは、飲み慣れていない日本酒のせいで、酔いが早まったのかもしれない。

（ちゃんぽんがまずかったのかも……）

ビールのあとに日本酒を飲んだのも、よくなかったのだろうか。しかしながら、眠りに落ちた理由よりも、醜態《しゅうたい》を他の客たちに見られたことのほうが大問題だ。

いきなりカウンターに突っ伏したらしいから、周囲は何事かと驚いたのではないか。おそらく、そのまま店員たちに抱えられ、奥まで連れていかれたのだろう。捕まった宇宙人みたいに。

いっそ急病人ということで、救急車で運ばれたほうがまだマシだったかもしれない。速水がどれだけ飲んだか知らない客たちは、飲みすぎて酔い潰れただらしない男と思ったであろう。軽蔑《けいべつ》の眼差しも向けていたのではないか。

（くそ、みっともない。かっこ悪いところを見られちまった）

駅に向かって足を速めながら、ひとり歯噛みする。

粋《いき》がって飲んでいたぶん、醜態を晒したことが恥ずかしくてたまらない。そのくせ、素直に反省するには、彼のプライドはあまりに強固であった。

酒呑みが羽目をはずすのは、普通にあることだ。酔って他人に絡むやつもいる。それと比べれば、自分は誰にも迷惑をかけていない。だから許されるのだ。

自らに弁明しても、羞恥心は簡単には消えない。失敗をなかったことにするためには、悪人を懲らしめればいい。正しいことをした気分にひたれば、溜飲が下がるのだ。

終電に間に合い、速水は自宅アパートに帰ることができた。

会社へは、実家からも通えない距離ではない。しかし、社会人になったら自立すべきだと考え、自分の部屋を借りた。親しくなった女の子を、誰の目もはばかることなく連れ込むことができるなんて期待もあったが、一度も実現していなかった。

シャワーを浴びてさっぱりすると、速水はむんと鼻息を荒くした。

（よし。今夜もやるぞ）

2Kの住まいは、一人暮らしには充分な広さがある。寝るとき以外は常にいる洋間には、彼と世界を繋ぐツールもあった。分不相応なスペックを備えたパソコンだ。

電源を入れて立ち上げると、まずはメールをチェックする。親しい友人はいないから、受信ボックスにはどうでもいいダイレクトメールしか入っていない。それらを削除してから、ブラウザを起動した。

（さてと、今日は何があったかな）

最初にチェックするのは、ニュースサイトである。日々の出来事を確認するためというより、速水にとってはターゲット探しの場であった。

彼のターゲットは、この世に巣くう穀潰《ごくつぶ》しども——犯罪者であった。

5

(——あれ?)

闇の中から引き戻されても、速水はしばらくのあいだ、自身がどういう状況にあるのかわからなかった。というより、深い眠りから覚めたあとみたいに、頭がぼんやりして何も考えることができずにいたのである。

「暗いな……」

最初の感想は、それであった。声に出てしまったのは、会社以外で他人と交流することがほとんどないため、どうかすると独り言が洩れる傾向にあったからだ。

目を開けているはずなのに何も見えないのは、部屋が暗いせいなのか。そこまで考えて、意識を失う前に何をしていたのかを、ようやく思い出す。

(ええと、おれはサイトの記事を書いていて——)

パソコンに向かい、ほぼ日課になっている作業をしていたのである。今も愛用のチェアに坐っているのだとわかった。

そうすると、知らぬ間に眠ってしまったのか。帰りに寄った居酒屋でも、そうなってしまったように。

(おれ、どこか悪いのかな?)

何かの病気かもしれない。でなければ、そう頻繁に寝落ちなどしないであろう。いや、寝落ちというより、意識を失ったに等しいのではないか。

速水は知らなかった。居酒屋で眠り込んだのは、酒に仕込まれた睡眠薬のせいであることを。それから、眠っているあいだに部屋の鍵のスペアを作られ、帰宅前に侵入していた者に、スタンガンで気絶させられたことも。

(待てよ。いくらなんでも、ここまで真っ暗なのはおかしいぞ)

作業中だったから、パソコンのディスプレイが点いているはず。仮に何かのはずみでシャットダウンしても、外の明かりが窓から入るし、何も見えないまで暗くならない。

(……そうか、アイマスクをされてるんだ)

顔に着けられたものに気がつかなかったのは、考えもしなかったからだ。認識しないものについて、人間は案外鈍感らしい。加えて、頭もしっかり働いていなかった。

胴体を椅子に縛りつけられているのを理解したのは、その直後だった。いや、胴体だけではない。腕は肘掛《ひじか》けに、首はヘッドレストに固定され、両足首も硬いもので結わえられていた。感触からして、結束バンドではないだろうか。

そのため、完全に身動きがとれなくなっていた。

(ご──強盗か⁉)

今になって背すじを恐怖が伝う。それ以外に、こんなことをする輩《やから》がいるとは思えなかった。

あるいは作業中に忍び込まれ、背後から襲われて昏倒《こんとう》したのか。だが、それなら部屋に入られた時点でわかるはずだ。在宅のときでも、入口のドアは必ずロックしていたし、窓も開いていない。そもそもここは二階だ。

そうすると、帰宅する前に侵入されていたのか。けれど、ドアがこじ開けられた形跡はなかった。

(ていうか、ただの強盗なら、ここまでがっちり拘束する必要はないんだよな)

気絶させ、盗るものを盗ったら、さっさと出ていけばいいのだ。わざわざアイマスクまで着ける必要はない。それとも、見られたらまずいものでもあるのか。

「え――」

思わず声を洩らし、心臓が音高く鳴る。背後に存在する者の気配に気がついたのだ。

「だ、誰だ⁉」

声をかけても返事はない。代わりに、頭に手が触れる。目を覆っていたものが、上にずらされた。

光が目に飛び込み、速水は反射的に瞼を閉じた。やっぱりアイマスクだったのだと胸の内でうなずいたものの、それは些末《さまつ》な事実に過ぎない。後ろのやつは誰なのかという、もっと重大な問題があった。

（くそ……おれをこんな目に遭わせるとは、いい度胸をしてやがる。絶対にぶっ殺してやるからな）

そんな威勢のいいことが言えるのは、心の中だけだ。実際は、なかなか目を開けられないほどに、怯えまくっていたのである。

「怖いのか？」

くぐもった声が訊ねる。マスクをしているらしい。

（ふざけるな。そっちこそおれを拘束しているのは、反撃を恐れてなんだろうが）

またも胸の内で言い返す。それから勇気を振り絞り、瞼を開いた。

目の前にパソコンがあった。部屋の灯りが消されているため、ディスプレイの光が目に痛いほどであった。

そこに映し出されていたのは、速水が立ち上げたサイトである。気絶させられるまで、その更新作業をしていたのだ。

「『サイコクズ速報』か。サイコパスとクズを合わせた造語かな。安易なやつだ」

挑発され、頭にカッと血が上る。

「お前がそのサイコクズだろうが」

速水は反射的に言い返した。背後にいるそいつの顔を見たかったが、首を固定されているため振り返ることができない。

「そうかもな。但し、お前はただのクズだ、速水怜治」

侮蔑の言葉よりも、フルネームを告げられたことに動揺する。それだけで、すべての個人情報を握られている気がしたのだ。

「お、おれの何を知っているっていうんだよ」

「お前のサイトを見れば、一目瞭然《いちもくりようぜん》だよ」

後ろからのびた手が、マウスを操作する。ブラウザの画面をスクロールし、サイト内のあちこちのページを表示させた。

「この品のない広告が盛りだくさんの暴露サイトで、どれほどの収入が得られているのかな？　まあ、お前の目的は金じゃなくて、実生活ではまず得られない有能感にひたることなんだろうが。個人の情報を暴き、あることないことを書き立て、自分が優れた人間だと思い込みたいだけなんだろう。他人を貶《おとし》めることでしか自分の価値を見いだせない、根っからのクズ野郎さ」

そこまで言われて、速水はようやく悟った。背後の男が、どういうやつなのかを。

「そうか。おれのサイトに名前や写真を載せられたから、腹が立ってるんだな。だが、おれは穀潰しの犯罪者や、この国にいる価値のない在日どもといった、役立たずしか載せてないんだ。つまり、お前は生きる価値のない人間なんだよ」

拘束されているのに、速水がそこまで言えたのは、敵がただ脅すだけで、それ以上のことはできないと踏んだからである。さっきから小馬鹿にし、挑発するだけで、少しも手を出してこないのがその証拠だ。

するとしと、顔の真横にそいつが接近する。

「なるほどな。だったら、私は犯罪者ということになる。お前に言わせれば、ひとの命を奪うことなど屁とも思わない、極悪なケダモノってわけだ」

耳もとで囁《ささや》かれ、腋《わき》から妙な汗が滲み出る。確かにその通りであり、自分も殺されるのかと、再び恐怖が募った。

「よせ……や、やめろ。頼むから――」

怯えが言葉となって唇からこぼれる。すると、掠れた笑い声が聞こえた。

「私の名前がわかるのか？」

「い、いいえ」

「安心しろ。私はお前に犯罪者として糾弾されたわけじゃない」

その言葉に、からだから力が抜ける。

「だったら、どうしておれにこんな真似を――」

訊ねかけ、もうひとつの不可解なことに思い至る。

「いや、その前に、どうしておれがこのサイトの管理人だってわかったんだ？」

サイトに速水自身の個人情報はまったく載せていないのだ。

社会正義のために犯罪者の情報を発信しても、訴えられる可能性はいくらでもある。腐った人間にも人権を求める、面倒くさい連中がいるからだ。そのため、素性は絶対に明かさなかったし、サーバーも国外のものを利用していた。仮に捜査追及されることになっても、その手が及ばないよう徹底的に予防線を張ってある。

「見せてもらったが、お前のサイトに載っている記事は、他の類似サイトと同じように、ネット上の情報をかき集めたものがほとんどだった。真偽など関係なく、どこの誰が発信したのかもわからないものばかりをな。それによって害を被《こうむ》る者がいても関係ないというスタンスだから、出鱈目《でたらめ》なことができるんだろう」

「な、何だと?」

「犯罪者と在日外国人を並べて記事にしているのは、どちらも同じだという印象操作をするためだ。お前はただ、自分が好ましくないと思う存在を排除したいだけなんだよ。その基準も、だいぶネットに毒されているがな。偏見しか持てないのは、頭が悪い証拠だ」

「く――」

「お前は自分の思想や主張に沿った情報を集めて、だから正しいのだと自らを納得させているのが見て取れるよ。たとえ正しい情報であっても、自分にとって都合の悪いものは無視しているんだろう。我こそは正義のつもりでいるようだが、そんなものは正義じゃない。ただの欺瞞《ぎまん》だ。過ちを認めて傷つくのが怖いから、壁を作って逃げているだけだ」

「うるせえっ！　おれはこの腐った世の中を、正しい方向に導いているんだ。おれのような正義漢がいるからこそ、社会がどうにか成り立っているんだ。おれは感謝されるべき人間なんだ！」

常日頃から胸に秘めていた思いを、速水が初めて口にしたのは、自身を否定された反動からであった。そこまで馬鹿にされては、黙っていられなかったのだ。

「本音が出たな」

男が言う。冷たく突き放す声だった。

「残念ながら、お前は感謝などされない。この社会を成立させているのは、日々、己のやるべきことをコツコツと営む、たくさんの市井《しせい》のひとびとだ。お前みたいに匿名で、無責任に反吐《へど》を吐き散らすやつは、むしろ社会にとって害悪でしかないんだよ」

「が、害悪だと？」

「仕事で目立つ成果をあげているわけでもない。友人も恋人もいない。生きるための糧《かて》を稼ぐだけの毎日に鬱屈《うつくつ》して、誰かに認められたいと必死で足掻いている。その貧しい精神の持ち主がお前だ」

決して顧《かえり》みることのなかった内面を暴かれ、からだが震える。言い返せなかったのは、相手を打ち負かせる言葉が浮かんでこなかったからだ。

「どうしてお前がこのサイトの管理人だとわかったか、教えてやろう。ここにはネットから寄せ集めた情報だけじゃなく、お前が自ら収集したものも含まれている。特に写真だ」

男があるページを表示させる。それは六年ほど前の、このサイトを立ち上げるきっかけになった事件の記事だった。十歳の少女がわいせつ目的で誘拐され、殺害されたものだ。

「この容疑者の自宅写真は、メディアの記事やニュース画像から無断で拝借《はいしゃく》したものではない。お前が撮影したものだ。近くだったから、わざわざ出かけて撮影したんだろう。マスコミの取材に紛れてな」

事実だったから、速水は反論せずに黙っていた。

「そして、本来なら報道されるはずのない、未成年の容疑者の名前をネットに流したのも、この記事が最初だ。容疑者宅を撮影しただけじゃなく、名前も調べたんだな。容疑者家族が外に出られないのをいいことに、溜まっていた郵便物でも盗んだんだろう」

それも図星であった。

「その暴露記事のおかげで、このサイトは知られるようになった。味を占めたお前は、その後も近場の事件では自ら足を運んで、特に容疑者の自宅や素性を暴くようになった。家の写真を撮り、ご丁寧に地図までつけて。ああ、こんなものを見つけたよ」

男が背後から手を出し、速水の目の前に突きつけたのは、パスケースに入った社員証であった。そこにはありもしないメディアの名前と、架空の氏名が印字されていた。

「このデスクの引き出しに、他にも三つぐらいあった。マスコミを騙《かた》り、近所の人間に取材したんだろう。普段はマスゴミと非難しておきながら、ちゃっかり利用したわけだ」

パスケースが床に落とされる。男の顔が、また耳もとに近づいたのがわかった。

「あっちがマスゴミなら、お前はただのゴミだな」

侮蔑《ぶべつ》され、怒りに震える。

「黙れっ！　悪事を暴くためなら、おれは何だってやるんだよ」

「その行動力が墓穴を掘ってもか？」

「なに？」

「お前が容疑者宅の写真を撮ったとき、そこにはマスコミも押し寄せていた。つまり、他にも多くのカメラがあって、写真や動画が撮られていたんだよ。そこに自分が映っているとは想像しなかったのか？」

この指摘に、速水は蒼ざめた。大勢の中にいるから目立たないだろうと、そのときは好きに振る舞っていたのだ。

「お前もわかっていると思うが、ネットは実に便利だ。あらゆる情報が流れている。お前がいた現場の画像や映像も、数え切れないほどあった。メディアの報道だけじゃなく、SNSにもな」

「そ、それじゃ、そこに――」

「お前の馬鹿面《づら》が、あちこちに映っていたよ」

では、それだけで自宅まで突き止めたというのか。何という執念なのかと、速水は改めて恐怖を覚えた。

彼は気づかなかった。いくら顔がバレても、素性まで明らかになるはずがないことに。ネットの顔写真は、最終的な特定に使われたのである。

「お前はさっき、犯罪者や在日外国人の情報しかサイトに載せていないと言ったな。じゃあ、これはどうなんだ？」

男が別のページを表示する。それは十八歳の予備校生が起こした、連続わいせつ事件の記事であった。

「お前はここに容疑者だけじゃなく、家族に関する情報まで載せているじゃないか」

「そ、それは……犯罪者を出した家族にも、相応に責任があるからだ」

「両親だけじゃなく、姉の名前や勤務先、顔写真まで必要なのか？」

速水は言葉に詰まった。運良く情報を得られる立場にあったものだから、サイトの閲覧数を増やすために、そんなものまで掲載したのである。容疑者家族の情報がネットで求められるのは、他人の不幸を喜ぶ輩が多いことの証だ。

「この女性は、お前の会社に勤めていたんだろ？」

「……」

「お前は人事部にいて、社員の情報を知り得る立場にあった。どういう経緯か知らないが、彼女が容疑者の姉だと知ったお前は、人事資料を無断でコピーし、こうしてネットに流したんだ」

「だ、だからどうだって言うんだ。おれは何も悪いことをしていない！」

言い放つと、しばらく間があった。ほんの十秒にも満たない時間であったろうが、速水にはやけに長く感じられた。

彼女が容疑者の姉であると知ったのは、偶然だった。会社のロビーの隅で、彼女が友人に相談するやりとりが、耳に入ったのである。

というより、気になったから聞き耳を立てたというのが正解だ。

「お前は、この女性が好きだったんじゃないのか？」

問いかけに、心臓が大きな音を立てる。否定しようとしたのに、喉に妙な固まりがあって、声が出せなかった。

「だが、お前には女性に告白する勇気なんてない。こんなサイトで憂さ晴らしをするしか能のない人間だ。会社での業務的なやりとり以外に、他者との繋がりも持てない。だから好きになっても、遠くから眺めるのが関の山だったんだろう。その挙げ句、どうせ手が届かないのならと、逆恨みでしかない仕打ちに出たんだ。可愛さ余って憎さ百倍ってやつか。いや、そんな上等なものじゃない。イソップ物語のキツネといっしょで、あのブドウは酸っぱいに違いないと思い込むだけの卑屈な人間だ」

この男はかなりの期間、自分の身辺を調査していたのではないか。速水はぼんやりと思った。自尊心をズタズタにされ、もう考えることが嫌になっていた。

それでも、ひとつだけ推測が浮かぶ。

（こいつ、犯罪者自身じゃなくて、その家族なのか？）

いや、もうどうでもいい。投げやりになり、速水は荒んだ心持ちに陥った。

「この女性は、お前のせいで会社を辞めることになった。ネットに名前が出回り、犯罪者家族のレッテルを貼られ、今でも苦しんでいることだろう。同じように、お前のせいで生きづらくなった人間が、何人もいるんだ。お前にそこまでする権利があるのか？」

「……うるせえよ。自業自得だろ」

「自殺する人間が出てもか」

「え？」

「このひとの弟は自殺したよ。家族に迷惑をかけたことを苦にしてな」

男がすうと息を吸い込む。

「自殺じゃない。お前が殺したんだ」

静かな声なのに、どんな怒鳴り声よりも耳に痛く響いた。

「だからどうしたっていうんだよ！　もともとそいつが、罪もない少女たちを毒牙にかけたのが悪いんだろうが！」

速水が大声で言い返したのは、芽生えかけた罪悪感を打ち消すためであった。自分の過ちは、絶対に認めたくなかった。

「たしかに彼は罪を犯した。だが、死んでしまったら二度と償いができない」

「アホか。死ぬことで償えただろうが」

「だったら、お前も死をもって償うのか？」

口調に殺意を感じ、速水は硬直した。

「罪を犯した人間は、償いをしなければならない。だが、どう償うのかは、他人が決めることじゃない。お前は深く考えもせずあげつらい、誰かの上に立ったつもりになって、自己満足にひたっているだけの憐れな人間だ」

ここまで蔑まれたのは、生まれて初めてであった。

「お、おれに何か恨みでもあるのか？」

泣き言を口にすると、嘲笑が聞こえた。

「お前こそ、ここに書き並べたひとびとに恨みがあるのか？　罪を犯した人間の家族というだけで、どうして非難されなくちゃいけないんだ。様々な事情でこの国にいるのに、どうして外国籍というだけで非難されねばならないんだ。彼らの過去も、歴史の経緯も直視しないで、浅はかな考えに則《のっと》って多くのひとびとを傷つけた、その自覚はあるのか？」

「だ――黙れ黙れ黙れっ！」

速水にできるのは、金切り声を上げて男の発言をやめさせることのみであった。

暗い部屋に静寂が戻る。自分の息づかいが耳にうるさかった。

「……おれをどうするつもりなんだ。やっぱり殺すのか？」

問いかけを絞り出すと、少し間を置いて男が答えた。

「そんなことはしない」

「なに？」

「どうするかは、お前自身が決めることだ」

拘束し、さんざん責めておきながら、そんな言い種《ぐさ》が通用するものか。それでも、どうやら命を奪われるわけでも、暴力を振るわれるわけでもないらしい。

とは言え、縛めを解かれるまでは安心できなかった。

「おれが決めるって？」

疑問を口にすると、男がマウスを操作する。ブラウザが別のページを表示した。

（何だこれは——!?）

速水は目を疑った。

デザインからして、それは自分が作成したサイトの一部になるらしい。表示されているURLはこのパソコンのものだから、まだサーバーには送られていないようだ。

いや、送られたらまずいことになる。

管理人について見出しが付けられたそこには、速水のフルネームや住所、電話番号にメールアドレス、勤務先と、さらには社員証をコピーしたものから、失神していたあいだに撮られたと思しき顔写真まで掲載されていたのだ。もちろん、そんなページをこしらえた覚えはない。

「お前はさっき、犯罪者の家族にも責任があると言ったな」

男が言う。やけに静かな口調だった。

「責任というのは、確かに大切だ。未熟な子供でもない限り、自分のしたことには責任を取らなくてはいけない」

「な、何を当たり前のことを言ってるんだ？」

「そう、当たり前のことだ。だからお前も、匿名で書き立てるんじゃなくて、お前が何者かを世間に知らせるべきだとは思わないか？　ここまで他人を糾弾するのなら、自分はそうする権限を持つ人間なのだと、胸を張ればいい」

その言葉で、男が何をしようとしているのかを悟る。

「馬鹿、や、やめろ」

「口の悪いやつだ。そんな頼みは聞けないな」

マウスがクリックされ、作成されたページがサーバーに送られた。間を置かずに、自らの情報がネット上にアップされたことを示すメッセージが出る。速水は暗澹《あんたん》たる気分に苛まれた。

男が耳もとで囁く。

「お前がサーバーのアクセスに使っている認証IDとパスワードは、まったく別のものに変えてある。緊急対処用の電話番号と、メールアドレスもだ」

サイトの更新中に襲われたため、そこまで知られてしまったようだ。というより、セキュリティが無防備になる機会を狙っていたのか。

「だから、お前にはこのページを削除することはできない。まあ、諦めきれなかったら、あれこれ試してみるがいい。無駄な努力で終わるだろうがな」

殺してやる——。

速水は怒りに震えた。この男を徹底的に痛めつけ、たとえ泣いて許しを乞うても、かまわず殴り殺すぐらいのことをしなければ気が済まない。

(あ、待てよ)

そのとき、まだ一縷《いちる》の望みがあることに気がつく。

ブラウザ上で認証IDとパスワードを変更したのであれば、ブラウザのプライバシー設定やキャッシュに残されているはずだ。こいつが去ったあとで確認し、すぐにページを削除すれば、個人情報が出回らずに済む。

ところが、含み笑いの声が絶望を招いた。

「ちなみに、プライバシー設定もキャッシュも消去済みだ。残念だったな」

「貴様……こ、殺してやる」

「なんだ、今度はお前が犯罪者になるのか？　ミイラ取りがミイラになるってやつかな」

嘲られ、ますます頭に血が上った。

「こんなことをして、ただで済むと思うなよ」

「もちろんただじゃ済まないだろう。ネット上に出回った情報を、完全に消し去ることは不可能に近い。そんなことは、お前が一番よくわかっているはずだ。これまで多くの人間の情報を拡散し、さんざん苦しめてきたんだからな」

「く……」

「お前のサイトによって被害をこうむったひとびとは、これでいくらでもお前を訴えることができる。きっと明日から、多くの訴訟を抱えることになるだろう。それから、お前の会社も黙っているわけにはいかないはずだ。何しろ社員が立場を悪用して、社内の人間の情報をネットに流したんだからな。まあ、懲戒解雇だけで済めば、むしろラッキーじゃないのか」

目の前のディスプレイがぼやける。悔しさと怒りと、得体の知れないものが押し寄せてくる不安で、いつの間にか涙が溢れていた。

「ぜ、絶対に許さないからな！　くそっ、おれの人生を目茶苦茶《めちゃくちゃ》にしやがって――」

「その台詞《せりふ》は、むしろお前自身に向けられるべきだ」

首の後ろに何かが当てられる。強い衝撃が走った瞬間、そうか、これで気絶させられたのかと、速水は理解した。

闇が彼を包み込む。それは次に目を覚ますまでの、ほんの短い安堵のひとときであったろう。

幕間《まくあい》

1

（あ、開いてる――）

「彩」に明かりが灯っているのを見て、岩井は胸をはずませた。

さっそく戸を開けて足を踏み入れれば、カウンターは半分近く埋まっている。その中にはご隠居もいた。

「いらっしゃいませ」

大将――龍樹が愛想のいい声で迎えてくれる。しばらく顔を見ていなかったのに、不思議とそんな気がしない。以前と変わらぬ店の雰囲気が、空白の時間をなかったことにしたかのようだ。

岩井はご隠居の隣に腰をおろした。

「どうも」

「やあ」

短いやりとりと笑顔を交わしただけで、互いの気持ちがわかる。「彩」が営業を再開したことが、ただただ嬉しいのだ。

「どうぞ」

注文しなくても、大将が瓶ビールとグラスを出してくれる。それもまた、居心地の良さを感じさせてくれた。

(やっぱりここはいいな……)

顔見知りたちが酒を飲み、談笑する。ただそれだけのひとときと空間が、どれほど貴重なのか。岩井はこの一ヶ月近くのあいだに、強く思い知らされた。

休業中に何をしていたのか、龍樹に訊ねる者はいない。あるいは自分が来る前に、すでにそのやりとりがあったのかもしれないが、べつに知りたいとは思わなかった。無事に戻ってきてくれたのであれば、それでいい。

「大将、今日のお造りは？」

「カンパチとイナダです」

「じゃあ、両方」

龍樹の包丁さばきを眺めながら、岩井はグラスのビールを飲んだ。隣で燗酒を飲んでいるご隠居に、お酌もする。

「ああ、ありがとう」

「もう年なんだから、飲み過ぎちゃいけませんよ」

「今日は堅いことを言いっこなしだよ」

ご隠居の頬は緩みっぱなしだった。

その後、さらにお客が来て、席がいっぱいとなる。みんな龍樹が戻るのを待っていたようだ。

営業終了の時刻が近くなった頃、見知らぬ女性客があった。席は空いていなかったが、岩井が来るより前から飲んでいた客が、譲るように席を立つ。

「大将、お勘定」

「はい。少々お待ちを」

「承知しました」

片付けられた席に着いた女性を、岩井はチラチラと盗み見た。

年は三十前後であろうか。ラフな装いからして、勤め帰りには見えない。こういう店に女性がひとりで訪れるのは珍しいものの、特に訳ありというふうでもなかった。むしろ善良な人柄であると、初対面なのに感じられた。

(もしかしたら、大将のいいひとなのかな?)

店を休んでいたあいだに知り合ったのかと、興味が湧いてくる。もっとも、ふたりは特に親しげではなく、龍樹は普通に注文を取っていた。

では、独り飲みが好きなだけの女性なのか。

「ずいぶんよさげなひとだね」

ご隠居がつぶやくように言い、岩井はドキッとした。

「え、よさげって?」

「大将にお似合いだってことだよ」

彼の目は、くだんの女性に向けられていた。

「じゃあ、あのひとはやっぱり、大将のいいひとなんですか?」

前のめり気味に訊ねると、ご隠居はきょとんとした顔を見せた。

「知らん」

「え、知らんって?」

「わたしはただ、そうだったらいいなと思っただけだよ」

見れば、普段は飲んでも顔に出ないご隠居の、目許が赤らんでいる。久々の「彩」が嬉しくて、飲みすぎたようだ。

(酔っ払いの戯言《ざれごと》かよ……)

あきれたものの、自分もだいぶ酔ってしまった。明日も仕事なのに、これ以上飲んだら差し支《つか》えるであろう。

そろそろ帰らなくちゃと思いつつ、なかなか席を立ちづらい岩井であった。

2

暖簾《のれん》を下げたあとの店内に、龍樹と女性客——直子のふたりだけが残っていた。

「素敵なお店ですね」

直子に言われ、龍樹は「ありがとうございます」と礼を述べた。

「まあ、前の主人から譲り受けたままですので、あちこちだいぶガタがきてますが」

「だけど、古いところも味があっていいと思います。それから、お酒も美味しいですし」

彼女の前には、一合徳利とぐい呑みがあった。中身は越後の酒蔵《さかぐら》から仕入れた、取って置きの純米酒である。

「でしたら、もう一本つけましょうか？」

「いいえ。これ以上飲んだら、酔っ払ってしまいます」

笑顔でかぶりを振った直子が俯《うつむ》き、ぽつりと言う。

「もうずっと、お酒なんて手に取ることすらありませんでしたから。今日は本当に、久しぶりに飲んだんです」

「え、ずっと？」

「洋二があんな罪を犯したんです。お酒を飲むなんて、許されない気がしましたから」

龍樹は無言でうなずいた。

洋二——直子の弟は、少女への連続わいせつで逮捕された。そして、自分のせいで家族が世間の非難を浴びることに耐えられず、自殺したのである。

自らが罪を犯していなくても、彼女は罪悪感を抱かずにいられなかったのだ。飲酒すら悪いことのように思え、あらゆる愉しみを封印してきたのだろう。姉にも責任があるとネットで叩かれ、猥雑《わいざつ》な言葉を浴びせられたことも無関係ではあるまい。

それでも、ようやく酒が飲めるまでに、気持ちの整理がついたようだ。

「そう言えば、あのサイトの管理人が失踪《しっそう》したそうです」

直子が言う。あのサイトというのが、未成年だった洋二の名前や素性ばかりか、家族の個人情報まで暴露したところだというのは、訊ねなくてもわかった。

「そうらしいですね」

龍樹は感情を出さずに相槌を打った。

「同じ会社に勤めていたひとだろうとは思ってましたけど、まさか人事部の方だったなんて。だからあそこまで、わたしのことがわかったのかって、納得はしましたけど」

「そのひとと、勤めていたときに交流はあったんですか？」

「いえ、特には。部署も違いますし、わたしよりふたつぐらい年上だと思いますから。社内で顔を合わせたことなら、あったかもしれませんけど」

「そうですか」

「だから余計に、どうしてなんだろうって思ったんです。もしかしたら、知らないうちに恨みを買うようなことをして、そのせいであんなことをされたのかなって」

「違うと思いますよ」

龍樹は自分の前にあった徳利で、直子のぐい呑みに燗酒を注いだ。

「ああいうことをして喜ぶ連中は、知り得た情報を手柄みたいにネットへ流すんです。それがどういう結果を生むのか、深く考えもしないで」

「……そうなんですか？」

「だから、いざ自分が責められる立場になると何もできなくて、逃げ出すしかなくなるんです」

サイトの管理人――速水は会社を馘首《クビ》になったばかりか、信用を貶めたということで損害賠償請求も起こされたようだ。さらに発信、拡散した情報について、個人や人権団体などからの訴訟も多数あるらしい。

ひとりでそれらすべてに対処するのは、もちろん不可能だ。また、弁護士を雇うにしても、果たして何人必要になることか。賠償額も含め、それだけの費用をまかなえるはずもなく、逃げ出すのも無理からぬことと言えよう。

「ところで、琴平さんは彼を訴えるんですか？」

訊ねると、直子は少し考えてから「わかりません」と答えた。

「わからないというのは？」

「洋二が亡くなって、すべてが終わった気がしてるんです。蒸し返すのもつらいですし」

「だけど、琴平さんのご家族が、最も被害に遭われているとも言えますよね。洋二君ばかりか、皆さんの情報を晒されたわけですし」

「ええ。それは洋二の弁護士さんからも言われました。あのサイトが個人情報を暴露しなければ、洋二だって死なずに済んだんだから、法的な措置をとるべきだって。でも……」

彼女は迷っているわけではない。明らかにそうしたくない様子だ。

「でも、何ですか？」

「うまく言えないんですけど、ああいうサイトって、他にもたくさんあるじゃないですか。あそこの管理人だけが責められると、他のところは自分たちは関係ないと受け止める気がするものですから」

要はスケープゴートにしたくないということか。確かに、責められるべきところは他にいくらでもある。

「ですから、今回の件が、他のサイトが掲載内容を改めるきっかけになればいいと思うんです」

「ええ。そうなればいいですね」

龍樹は同意したものの、正直、そう簡単なことではないと考えていた。

と、直子が沈んだ面持ちを見せる。

「あとは、失踪したひとのことも気になりますけど」

「何がですか？」

「……もしかしたら、自分で命を絶つんじゃないかって」

個人情報を晒して追い込んだ相手が、そこまで心配しているのを知ったら、あいつは何を感じるだろうか。

「洋二君がああいうことになったから、やっぱり気になるんですか？」

「そうですね。どんな人間だろうと、命の重さに変わりはありませんから」

罪を犯した身内を亡くしているだけに、言葉に重みが感じられる。龍樹はまだ、そこまでの悟りを得られていなかった。

それゆえに、許し難い存在を排除せずにいられないのである。彩華のような被害者を増やさないためにも。

「洋二君は家族に迷惑をかけたことを苦にして、死を選んだんですよね。あのサイトの管理人は自分のことしか考えていないでしょうから、自殺なんてしないと思いますよ」

「……そうでしょうか？」

「ええ。そこまでする度胸もないでしょう」

本人を見ているからこそ、龍樹は断言できた。

速水を生かしたのは、非難される姿を世間に見せることで、同種の連中を牽制するためもあった。下手に命を奪ったら、逆にあいつが同情を買うことになりかねない。それよりは晒し者にしたほうがいいし、その程度の価値しかない人間だ。

ただ、直子が憐憫《れんびん》を示したのは、意外であった。

「半田さんは、お嬢さんの命を奪った受刑者の、面会に行かれているんですよね」

彼女が話題を変える。というより本題に入ったのだと、龍樹は真剣な眼差しから察した。

「はい」

「実は、以前からお伺いしたかったんですけど、その……相手のことを、今はどんなふうに思っていらっしゃるんですか？」

「どんなふうとは？」

「まだ憎まれてるんですよね？」

そんなことが気になるのは、弟が傷つけた少女たちと、その親たちの心境が知りたいからなのだろう。償いの日々はまだまだ続くという覚悟も感じられた。

憎んでいないと答えれば、直子は多少なりとも楽になれるのであろうか。しかし、龍樹は本心しか述べられなかった。

「わかりません」

「え、わからないって？」

「あいつにどんな感情を持てばいいのかが、わからないんです」

龍樹はぐい呑みに口をつけ、残っていたものを飲み干した。

「私が裁判で、あいつが更生することを願うと証言したのは、立ち直ってもらわなくては彩華の死が無駄になると考えたからです。あいつではなく、彩華のためにそう願ったんです」

「ええ」

直子が相槌を打つ。娘を殺された父親に、いたわりの眼差しを向けて。

だからこそ龍樹は、胸に溜まった思いを吐き出すことができたようだ。

「その一方で、あいつが出所することを歓迎できるのかという疑問もあるんです。もしかしたら、あいつが出てきたときに娘の仇を討つのではないか、そのために刑期を早く終えることを望んでいるのではないかと、自問自答することがあります」

「本当にそんなことをなさるつもりなんですか？」

「わかりません。ただ、もしも私がそれを実行したら、妻は——彩華の母親は、私を見直すかもしれませんね」

自嘲の笑みをこぼし、徳利に残っていた酒を手酌でぐい呑みに注ぐ。すると、直子がポツリと言った。

「仮に、半田さんがそのひとの命を奪った場合、彼の心境としてはどうなんでしょうか？」

「え？」

「殺してくれてありがとう、これで楽になれるって、かえって安らぎを与えることにならないんでしょうか」

彼女の言葉を呑み込むのに、龍樹は少々時間を要した。それほど多く飲んだつもりはなかったが、酔ったせいか頭がうまく働かない感じがあった。

「……つまり、殺すことは仇を討つことにも、復讐にもならないということですか？」

「そうですね。そのときはいい気味だと思っても、あとで虚しくなるだけで、かえって感情を持て余す気がするんです」

「そうでしょうか？」

「だって、亡くなった大切なひとを、忘れることなんてできないじゃないですか。思い出したときに、命を奪った相手もこの世にいなかったら、怒りや恨みの矛先《ほこさき》がないわけですよね。もちろん、いつまでもマイナスの感情を持ち続けるのは建設的じゃないですけど、何らかの持っていき場がないと、かえってつらくなるんじゃないかって思えるんです」

直子はボランティアで犯罪被害者の会を手伝い、肉親を亡くしたひとたちの話を多く聞いている。だからこそ、そこまで深く考えることができたのであろう。

「では、加害者はずっと生き続けたほうがいいと思うんですか？」

「あくまでも、自分のしたことを悔いて、反省してくれたらですけど。犯した罪を忘れて、のうのうと生きることは望みません」

そう言って、彼女が何かを思い出したようにうなずく。

「さっき、あのサイトの管理人が、自分で命を絶つんじゃないかって言いましたけど、ずっと苦しんでほしい気持ちもあるんです。このまま一生世間の目から逃れて、日陰者《ひかげもの》の暮らしを送ればいいと」

「……そうなんですか？」

「それから、弟――洋二にも文句が言いたいんです。あなたは死んで楽になったかもしれないけど、残された家族のことも考えてほしいって。あの子の罪を、わたしや両親が背負うことになったわけですから。自分の罪は、やっぱり自分で償ってほしかったんです」

直子が小さなため息をつく。ぐい呑みに口をつけ、少しだけ酒を飲んだ。

「洋二が死を選んだのは、その先に希望があったからだと思うんです。好き好んで絶望の中に飛び込む人間はいませんから。信じていたのが天国か、転生かはわかりませんけど、仮にそんなものがなくたって、楽な道を選んだことに変わりはありません」

「だけど、彼は地獄に落ちることを望んだのかもしれませんよ」

「だったら、この世の地獄を味わえばよかったんです」

突き放す口調ながら、憎しみは感じられなかった。好きだからこそ真っ当な道を進んでほしかったという、姉としての情愛が溢れているのを龍樹は感じた。

（この世の地獄……か）

その言葉を反芻《はんすう》して、脳裏に荒涼たる景色が浮かぶ。とは言え、それは具体的な場所ではなく、きっと心の中にあるのだ。他の誰でもなく、自分が自分に苦しみを与え続ける、救いのない状態。そこから逃れられたら、なるほど楽になれるだろう。

殺すことは、安らぎを与えること——。

その感覚は、龍樹にはなかった。だからこそ、性懲《しょうこ》りもなく罪を重ねる連中を処分したのだ。あえて生かした者もいたが、あの世にも送った。彼らは一様に死を恐れたから、それが安らぎを与えるとは微塵《みじん》も考えなかった。

自分が何もせずにいたら、彼らに命を奪われたり、人生を目茶苦茶にされたりといった被害者が、数多《あまた》出たことであろう。誰かを救うために手を汚したつもりでも、果たしてそんな純粋な気持ちから為されたのか。龍樹はわからなくなった。

「あの……わたし、何かお気に障《さわ》ることを言いましたでしょうか？」

直子の問いかけで我に返る。

「ああ、いえ。ちょっと考え事を」

照れて微笑を浮かべても、心の中にモヤモヤが巣くっていた。積もり積もった思いを吐《と》露《ろ》したつもりが、新たな迷いを抱え込んだようである。

閉店後の「彩」に静寂が流れる。冷えてしまった燗酒をすすり、温もりがほしくなる。

「やっぱり、もう一本つけましょう」

空になった徳利を摑むと、そこに白い手が重ねられた。

「え？」

驚いて直子を見ると、濡れた目が縋るように見つめてきた。

「あの、あまり思い詰めないでくださいね」

「……私がですか？」

「ええ。半田さんはわたしなんかと違って、とてもお強い方だと思いますけど、ときどき、とてもつらそうな表情をされることがありますから」

集会の場では、加害者たちの様々な情報を得る目的もあって、感情を表に出さないよう努めてきた。周囲に気を遣わせないため、被害者遺族としての顔すら封印していたのである。

なのに、直子とふたりのときには、油断していたのであろうか。

「もう六年も経ちますから。思い詰めることなんてありませんよ」

店の客たちの前でも見せる愛想のいい笑顔にも、彼女は納得できない様子だった。

「でも、彩華ちゃんのことを忘れたわけじゃないですよね」

「もちろんです。片時だって忘れたことはありません」

「でしたら尚のこと、無理をなさらないでください」

優しく諭されて、龍樹は素直にうなずいた。

温かく柔らかな手が、徳利ごと握りしめてくれる。もう一方の手も添えられ、包み込まれることで、不思議と安心できる心地がした。

弟が逮捕されたあと、彼女は付き合っていた恋人と別れたと聞いた。先方から何か言われたわけではなく、自分から身を引いたという。恋人は素直に受け入れたそうだから、遅かれ早かれ別離は避けられなかったであろう。

独り身でいることが寂しくて、男の手を握ったのか。いささか失礼なことをぼんやりと考えたのは、龍樹自身、誰かとのふれあいを求めていたからに違いない。「彩」の店主としてお客と接し、言葉を交わしても、自身の感情を皆に見せることはなかったから。

ところが直子には、すべてでこそないにせよ、胸の内を話すことができた。そのため、彼女も同じ気持ちであってほしいと、無意識に望んだのかもしれない。

(待てよ――)

彩華を亡くし、別の道を歩み出してから、自分は本当に感情をさらけ出すことがなかったであろうか。そう考えるなり、心の中で声がした。

《そうじゃないだろう》
それは龍樹自身の声だった。
《お前はあいつらを痛めつけるとき、心から愉しんだはずだ。義憤に駆られたつもりかもしれないが、お前はあいつらを脅し、罵ることで、積もった恨みを解放していたんだよ》
女性たちをレイプし、自殺にまで追いやった堀江幸広。車を暴走させ、多くの子供たちの命を奪った工藤正道。女性たちを虐待し、服役してもなお復讐に燃えていた三橋昭吾。自身の不満と劣等感を解消するため、偽りの正義感を振りかざしてひとびとを苦しめた速水怜治——。
彼らの悪事を暴き、その事実を本人に突きつけたとき、果たして被害者の気持ちを慮っていたであろうか。拘束された彼らに侮蔑の言葉を吐きかけながら、自分は密かに高揚していたのではなかったか。
だとすれば、すべては己を満足させるための、処罰の名を借りた私刑に過ぎない。
《お前は、野島恭介に手を出せない苛立ちを、他の犯罪者にぶつけていたんだよ。あいつらは、単なる身代わりなのさ》
龍樹は否定できず、からだを震わせた。文字通りこの世の地獄に、修羅《しゅら》の道に、いつの間にか足を踏み入れていたようだ。
「半田さん？」

直子の心配そうな声が、やけに重い。自分にはひとの優しさを受け入れる資格などない。龍樹は左手で、彼女の手をほどいた。

「すみません……」

謝って、徳利を手に席を立つ。浴びるほど飲み、何も考えられなくなるほど酔いたいと思った。

「半田さんは以前、洋二のことで自分を責めないほうがいいと、わたしにおっしゃいましたよね」

背中に声をかけられ、足が止まる。その記憶はなかったが、直子が言うのなら事実であろう。

「……そうでしたでしょうか？」

「その言葉を、今の半田さんにお返しするのは僭越《せんえつ》でしょうか」

彩華のことで父親である自分を責めていると見ているのではない。別のことで重荷を負っているのを、彼女はわかっているのだ。龍樹にはそう確信できた。

もっともそれは、唯一心を許した女性に理解されたいという、願望だったのかもしれない。

「あの……お願いしてもいいですか？」

背中を向けたまま、龍樹は訊ねた。

「はい、なんでしょうか」

「実は、もうちょっと飲みたい気分なんですが、お付き合いいただけますか？」

「ええ、喜んで。何なら、朝まででもかまいませんよ」

振り返ると、優しい微笑があった。

胸が無性に熱い。泣きたいのに、涙は出てこなかった。そんなもの、とうに涸れ果てている。

「では、何か簡単なものを作りますね」

龍樹はカウンターの中に戻り、純米酒を燗してから包丁を握った。こんなに胸がはずむのは、いつ以来であろうか。

直子の慈《いつく》しむような眼差しに照れくささを覚えつつ、龍樹は酢の物に添えるワカメとキュウリを刻んだ。

3

面会に訪れるのは久しぶりだった。店を閉めて他で行動していたこともあり、前回からいくらか日が空いてしまったのだ。

受付をしようとしたとき、奥にいた顔見知りの刑務官が立ちあがった。

「あ、半田さん」

どこか焦った表情を見せ、やって来る。廊下に出て、

「こちらに来ていただけませんか？」

と、龍樹を手招きした。

(何かあったのか？)

もっとも、刑務所の中に入ったときから、妙なざわめきを感じていたのである。特に物音などしなかったのに、空気がうるさいほど振動しているようだった。

連れていかれたところは、所長室であった。

「所長、半田さんです」

刑務官が去り、龍樹だけが中に入る。五十がらみの小難しい顔をした所長から、簡素な応接セットのソファーを勧められた。

「ああ、どうぞ」

恭介との面会にあたり、龍樹は何度も所長に意図を訊ねられた。被害者遺族が加害者に面会するのは異例のことであり、希望があっても簡単に許可されるわけがない。それは龍樹も承知していたから、あくまでも受刑者の更生を願い、見届けたいからであると丁寧に伝えた。

面会をするようになってから一度、こんなふうに所長と対面したことがあった。刑務官からの話として、野島恭介の生活態度に良い変化があるようだと、安堵の面持ちで伝えら

れた。

しかし、今回はそういう話ではない。龍樹は察した。

「野島に何かあったんですか?」

身を乗り出して訊ねると、所長が顔をしかめる。言いたくないが、言わねばならない。そんな苦渋が、眉間の縦皺《たてじわ》に見て取れた。

「……死にました」

「え?」

「野島恭介は死にました。つい昨日のことです」

所長の声が、空っぽになった頭の中で反響する。断片的な言葉を紡《つむ》いで、受刑者同士のトラブルから死に至ったことがようやく理解できた。

「大丈夫ですか、半田さん?」

虚ろな目をしていると、所長にもわかったのであろう。龍樹は「ええ」とうなずき、まだ混乱している頭で質問を絞り出した。

「……つまり、野島は殺されたということですか?」

所長の表情が険しくなる。所内での殺人など、これ以上はない不祥事だ。そう簡単に認めるわけにはいかなかったであろう。

「我々は、今のところ事故と見ています」

呻くように言い、経緯を簡単に説明する。

「相手の男、仮にAとしておきますが、入所して日が浅い上に、もともと粗暴な性格だったため、著しく協調性に欠けておりました。そのことを何度か野島にたしなめられ、かなり根に持っていたようです。それが昨日、とうとう爆発して、野島を強く突き飛ばしたところ、彼は後頭部を床に強打し、意識を失いました。その後の手当ての甲斐もなく、残念ながら昨晩息を引き取ったのです」

何か言おうとしても言葉が出てこない。そもそも何を言えばいいのか、龍樹はわからなかった。

「野島は入所したときと比べて、明らかに変わっていました。Aに態度を改めるよう注意したのも、彼に芽生えた正義感に因《よ》るものだったのでしょう」

所長が居住まいを正す。これだけは言わねばならないというふうに、面差しをきりっと引き締めた。

「野島が変われたのは半田さんのおかげだと、私どもは深く感謝しております。そのご尽《じん》力《りょく》に報いることができず、彼を死なせてしまったことに、私どもも責任を痛感しております。深くお詫びいたします」

変わったことで恭介が死んだのであれば、自分のせいということになる。

所長の言葉を、龍樹が悪意的に曲解《きょっかい》したのは、感情の持って行きどころがなかったためだ。愛娘を殺した男が死んだと、喜ぶなんてとてもできない。だったら自分が殺してやりたかったというのとも違う。

どうすればいいのか、何をどう感じればいいのか。迷いと惑いの中で、龍樹はふらつくことしかできなかった。

気がつけば、刑務所の外であった。晴れた空と、午後の暖かな日射しが鬱陶《うっとう》しい。通い慣れた道を、ひたひたと歩く。目に映る景色はこれまでとまったく変わらないのに、初めて目にするみたいに余所余所しかった。

(……あいつが死んだ?)

何度反芻しても、事実が胸に落ちてこない。あるいは恭介の亡骸でも目にすれば、多少なりとも実感できたのであろうか。

人通りのある往来に出る。すれ違う者たちが奇異の眼差しをこちらに向けていることに、龍樹は気がついた。

そこに至ってようやく、自分が口をぱかっと開き、何かに取り憑《つ》かれた顔をしているのがわかった。しかし、口を閉じたら呼吸ができないのだ。

間の抜けた面を晒したまま、龍樹は狭い路地に入った。一度も歩いたことのない、どこに通じているのかもわからない道だ。

当てもなく角を曲がり、見知らぬ土地へ迷い込む。このまま一生迷い続け、出られなくなってしまったら、どんなに楽であろうか。

『これからわたしは、誰を憎めばいいのでしょう』

『自業自得ですわ。ただ、罰が当たったと思えればいいんでしょうけど……できればあの子を死なせる前に、彼がひとりであの世に行ってくれたらよかったのに……今度こそ反省して、天国であの子に謝ってくれればいいんですけど』

『そのときはいい気味だと思っても、あとで虚しくなるだけで、かえって感情を持て余す気がするんです……怒りや恨みの矛先がないわけですよね……かえってつらくなるんじゃないかって思えるんです』

　集会の場で、あるいは個人的に話をしたときに聞かされた言葉が、いくつも思い出される。確かにそうだと思いながらも、納得はできない。龍樹はまだ、自身の感情を見つけていなかった。

　開けっ放しの口の中が乾く。ますます閉じることが億劫《おっくう》になった。

「ああ……ああ――」

　声にならない呻きをこぼし、ひたすら歩き続ける。膝がうまく曲がらなくて、腿《もも》と脹《ふく》ら脛《はぎ》の筋肉が張り詰めたままだった。

　いつか倒れるのではないかと、龍樹はぼんやりと思った。最後には疲れ果て、路地裏で朽ち果てるのも悪くない。そこまで自暴自棄になったところで、パァアアアアーッ！

クラクションが鼓膜を切り裂くほどに響いて足が止まる。すぐ目の前を、大きなトラックがスピードを上げて通り過ぎた。

いつの間にか龍樹は、大通りに出ていた。

（どこだ、ここは？）

あたりを見回し、道路の埃が入るのに耐えかねて口を閉じる。顎がカクンと嫌な音を立て、ようやく唾液《だえき》が戻っても、口の中はザラついたままであった。

（……帰ろう）

できることは、それしかなかった。

今夜も「彩」を開けるには、帰って準備をする必要がある。しかし、そんな気になれない。いつもの日常に戻ることを、全身の血潮が拒んでいた。

通りを歩いていると、駅に辿《たど》り着く。龍樹はキオスクで新聞を買い、ホームのベンチで広げた。

（殺してやる――）

活字を追いながら、彼は次の獲物を探した。

第六章　暗躍

1

夕刻の道を、飯塚真梨江《いいづかまりえ》は急いでいた。部活動を終えてからの下校はくたくたで、正直どこかで休みたかったが、それよりは空腹をどうにかしたい気持ちが勝っていた。

（晩ご飯、何かなあ）

ハンバーグだったらいいなと、希望的観測を抱く。一昨日《おととい》食べたばかりだから、それはないとわかっているのに。

母親が作るハンバーグだったら、毎日食べても飽きない。タマネギのみじん切りと、豚の挽肉《ひきにく》のバランスが絶妙で、塩コショウの味つけだけでも美味しいのだ。もちろん、ソースもケチャップも、何だって合うけれど。

そんなことを考えるだけで、空っぽの胃袋がグゥと鳴る。真梨江は焦って周囲を見回した。誰かに聞かれたらみっともないし、恥ずかしい。

そこは住宅街の、通い慣れた通学路だ。車二台がどうにかすれ違える幅しかない。日が翳《かげ》って薄暗くなった今は、他にひとの姿は見当たらなかった。

家々の窓には明かりが灯り、夕餉《ゆうげ》の良い匂いが漂ってくる。ますますお腹が空いてきて、真梨江は足を速めた。

中学校でソフトテニス部を三年間頑張ったから、高校でも迷わずテニス部に入った。初めての硬式だ。

ちゃんとできるのだろうかという不安はあるものの、一年生はまだボールを打たせてもらえない。軟式よりも重めのラケットで素振りをし、あとは体力作りとボール拾いがメインの毎日である。

最高学年から新人の立ち位置に逆戻りというのは、高校一年生の宿命である。中学でよっぽど活躍し、入部して即戦力と認められる一部の生徒を除けば、運動部員は初心者からやり直しになってしまうのだ。

(でも、ウチの部の先輩たちは優しいから、もうすぐボールを打たせてもらえるかも)

夕飯のハンバーグと同じく、そちらにも希望を抱いたとき、路地から出てきた男とぶつかった。

「あ、すみません」

反射的に謝ったものの、そいつは振り返りもせず、無言のまま真梨江が来た方向にすたすたと行ってしまった。

（なによ、あたしはちゃんと謝ったのに）

こちらこそすみませんとか、何か言葉を返すのが礼儀ではないのか。そもそも、路地から飛び出してきたほうが悪いのだ。

しかし、ヘタに呼び止めて怒らせ、絡まれたら面倒である。真梨江は諦めて、家路を急いだ。

（あれ？）

しばらく歩いてから気がつく。さっきから、右の脇腹のあたりがジンジンする感じがあって、そこから何か温かなものが溢れているようなのだ。

何かに似ているなと考えて、ああ、そうかと思い出す。生理が来たときと一緒だと。しかし、先週終わったばかりだし、次はまだのはずなのに。

軽い目眩がするのは、貧血のせいなのか。それも生理のときと似ている。足が妙にフラついて、歩きづらくなった。

急に始まったのかと視線を下半身に移した真梨江は、驚愕で目を見開いた。短めのスカートから伸びた右側の脚に、幾筋も赤い模様が描かれていたのである。

「え、えっ、なに？」

それは間違いなく血であった。本当に生理だったら、ここまでにはならない。

途端に立ちくらみがして、その場で膝を折る。訳のわからぬまま呼吸が荒くなり、真梨江は道路に倒れ込んだ。

(……何があったの?)

脇腹のズキズキした感じが酷くなる。それが痛みだと自覚するなり、熱を伴《ともな》いだした。そこから出血しているようだ。しかも、かなりの量を。

(あいつだ——)

さっきぶつかった男のことを思い出す。記憶にあるのは黒っぽい服を着ていたことのみで、顔も背格好もわからない。網膜に残っていた後ろ姿も、霞みたいに薄らいでゆく。

力を振り絞ってからだを起こした真梨江は、男が去ったほうに目を向けた。しかし、彼を発見するより先に、アスファルトの上にいくつもついた赤黒い跡が視界に入る。

踏みつけられたり、こすれたりした痕跡もあるそれらは、すべて自分の血のようだ。出血は、思っている以上に多いらしい。地べたについた腰のところにも、血溜まりが広がっていた。

「きゅ、救急車……」

つぶやいて、ポケットからスマホを取り出そうとしたところで、全身から力が抜ける。道路に身を横たえた真梨江は、ゼイゼイと息づかいを荒くするばかりで、声が出せなかった。

（あたし、死ぬの？）

考えるなり、視界がぼやける。溢れた涙のせいなのだと、理解するのに時間がかかった。

自分で救急車が呼べないのなら、誰かに助けを求めなければならない。ところが足音も、車のエンジン音も聞こえない。周りには誰もいないのだ。家はたくさんあっても、中にいるひとを呼ぶことすらできなかった。

五感が薄らいでくる。漂っていた夕餉の匂いも、アスファルトの油くささも感じられなくなった。瞼を開いているはずなのに、あたりがどんどん暗くなる。

自らの命が風前《ふうぜん》の灯《ともしび》であるとわかっているのに、落ち着いていられるのが不思議だった。それはパニックが行きついた先の症状であると、危機的状況に陥ったことのない女子高校生に理解できるわけがない。

視力を完全に失ったとき、真梨江は気配を感じた。何者かが、すぐそばに立っているようだ。

助けて——。

声にならない呼びかけを、薄く開いた唇から洩らしたところで、誰なのかを悟る。

（あいつだ……）

自分をこんな目に遭わせた男が戻ってきたのだ。倒れ伏した姿を、いったいどんな顔で見おろしているのか。

悔しさと怒りに、真梨江は身を震わせた。次の瞬間、意識がすっと闇に溶け込む。

心臓が、最後にトクンと動いたのを聞いた気がした。

2

「まったく酷いもんですね」

岩井はやりきれなくため息をついた。

「どうかしたのかい？」

左隣で飲んでいたご隠居に訊ねられ、点けっぱなしのテレビのほうに顎をしゃくる。ニュース番組のアナウンサーが、昨日起こった通り魔事件の続報を伝えていた。

「あの女子高生、亡くなったんですよ」

「え、意識を取り戻したと、昼間のニュースで言ってたが」

「結局、出血が多すぎたせいで、ショック状態に陥ったみたいです。生きたいって気持ちが強くて、死の淵《ふち》から一度は這い上がったんでしょうけど、力尽きたんですね」

「病院に運び込まれたときは、すでに心肺停止だったそうだね」

「蘇生《そせい》して、これなら大丈夫かって安心してたんですけど」

やれやれと肩を落としてから、岩井はカウンターの中にチラッと視線を向けた。

（……大将、変わったな）

行きつけの居酒屋「彩」。しばらく店を閉めていたのが営業を再開してから、一ヶ月近く経つ。けれど、すべてが以前のままではなかった。

久しぶりに顔を見たときには、龍樹は何も変わっていない様子であった。だが、程なくして変化が現れた。

お客との接し方や、愛想のいい笑顔は前と同じである。少なくとも、見た目は一緒だ。なのに、どこかが違う。身にまとう雰囲気が、別人のように感じられることがあった。

もともと不定休ではあったものの、店を開けない日も増えていた。

（疲れているだけならいいんだけど）

今も魚を捌《さば》く龍樹の、目の輝きが濁《にご》っているかに映る。これまでは、料理に取り組む真剣な眼差しが印象的だったのに。

かと言って、味が落ちたわけではない。店も相変わらず賑わっていた。

（ご隠居は、気がついているのかな？）

ふと左側を見れば、彼はテレビのニュースに見入っている。通り魔事件が気になるようだ。

「ちょっと音を大きくしてもらえるかな」

ご隠居が声をかけ、テレビの近くにいた常連客がリモコンを操作した。

『——今回の事件があった付近では、半径二キロメートルの圏内で、昨年から五件の通り魔事件や未遂事件が起きており、警察はそれらとの関連も視野に入れて捜査を進めています』

別のニュースに変わったので、ご隠居は「もういいよ。ありがとう」と、リモコンを手にした客に礼を述べた。

「通り魔事件、気になりますか？」

岩井はご隠居に訊ねた。

「まあ、事件がというより、場所がね。息子夫婦が、あの近くに住んでいるんだよ」

「え、そうなんですか？」

「テレビで言っていた二キロメートルの圏内からははずれるようだが、孫もいるし、ちょっと心配になってね」

「それは気をつけるに越したことはないですよ。息子さんに連絡したらいかがですか？」

「まあ、本人たちも事件のことは知っているだろうし、けっこう注意深いほうだから、しっかり対策はすると思うがね」

ご隠居がぐい呑みに口をつけ、燗酒をすする。それから龍樹に声をかけた。

「大将、もう一本つけてもらえるかな」

「承知しました」

包丁を握っていた龍樹は、視線を落としたまま答えた。

(前だったら、ちゃんと顔をあげて、お客の顔を見て返事をしていたよな)

いや、そうでもなかったかなと岩井が首をひねったとき、ご隠居の向こう側にいた客が話題に入ってきた。

「だけど、通り魔事件が五件もあったなんて、警察は注意を呼びかけていたんですかね?」

「ああ、たしかにそうだね」

ご隠居がうなずくと、岩井の右隣の客も加わる。

「あれって、時間や狙われた被害者や、あと凶器なんかもバラバラで、同一犯とは見られてなかったみたいですよ」

「え、そうなんですか?」

岩井は驚いて訊ねた。

「うん。今回の被害者は女子高生だったけど、これまで襲われたのは老人や会社員、あと、小学生もいたかな。性別も男女の偏りがなかったようだし」

「へえ……」

「凶器も、女子高生は鋭い刃物のようなもので刺されたとニュースで言ってたけど、以前の被害者は千枚通しみたいな尖《とが》ったもので刺されたり、いきなり鈍器《どんき》で殴られたり、背後から紐状のもので首を絞められた者もいたんだって。幸い、誰も命を落とさなかったってことだけど」

「それって同一犯の仕業じゃなくて、たまたまその地域で通り魔が多かったってだけなんじゃないですか?」

岩井は首をかしげた。

「ほら、シリアルキラーとかは、犯行の手口が決まっていて、使う凶器とか狙う獲物とか、だいたいいつも同じだっていうじゃないですか」

「まあ、シリアルキラーなんて大袈裟なものじゃなくて、これまでは無差別で、気の向くまま襲っていたのが、たまたま今回はうまくいって——というと語弊《ごへい》があるけれど、狙い通りに命を奪うことができたんじゃないかな」

「なるほど」

そういう見方もあるなと、岩井はうなずいた。すると、ご隠居が不安げな面持ちを見せる。

「そうすると、今回のことで味を占めて、また誰かが刃物で襲われるんじゃないのかい」

息子の家族が事件の被害者になりはしないかと、心配なのであろう。

「いや、これだけ大々的に報道されたから、まずいことになったって、今ごろ震えているかもしれませんよ」

岩井の言葉は、不安を払拭《ふっしょく》するだけの説得力がなかったようだ。ご隠居は無言のまま、徳利に残っていた酒をぐい呑みに注いだ。

そのタイミングで、新しい燗酒がカウンターに置かれる。

「お待たせいたしました」

「ああ、どうも」

龍樹が空の徳利をさげ、再び虚ろな目で包丁を握る。しかし、岩井の関心はすでに大将から、通り魔事件のほうに移っていた。

「だけど、あの事件があった場所って、映像で見る限り普通の住宅地じゃないですか。あんなところで殺人が起こるなんて、誰も思わないですよね」

「うん。ただ、家が多いぶん物陰もあって、隠れるのには都合がいいのかもしれない」

「たしかに、いきなり物陰から出て襲われたら、防ぎようがないですね」

「高校一年生……何歳かな？」

ご隠居がつぶやくように訊ねる。

「十五、六歳ですかね」

岩井が答えると、別の客が補足する。

「ニュースで十五歳だと言ってましたね」

「十五歳……まだまだこれからじゃないか」

やるせなさげにかぶりを振ったご隠居の目に、涙が光っていた。

「それなのに、暴漢のせいで命を落とすなんて。本人も無念だろうし、親御さんも切なくてたまらんだろうなあ」

「そうですね」

岩井も同意してうなずいた。

「ただ、これまでの通り魔事件との関係が明らかになれば、それらの証拠や証言が洗い直されて、犯人逮捕に繫がるかもしれませんよ」

「うむ……それを祈るしかなさそうだな」

ご隠居が力なく言ったとき、

「難しいんですよね」

ぽつりと告げられて、通り魔の話題に加わっていた客たちがハッとする。いつの間にか龍樹が前にいて、遠くを見るような顔つきで腕組みをしていたのだ。

「難しいって？」

岩井が訊くと、彼はわずかに目を伏せた。

「通り魔の捜査です。犯行に至る動機がちゃんとある事件なら、被害者と加害者には必ず接点があるはずですから、警察はそれを捜します。だけど通り魔は、犯罪行為そのものが動機ですから、被害者と加害者の接点がほぼないと言えます。ですから、現場に明らかな証拠が残っていない限り、警察は闇雲《やみくも》に犯人を捜すしかないんです」

いや、そんなことはないでしょうと言いかけて、岩井は口をつぐんだ。龍樹は娘を殺され、警察の捜査を間近で目にしたのだ。ただの当て推量ではなく、経験に基づく見解かもしれない。

「だけど、現場付近で聞き込みをして、怪しい人間をピックアップするとか」

岩井の右隣の客が言う。どこか戸惑っている様子なのは、龍樹がこんなふうにお客の会話に割って入ることが珍しいからであろう。

「そもそも罪を犯す人間、それも通り魔のように見ず知らずの人間を襲う卑劣なやつは、他者との繋がりを絶っている場合が多いんです。そのため、聞き込みに応えてくれる一般のひとびとは、そんなやつの存在すら知らないんです。それこそ怪しいとも思われていない、無に等しい人間なんですから」

「ああ、なるほど」

隣の客は納得したようながら、岩井には腑《ふ》に落ちないところがあった。龍樹の主張は一理あるかもしれないが、偏見というか、決めつけがあると感じたのだ。

まるで、すでに犯人を知っているかのように。

「つまり、打つ手なしってことですか？」

いささか挑発的に問うと、龍樹が目を細める。すぐには答えず、じっと見つめてきた。

「……付近を制服警官が頻繁にパトロールすれば、そのあいだは次の犯行を防げるでしょうね。犯人は絶対に見つかりたくないんですから、警官を見かけたらすぐに逃げますよ」

「じゃあ、捕まえられないじゃないですか」

「だから難しいんです」

静かに断定してから、龍樹が天井を仰《あお》ぐ。

「私の娘を殺した犯人が捕まったのは、幸運だったんでしょうね。あいつと娘のあいだに、事件が起こるまで接点なんてなかったわけですから」

この言葉が耳に入ったお客の、ほとんどが動揺した。彼が事件のことを自ら口にするなんて、これまで一度もなかったからだ。

(……大将、やっぱり変じゃないか?)

そのとき、客のひとりが訳知り顔で言う。

「そう言えば、あいつが死んだんだってね」

「え、あいつ?」

その客の連れが訊ねる。

「大将の娘さんを殺した男だよ。刑務所の中で諍《いさか》いに巻き込まれて、事故死したって」

岩井は初耳だった。ご隠居は静かに酒をすすっていたから、知っていたらしい。

(じゃあ、大将はそのせいで、様子がおかしかったのか)

彼は犯人の更生を願っていたと聞いた。なのに、罪を償うことなく命を落としたものだから、怒りのやり場がなくなってしまったのではないか。

「ええ、そうなんです」

龍樹がうなずく。無表情でこそなかったものの、どんな感情なのか窺えない、野生動物を思わせる顔だった。

それは、遠くを見つめる虎《とら》に似ていたかもしれない。

と、彼が不意に口許をほころばせる。その笑顔は、お客の前で見せる愛想のいいものとは異なり、真逆の印象を与えた。

「こんなことになるのなら、私があいつを殺すんでした」

もしかしたら、冗談のつもりで言ったのか。しかし、誰も笑えるはずがない。店内が重苦しく静まり返った。

そのとき、ご隠居がポツリと言う。

「まったく、嫌な世の中だが、酒が我々の悩みを消してくれるのさ」

その一言で、客たちは救われた。

3

（絶対に殺してやる――）

路地を見通せる物陰に身を潜め、高塚則夫《たかつかのりお》はターゲットが来るのを待ちわびた。肩から提げた鞄の中に右手を入れ、刃先の鋭い柳刃包丁を握りしめて。

これから命を奪う相手に、恨みなどひとつもない。そもそも、向こうは自分のことなど知らないのだ。

だからこそ、これまで一度も捕まることなく、襲撃を重ねられたのである。被害者と繋がりがあれば、いずれ捜査の手がのびてくる。それを避けるために、縁もゆかりもない相手を標的に選んだ。

そうやって何度も試みたのに、未だ目的は達成されていない。いくら細かく計画を練っても、ひとを殺すのは決して容易ではなかった。

高塚の目的は殺人そのものではない。人間が死ぬところを見たかったのである。それも、命を落とす瞬間の目を。

いつから死に取りつかれるようになったのか。そのときのことを、高塚は今でも鮮明に思い出せる。

あれは中学二年のときだった。朝、寝坊をしたために家を出るのが遅くなり、高塚少年は通学路である県道の歩道を、急ぎ足で学校へ向かっていた。

十メートルほど前方に、ＯＬらしきパンツスーツ姿の女性がいた。彼女も遅れそうなのか、高塚と変わらぬ早歩きだったから、ふたりの距離はずっと変わらなかった。

背後からやけに大きな車のエンジン音が聞こえたのは、忙しく左右に揺れるたわわなヒップに、場をわきまえない思春期の欲望をふくらませていたときだった。

それは黒の固まりだった。あとになって振り返っても、高塚にはそうとしか思えなかった。爆音を轟《とどろ》かせたスポーツタイプの車が、ほんの五センチと離れていない脇を猛スピードで通過したのである。ちゃんと歩道を歩いていたのだから、本来なら考えられないことであった。

車はスピードを落とすことなく、前方にいた女性を撥ね飛ばした。

空気の少ないサッカーボールを蹴ったときのような鈍い音がして、スーツをまとったからだが宙に舞う。人間が紙くずのように飛ばされるところを、高塚は初めて目撃した。

その女性は、高塚のすぐ前に背中から落ちた。後頭部をアスファルトの地面にぶつけたのか、ゴンッと嫌な音が響いた。

車は女性を撥ねたあと、道路沿いの電柱に突っ込んで停まった。激しい衝突音にからだがビクッと震えたものの、高塚の足は一歩も動かなかった。いったい何がどうなったのか、状況を把握することもままならなかった。

確かなのは、さっきまで元気に歩いていた若い女性が、なぜだか地面に横たわっているという事実である。彼女の視線は、まっすぐ高塚に向けられていた。

女性はまだ生きていた。胸が苦しげに上下し、せわしなくまばたきを繰り返した。

だが、後頭部を強打しており、頭の下には血溜まりも見える。視力が正常だったかどうかはわからない。ただ、見開かれた目には、生きている証の光が宿っていた。

高塚は見た。弱々しいながらも輝きを放っていた瞳が、明かりが消えたみたいに暗くなるのを。瞳孔《どうこう》が開いたのか黒みを増し、そこが白く濁りだす。

気がつけば、女性はまったく動かなくなっていた。

周囲にひとびとが集まりだしてからも、高塚は茫然自失《ぼうぜんじしつ》で佇んでいた。何度か声をかけられ、肩も叩かれたようであったが、それが誰だったのかも思い出せない。いつの間にか広がった血溜まりに浮かぶ亡骸を見つめ、思考ばかりかあらゆる体内活動が停止したみたいになっていた。

間もなく救急車がやって来て、救急隊員が女性を担架《たんか》で運ぶ。そのときに離れるよう力ずくでどかされて、彼はようやく我に返った。

警察の事情聴取を受けたこともあり、その日、高塚は学校へ行かなかった。大変な事故を目撃したのであり、聴取が終わったら帰宅していいと、連絡を受けた学校が配慮してくれたのだ。

高塚は警官にあれこれ訊ねられたものの、すべては夢でも見ていたかのようで、ほとんど曖昧にしか答えられなかった。ショックを受けたからだろうと、しつこく問い詰められずに済んだ。そもそも彼だって被害者のようなものなのだ。

あの車の運転手が元ヤンキーの鼻つまみ者で、スピードを出しすぎていた上にスマホを操作して道路脇に突っ込んだこと、改造車のためエアバッグが作動せず即死したことを、高塚はあとになって知った。完全な自業自得であり、同情の余地はかけらもない。撥ねられた女性こそ気の毒であった。

そして、彼女も即死だったと報道されたのである。

撥ね飛ばされ、地面に叩きつけられたあとも、あの女性は間違いなく生きていた。目を合わせたまま長い時間が経過したように感じられたが、もしかしたら、思っていたよりも短かったのか。そういう場合は即死扱いされるのかもしれない。

しかしながら、確実に生きていたのだ。

高塚はその事実を誰にも話さなかった。無闇《むやみ》なことを口にして遺族に伝わったら、余計に苦しませることになる。などと、配慮したからではない。

初めて人間が死ぬ瞬間を目撃したことに、高塚は言いようのない昂りを感じたのである。あとで思い返して身震いし、成長途上の性器を硬くしたほどに。

亡くなった女性に性的な欲望を覚えたなんて知られたら、非難されるに決まっている。そのため、死にゆく目をじっと見ていたことも含めて、胸にしまっておいたのだ。

他の一般的な少年たちと同じように、高塚も小さい頃は虫だの蛙《かえる》だのを殺した。しかし、動いていたものが動かなくなる程度で、死を実感するには至らなかった。

ところが、直前まで生き生きと活動し、中学生の少年を密かに欲情させるほど生と性をあからさまに見せつけていた女性が、ほんの一瞬の出来事でただの骸《むくろ》と成り果てたのだ。生から死へと至る過程を目にして、高塚の胸には死とはどういうものかが強く植えつけられた。

あれが本当の死なんだ――。

その後、たとえばテレビドラマなどで臨終の場面を見ても、高塚は鼻白むようになった。あんなものは、本当の死ではないと。

ドラマは作り物だから、本物の死体や殺人を映すはずがない。そんなことはもちろんわかっている。ただ、すべてが紋切り型で、まったくリアルではなかったのだ。

そんなふうに感じたのは、自分は本当の死を知っているという自負心の表れであった。すでに習慣となっていた自慰《じい》行為に耽るときも、高塚はたびたびあの女性のことを思い返した。挑発的に揺れていたヒップと、無残な死に様。それから、徐々に光をなくしていった目――。

射精の快感を伴うことで、それらの光景は高塚の中にいっそう深く刻みつけられた。それればかりか、死を見たことで人間のすべてを理解した気になり、全能感すら抱いたのである。思春期の過剰な自意識が、歪んだ思考を後押しした部分もあったようだ。

それだけで終われば、さほど問題はなかったであろう。だが、いたずらに全能感など持ったがために、高塚はうまくいかないことがあると、これは本来あるべき己《おのれ》の姿ではないと苛立つようになった。たとえば、好きな女の子に告白して拒絶されたり、大学受験に失敗したりといったときに、自分を受け入れない相手や周囲を否定した。

おれは、生と死が何なのかを知っている。人間を創った神にも等しい存在なんだ。どうしてみんな、それがわからないんだ——。

命の本質を理解した偉大な存在なのだと信じることで、劣等感を包み隠す。容姿も知能も身体能力もごく並みで、他人に誇れるだけの突出したものがなかったぶん、ただ一度の特異な経験に縋りたかったのである。幼稚なスーパーマン願望を捨てきれず、己の貧しい本質を顧《かえり》みようとしなかった。

そこまで自意識が膨張すると、死を目撃しただけでは足りない気がしてくる。ここは自らの手で死を創出するべきだと考えるようになった。

すなわち、ひとを殺さねばならないと。

高塚が殺人を思いとどまったのは、人道にはずれた行為だからではない。警察の捜査から逃れられる自信がなかったのである。全能感はあっても、根は臆病だったのだ。

もっとも、倫理観がもともと薄かったのは間違いあるまい。だからこそ、死んだ女性に性的な昂りを覚えたのだ。

彼は一浪して大学に入った。親元を離れ、東京での独り暮らしを始める。学生生活を満喫するあいだは、ひとを殺したいという衝動を抱くことはなかった。

去年、高塚は四年生になり、就職活動も追い込みとなった。ところが、少しも良い兆《きざ》しが見えず、焦りを募らせた。このままでは行き場を見失って、自分が駄目になる気がした。

彼が殺人を決意したのは、希望していたいくつかの会社の、ここが最低ラインというところからも内定をもらえなかったときだ。

もはや落ちるところまで落ちてしまった。しかし、これは本当の自分ではない。こんなところで駄目になるはずがないのだと、自らそれを証明する必要に駆られた。

やはりひとを殺さねばならないようだ。そうすれば本来の力を取り戻し、今度は神そのものになれるはずだ――。

決心したところで、無闇に殺して警察に捕まっては、元も子もない。自分の仕業だと誰にもわからぬよう、方法と標的を吟味《ぎんみ》する必要があった。

無差別の通り魔的方法を選んだのは、明らかな証拠を残さない限り、警察の捜査が行き詰まりやすいと踏んだからである。事実、迷宮入りになった事件がいくつもあった。

犯行の場所は土地勘のある、自身の生活圏の範囲内にした。これは、仮にうまくいかずパニックになっても、確実に逃げられるようにと考えてである。見知らぬ場所だと、行き止まりに迷い込んで捕まる恐れがあった。

殺すのに相応《ふさわ》しい相手を探しながら、高塚は殺害方法にも頭を悩ませた。なぜなら、死ぬときの目を見る必要があったからだ。

ただ命を奪うだけでは意味がない。それでは弱肉強食の獣と一緒だ。そうではなく、生と死の境界を見届けることで、神と同等になれるのである。

加えて、もう一度あの瞬間を見たい気持ちがあったのも否定できない。神と同等云々《うんぬん》というのはただのこじつけで、人間が死ぬ瞬間を見たい、あのときの高揚感と全能感をもう一度経験したいというのが本音であった。

その目的を達成するのに、一度の決行では足りなかった。結果的に、何度も試みることになった。

実行の度に殺害方法を変えたのは、試行錯誤《しこうさくご》したからである。同じ手口だと同一犯だと見破られ、連続通り魔として大々的に捜査されたであろうが、幸いにもそうはならなかった。

また、うまく仕留められるよう、殺す相手の行動パターンも徹底的に調査した。襲撃場所を決めるのにも時間をかけたことで間隔が空き、個々の関連を長いあいだ疑われずに済んだ。

標的は、年齢も性別もこだわりはなかったが、生き生きと活動している者を狙った。今にも死にそうな老人なら殺しやすくても、生から死へ至る変化に乏しい。早めにあの世へ送ってやったぐらいにしか思えないだろう。

よって、事故で死んだ女性のように、生きている強さを感じられる相手でなくては、殺す意味がない。襲った中には年寄りもいたが、杖《つえ》など不要な矍鑠《かくしゃく》としたやつだった。

そうなると、当然ながら相手から抵抗される。尚かつ即死させず、死にゆくときの目を見るという困難な条件もあった。

最初のターゲットでは、少しずつ出血させるつもりで大きめの千枚通しを使った。購入しやすく、持っているのを見つかっても怪しまれないからだ。

しかし、衣服越しに突き刺すのは容易ではなかった。一撃で相手を弱らせることもできず、激しい抵抗に遭って断念した。

ふたり目と三人目は、金槌《かなづち》を使っての撲殺《ぼくさつ》を試みた。頭を殴って昏倒《こんとう》させようとしたのである。

ところが、即死を恐れるあまり、力加減が足りなかったらしい。一撃で倒すことができずに悲鳴もあげられて、どちらも未遂で終わった。

四人目からは絞殺《こうさつ》にした。死ぬところを観察するのに、首を絞めるのが最も相応しいと気づいたのだ。

かと言って、いきなり正面から挑むのは無理だ。背後から紐で狙い、標的も絞めやすいよう、子供や女性といった小柄な者を選んだ。

やってみてわかったのは、テレビのサスペンスドラマのように、人間はそう簡単に抵抗しなくなるものではないということだった。首に紐を掛けるのも難しかったし、暴れられ、蹴飛ばされ、嚙みつかれ、小柄な相手なのに、支配するのに苦労させられた。

そうやってあれこれ試みたにもかかわらず、死の瞬間を見られなかったばかりか、高塚は大学を留年した。殺害計画に夢中になって、卒論が完成できなかったのだ。

親には、希望の会社に就職するため卒業を遅らせたと弁明した。仕送りもしてもらえることになり、猶予が一年延びた。

ならば就活に力を入れればいいようなものの、もはやひとが死ぬ様を見ないことには、高塚は何も手につかない状態だった。仮に就職できても、自分に自信が持てぬまま社会に出ることになる。それはもっとまずい。

もう少しなんだ……あとちょっとでうまくいく――。

後がなくなると、高塚は刃物に手を出した。万が一警官に不審尋問でもされた場合、所持しているだけで罪に問われるため躊躇《ちゅうちょ》していたのである。もはやなりふり構っていられなかった。

柳刃包丁を選んだのは、料理を学ぶために買ったと言い逃れができるからだ。加えて、鋭い切っ先は刺殺に向いている。力を込めれば、服の上からでも致命傷を与えられるであろう。

事実、最初に試みた少女は、ひと刺しで地面に倒れ伏した。けれど、あと一歩のところで邪魔が入り、肝腎な死の瞬間を見ることができなかったのだ。

（――今度こそやってやる）

決意を全身に漲《みなぎ》らせ、高塚はそいつが来るのを待った。前回から一週間と経っておらず、実行の間隔が狭まったのは、この方法ならうまくいく自信があったからだ。すでに連続通り魔事件として捜査が進んでいたこともあり、早く成し遂げて終わりにしたかった。

標的は四十代ぐらいの男だった。この近辺を缶ビールや焼酎《しょうちゅう》の瓶を手に、千鳥足《ちどりあし》で歩く姿をたびたび見かけた。こいつなら与《くみ》し易《やす》いと、早くからターゲットに見定めていた。

前回は、そいつを待っていたときに、たまたま通りかかった少女を衝動的に襲ったのである。刺すのはうまくいったものの、残念ながら目的は達成できなかった。

そんなこともあったから、今度こそあいつをという気持ちが高まっていたのである。

（酔っているから血が一気に噴き出すだろうし、すぐに出血多量で絶命だな）

鞄の中で柳刃包丁を握り直し、古びたアパートの陰で獲物を待つ。その路地は普段から人通りが少なく、待っているあいだも誰ひとり通らなかった。

（来た――）

高塚は荒くなっていた鼻息を抑えた。あいつがやって来たのだ。片手にコンビニの袋を提げ、缶チューハイをあおりながら。

（こんな酔っ払いは、そもそも生きる価値なんてないのさ）

だから殺していいのだと決めつけ、男が来るのを待つ。前を通りかかったところで飛び出し、脇腹をひと突きするつもりだった。

一歩一歩、男が近づいてくる。酔って虚ろな目は、物陰にいるハンターを捉えてはいまい。ジャンパーの腹のあたりがやけにふくれた、中年太りのみっともない体型も、獲物の立場が相応しい。脂肪が厚くても、やすやすと貫けるはずであった。

(今だ!)

男が目の前を通り過ぎようとしたとき、高塚は音も立てずに飛びだした。鋭い刃先を、真っ直ぐ彼に向けて。気が昂っていたこともあり、ほとんど体当たりをせんばかりの勢いであった。

グキッ――。

その鈍い音が何だったのか、高塚はすぐにわからなかった。確かなのは、少女を刺したときにスムーズに刃が入り込んだのと違って、予想もしなかった強い抵抗があったのだ。

「ぐううううう」

高塚は激痛の走る右手首を庇うと、呻いてその場に膝をついた。突き立てた包丁がまったく刺さらなかったものだから、妙な方向に腕を捻ってしまったらしい。

「残念だったな」

冷淡な声にハッとする。顔をあげると、標的の男と目が合った。

(罠だ――)

瞬時にそう悟ったのは、男の顔がさっきまでの酔っ払いとは別人になっていたからだ。身震いをするほど冷たい眼差しに、ハンターと獲物が逆だったのだと思い知らされる。

「くそっ」

高塚は咄嗟《とっさ》に逃げようとした。ところが、首の後ろでバチッと衝撃音がして、たちまち闇の中に吸い込まれた。

4

意識が戻ったとき、高塚は自分の部屋にいた。学生向きの安いアパート。暗くても、ずっと住んでいたところだから匂いと雰囲気でわかる。

そのため、自分がさっきまでひとを殺そうとしていたことを、すぐには思い出せなかった。うたた寝から目覚めたときみたいで、普段と何ら変わりのない心持ちだったのである。

だが、手首の鈍い痛みがぶり返したことで、記憶が蘇る。

「あ――」

声をあげ、起きあがろうとしたものの、動けなかった。後ろ手に縛られ、両脚も長い布のようなもので、ぐるぐる巻きにされていたのだ。

(あいつがやったのか⁉)

畳に転がったまま、高塚は頭と目を動かした。すでに日が暮れているようで、明かりと言えばカーテンの隙間《すきま》から差し込む、街灯の弱々しい光ぐらいだ。

それでも、室内にもうひとりいることは、目ではなく肌で感じた。

「通り魔のお目覚めか」

やけに低い声が暗がりから響く。それは昏倒する直前に聞いた、あの男のものに間違いなかった。

「お——お前は誰だ！」

声を張りあげたのは、精一杯の虚勢であった。少しでも弱いところを見せたら付け込まれると思ったのである。

ところが、男は少しも怯んだ様子がない。

「あまり騒がないほうがいいな」

「何だと？」

「お前がまともに話のできない人間だとわかったら、おれはこのまま部屋を出て、警察に通報する。通り魔を部屋に監禁しているとな」

「う——」

「そんなことになったらまずいよな。何しろ、この部屋にはお前がやらかしたことを示す証拠の品が、いくつもあるんだから」

男の言ったことは事実だった。襲撃に使った凶器を、高塚はすべて持ち帰っていたのだ。

現場に証拠を残さないためであったが、へたに捨てて発見されたらまずいと、押し入れの奥にしまってある。いずれほとぼりが冷めたら処分するつもりで。

さらに、襲撃を計画したメモもある。それすら見つかるのが怖くて捨てられなかったのは、殺人を計画しても実は小心者である証と言えた。

(こいつ、おれのことをどこまで知ってるんだ?)

自分の部屋へ連れてこられ、残されたメモや証拠品を見られたことで、これまでしてきたことがすべてバレてしまったのか。

(いや、そもそもここがおれの部屋だって、どうしてわかったんだろう)

襲撃されることも、最初からわかっていたようだ。かなりのところまで入念に調べられていたらしい。だから罠に嵌まってしまったのだ。

調査能力があっても、警察の人間でないことは明らかだ。証拠を摑んだのなら監禁する必要はないし、通報するぞなんて脅さないはずだ。

「お前、警官なのか?」

それでも念のため質問すると、「違う」と答える。では、いったい何者なのか。

(自警団気取りの馬鹿か。あるいは、おれが襲った獲物の身内か)

もしも後者だとしたら、こんなことをする理由は容易に想像がつく。復讐するつもりなのだ。

「お、おれをどうするつもりなんだ」

声を震わせて訊ねると、冷徹な声が返ってきた。

「その前に、お前がしてきたことを確認させてもらう。ケチな通り魔であるお前が、これまでどこで誰を襲ったのか。おれが調べたことに間違いがないか、しっかり聞いていろ」

男は、高塚が襲撃した場所と獲物の素性を、淡々と述べた。しかも、襲った順番通りに、過不足なく。

感心したのは、世間では自分がしたように思われている事件を、男が口にしなかったことだ。それだけきっちりと調べ上げているわけである。

「ああ、間違いないよ」

誤魔化すのは無理そうだと、観念して認める。

「ていうか、そこまでわかっていたのなら、どうして警察に届けなかったんだよ」

「……お前、捕まったらやめたのか？」

「え？」

「逮捕され、裁判にかけられ、服役したら、反省して二度と通り魔なんかやらないと誓えるのか？」

高塚が即答できなかったのは、やらずにいられる自信がなかったからだ。と言うより、誰かを殺したい気持ちは、拘束された今も消えていない。もしも縛めが解けたら、この男を徹底的に痛めつけ、死にゆくところを見てやったであろう。

もちろん、そんなことを口にしようものなら、何をされるかわからない。ここは嘘でも取り繕い、もうしませんと詫びるのが安全策だ。

しかし、それはプライドが許さなかった。

(おれは人間が死ぬところを見て、死がどういうものか悟ったんだ。こんな正義漢ぶっただけのやつに、やり込められてたまるものか)

高塚が黙っていると、男は「もうけっこうです」と、返答を促さなかった。端《はな》っから聞くつもりなどなかったらしい。それはともかく、

(え、けっこうですだと?)

口調が変わったことに戸惑っていると、予想もしなかったことを男が告げた。

「ここまでのご無礼の数々、どうかお許しください。実は、こんなことをしたのは、どうしてもあなたとお近づきになる必要があったからなんです」

「なんだよ、お近づきって」

「私が知りたいのは、あなたがどうしてこんなことを始めたのかということなんです。それを話していただけませんか」

ひとが変わったみたいな、丁寧な言葉遣い。これまでは無理をして凄んでいたのではないかと思えたのは、今のほうが男の素のように感じられたからだ。

(こいつ、実は度胸がない輩なのかもしれないぞ)

もしかしたら、この男もひとを殺すことに憧れており、そのための方法や心構えについて、教えを請いたいのではないか。

(有名な犯罪者には、信奉者とか模倣犯《もほうはん》がつきものだからな)

それは海外のクライムドラマの受け売りであった。所詮《しょせん》は作り物でも、安っぽい国産のドラマとは異なり、内容も演技もリアルである。実際の犯罪に即しているとのことだったから、好んで視聴していたのだ。

本当に信奉者なら、これまで警察に捕まることなく犯行を重ねてきた高塚を尊敬し、一緒にやりたいと望んでいるのではないか。無茶な手段で接近してきたのも、それだけ意欲があることを示すためだとか。

(年は食ってるし、おれほど動けるかどうかわからないけど、助手にしてやるぐらいならいいかな)

都合よく解釈することで、高塚の恐怖心はすっかり薄らいだ。むしろ、自分の経験を仔《し》細《さい》に話し、優位に立ちたくなったのである。

「そんなに知りたいのなら、教えてやるよ」

高塚は勿体《もったい》ぶって咳払《せきばら》いをすると、中学時代の思い出を語った。初めて、そして、唯一目撃した死の瞬間と、あれによって神の領域に到達したことを。

話すことで気分が高揚してくる。あの女性の死に顔をまざまざと思い出して、高塚は勃起した。昂りが、ますます彼を饒舌《じょうぜつ》にさせる。

「生と死の境界を見極めたおれは、神になれたんだ。だからこそ、自らの手で死を生み出す資格があるってわけさ。この世でただひとり、誰の命を奪っても許されるんだよ」

もともとは就職に失敗し、自信を取り戻すために死を目撃して、再び全能感を得ようとしたのである。高塚は、そんなことは都合よく忘れていた。

それでも、ひとを殺すことによって最高の存在となり、すべてを見下したいという気持ちに変わりはない。

夢中になって話したために、喉が渇く。「おい、水」と、高塚は男に命じた。

ところが、反応がない。

(え、どこかに行ったのか?)

高塚は暗闇に目を凝らした。何も見えなかったが、ひとが動く気配はない。

「おい、水だよ。水をくれ」

もう一度、苛立ちをあらわに告げると、

「必要ない」

凛《りん》とした声が響き、高塚は身を強ばらせた。

(なんだ、また態度が変わりやがったぞ)

情緒不安定なのかと眉をひそめたとき、いきなり部屋の灯りが点いた。

「う――」

それほど明るくない蛍光灯も、闇に慣れた目には眩しい。床に転がされ、天井を向いていたから尚さらである。高塚は顔をしかめ、瞼を閉じた。

その直前、こちらを見おろすように佇む男の姿が視界に入った。服装も顔立ちも、殺してやると機会を窺っていた、あの酔っ払いに間違いなかった。

目を慣らしながら、少しずつ瞼を開く。次第に輪郭がはっきりしてきた男は、物陰から窺ったときとは印象が異なっていた。

まず、中年太りのみっともない体型が改善され、ふくれていた胴回りがすっきりしている。どうやら防御するための何かを、腹に巻いていたらしい。だから包丁が突き通せなかったのだ。

だが、その程度は些末《さまつ》な事柄に過ぎない。何より違っているのは顔つきだ。酒浸りのだらしなかった面容が、別人のごとく精悍《せいかん》なものになっていた。

それでいて、眼差しは氷のごとく冷たい。気を失う直前に目撃したのと一緒だ。

「必要ないって、どういう意味だ」

「無駄になるからさ」

男が脇に膝をつく。真上から覗き込まれ、再び恐怖がこみ上げた。

「お前が単純な人間だってことは、よくわかったよ。ちょっとおだてただけで、べらべらと何でも喋りやがって。何が神だ。お前はただくだらないだけの人間、いや、人間にもなれない下等な生き物なんだよ」

低い声での侮蔑に、言い返したくても言葉が出てこない。神と等しくなれたはずなのに、いざ高い位置から何か言われると、途端に気弱になってしまう。

「お前がどうして誰かを殺したくなったのか、教えてやろう。怖いからさ。お前は死ぬことが怖くなり、その恐怖心を殺すという行為によって誤魔化そうとしただけなんだよ」

「ば、馬鹿を言うな。おれは死がどういうものなのか、この目で見たんだ。死が何なのかを理解したんだよ。なのに、どうして怖がらなくちゃいけないんだ」

「だが、お前はまだ死んでいないだろう」

男が顔を近づけてくる。その目を間近で見て、高塚は身がすくむのを覚えた。逆光でそう感じただけなのかもしれないが、やけに暗い輝きが、あの日見た女性の目と同じだったのである。

（こいつ……死神か？）

あり得ない想像が頭をもたげる。しかし、満更《まんざら》はずれてはいなかった。

「交通事故で亡くなった女性を見たとき、お前は悟ったはずなんだ。ほんのちょっとの差で、自分がこうなっていたのかもしれないと。それが恐怖の始まりさ」

言われるなり、あの日、黒い固まりが脇をすり抜けた感覚が鮮やかに蘇る。あれは確かに、生と死の分かれ目を味わった瞬間であった。

「お前が正しい人間ならば、運良く生き残ったことに感謝して、真っ当な人生を歩んでいただろう。ところが、お前は目の前で亡くなった女性に死の恐怖を募らせ、そのことを認めたくないばかりに、死を理解しただの、神になれただの、思いあがった感情と置き換えたんだ。まあ、自意識過剰な思春期には、ありがちなことだがな」

それは違うと、否定したくてもできなかった。男の言葉は不思議な力を持っていた。

「ただの思いあがりも、胸にしまっておけば何事もなく済んだものを、お前はあろうことか、それを実行に移した。おそらく、劣等感を克服して、誰かの上に立ちたかったんだろう。その方法が正しいのか正しくないのか、少しも考えることなく。そして、たくさんのひとびとを傷つけ、苦しめた」

突き放した口調に殺意を感じ、高塚はまずいと焦った。

「だ、だったら、通報でも何でもしやがれ。おれをさっさと警察に引き渡せよ」

決して自暴自棄になったわけではない。警察に捕まったほうがまだマシだと、本能的に察したのである。

「それはできないな」

「どうしてだよ？」

「お前は絶対に、殺しをやめないからだ」

さっき、もうひと殺しはしないと詫びなかったことを、高塚は後悔した。もっとも、そんなことで男が許してくれたとも思えない。彼にはすべてを見抜かれている気がしてならなかった。

「お前は救いようのない、憐れなだけの存在だ。これ以上、罪のないひとびとに害を為すことを、許すわけにはいかない」

「お、おれを殺すのか？」

その問いかけを口にするなり、じわっと涙が溢れる。ぼやける視界の中で、男がかすかに笑ったように見えた。

「怖いのか？」

「怖くなんかないさ！」

この期《ご》に及んで意地を張りながらも、高塚は震えていた。

「だったら、殺されてもかまわないだろう」

「だけど不公平じゃないか。おれはまだ、誰ひとり殺していないんだぞ！」

この反論に、少し間があったあと、冷気のような声が囁いた。

「だが、いずれ殺すんだろ？」

男がどこからか、長い布を取り出す。シルクなのか、柔らかくなめらかな肌ざわりのそれを、高塚の首に幾重にも巻きつけた。

「何だよ、殺す前にスカーフで飾り立ててくれるのか」

精一杯の強がりが、男の嗜虐心を煽ったのかもしれない。

「そうじゃないと、お前が一番よくわかっているはずだが」

「う……」

「いいことを教えてやろう。こういう柔らかな布で絞めれば、首に痕が残らない。つまり、あとでいくらでも偽装ができるということだ」

巻きつけられた布が、少しずつ緊《し》まってくる。喉が圧迫され、呼吸が困難になった。

「こんなふうに、徐々に緊まるから、じっくり確実に命を奪えるんだよ」

「や……やめろ」

絞り出せた言葉は、それだけだった。

「やっと本音が出たな」

男が愉快そうに言った。

「お前は、誰かが死ぬところを見たかったんだろう。代わりに、おれがお前の死に様を見てやるよ」

言葉にも行動にも、躊躇がまったくない。高塚は苦悶の中で、そうだったのかと悟った。

（こいつは、前にも誰かを殺したことがあるんだ――）

息ができない。顔が風船みたいにふくらむ感覚がある。どんなに苦しくても、拘束されているため抵抗できなかった。

(おれ、死ぬのか?)

恐怖が全身に満ちる。行き場を失ったそれが涙や汗、尿となって体外に出た。男が見つめる自分の目も、あのときの女性と同じように、輝きを失いつつあるのだろうか。

ところが、苦しさがいよいよ限界を超えようとしたところで、ふっと楽になった。

(え、なんだ?)

全身に漲っていた緊張も解ける。呼吸はできていないのに、少しも苦しくなかった。

さらに、目の前に光が満ちる。

(そうか……これが死なんだ!)

他でもない、自分自身の経験として捉えられたことで、喜びが広がる。今度こそおれは神になれたと、目の前の男に誇ろうとしたところで、一切が無に帰した。

5

暖簾を下げたあとの「彩」には、龍樹と、もうひとりの姿があった。

点けっぱなしのテレビが、本日最後のニュース番組を流している。生真面目な面差《おもざ》しのキャスターが、連続通り魔事件の続報を伝えていた。

「……やっぱり、あの男がしたことだったんですね」

カウンター席で、つぶやくように言ったのは直子だ。その隣で徳利を傾けながら、龍樹は「そのようですね」と相槌を打った。

学生アパートで縊死《いし》死体が発見されたのは、先週のことである。二日後には、自殺した高塚則夫の遺留品から、彼が連続通り魔であることが判明した。

そして、部屋から発見された二本の刃物を鑑定した結果、死亡した女子高生飯塚真梨江と、重傷を負った女子中学生のＤＮＡが発見されたと、今のニュースで伝えられたのだ。

「根岸さんとは、今も連絡を取られてるんですか？」

龍樹の問いかけに、直子が「ええ」とうなずく。

「つい一昨日も集会があって、会の中では発言されなかったんですけど、そのあと一緒にお茶を飲んで話しました」

「何かおっしゃってましたか？」

「……まだ、気持ちの整理がつかないご様子でした」

根岸というのは、直子が手伝っている犯罪被害者の会に参加している女性である。但し、一般的な犯罪被害者とは、立場を少々異にしていた。

彼女は、ひとり娘を自殺で失ったのである。

当時中学生だった根岸の娘は、部活動での人間関係を発端《ほったん》にしたいじめに苦しんでいたという。担任や顧問に相談したものの、上《うわ》っ面《つら》の対処しかしてもらえなかったそうだ。それどころか、先生にチクったことでいじめはエスカレートし、彼女は耐え切れなくなって、駅のホームから特急列車めがけて飛び込んだのである。

女の子同士のいじめは、ネットの裏サイトやSNSを活用するなどして大人には見えにくく、陰湿なものになりやすい。それゆえ、ボディブローのごとくじわじわと被害者を蝕《むしば》み、もう逃げられないという絶望感へと追い込まれることになる。

いじめた人物を名指しした遺書が残されていたということだったが、いじめの具体的な証拠がなければ、学校も教育委員会も当事者への指導などできない。逆に名誉毀損で訴えられる恐れがあるからだ。

かくして、真相に迫ることのない、表面をなぞるだけの調査が行われる。あとは上の立場の者が通り一遍《いっぺん》の謝罪をして、無理やり収束させられることになる。担任や顧問は勤務校を異動して責任の所在が有耶無耶《うやむや》になり、いじめの加害者が罪に問われることもない。

こんなことが、全国のあちらこちらで日常的に繰り返されている。

直子はいじめの首謀者を、根岸から聞かされていた。それが飯塚真梨江である。少しも反省することなく進学し、高校生活を謳歌《おうか》していると、自殺した少女の母親は悔し涙に暮れたという。

その真梨江が、今度は凶行の被害者になったわけである。

「さすがに、罰が当たったなんて喜べるものじゃないでしょうね」

龍樹の言葉に、直子は「それはそうですよ」とたしなめるように言った。けれど、彼の本心からの言葉ではないと、すぐに気がついたらしい。

なぜなら、龍樹の愛娘を殺した男も、すでにこの世にはいないのだから。

「根岸さんは、いじめの加害者と親、それから当時の担任や顧問を相手に、損害賠償を求める訴訟の準備を進めていたそうです。その出端《でばな》をくじかれたわけですから、これからどうしようかと悩まれていましたね」

「訴訟ですか。希望通りに主張が認められたとしても、司法の判断が下されるのは、何年も先になるんでしょうね」

「ええ、たぶん」

「そのあいだに、精神的にも疲弊《ひへい》するでしょうし、根岸さん自身の生活がボロボロになるんじゃないでしょうか」

「それは何とも……娘さんのために訴えることで、生きる力になるかもしれませんし」

「ただ、賠償金が得られたとしても、満足できないでしょうね」

龍樹はぐい呑みの酒を口に含み、ゆっくりと喉に流した。

真梨江のことを、龍樹は直子から聞かされて知った。調べたところ、同じ中学で他にも被害者がおり、高校でも新たな標的の子がいるとわかった。自殺した少女の母親が言った通り、まったく反省していないどころか、同じことを繰り返していたのである。

だからこそ、龍樹は通り魔事件と合わせて「処分」することにしたのだ。

刃物を使ったのは、その方法を高塚則夫に選択させるためであった。他でうまくいったとなれば、必ず真似をするであろうと踏んで。その後、龍樹自身がターゲットになるよう、彼の前に現れた。

唯一の誤算は、高塚が龍樹ではなく、無関係の少女を刺したことであった。

「不公平だって——」

「え？」

直子の言葉で、龍樹は現実に引き戻された。

「根岸さんがおっしゃっていたんです。娘さんは自殺したせいで、弱いから現実逃避したんだと非難されることもあったのに、いじめたほうの子は殺されたから、悲劇のヒロインのように扱われるのが納得いかないって」

飯塚真梨江が通り魔に刺殺された事件の報道で、彼女が中学時代にいじめの首謀者であったことや、被害者の少女が自殺したことについては、まったく触れられなかった。それどころか、勉強も運動も頑張る明るい少女と、プラスの面ばかりが強調されていた。顔写真もネットで出回り、愛らしい容貌ゆえにかなりの同情を集めたようである。

「そのせいで、訴訟をしづらくなったんでしょうね」

龍樹が言うと、直子は「ええ」とうなずいた。

「いじめに荷担した生徒は何人かいたようですけど、首謀者も被害者もいないとなると、いじめの全貌を明らかにするのは難しいと思います。それに、子供を亡くした親に責任を取れなんて詰め寄ったら、訴えた側が悪者にされてしまいますから」

「確かにそうでしょうね」

「だからって、顧問や担任の先生たちだけを訴えても意味がないとも言われてました。そもそもが教育者として不適格な人間だったために、いじめにも対処できなかったんですから。つまり、責任を取るだけの能力すらないんだと」

根岸夫人は訴えを諦めるに違いないと、龍樹は思った。そうなるよう意図していたわけではないが、結果としていい方向に進んでいると言えよう。

「かえってよかったのかもしれませんよ」

「え？」

「訴えても、いいことなんてありません。傷ついて、疲れ果てて、あとには虚しさしか残らないんじゃないでしょうか」

直子が同意せず、難しい顔で唇を歪めたのは、自殺した少女と、その母親の無念さを慮ってなのだろう。

一方、彼女は加害者の親族でもある。訴えられる側は本人ばかりでなく、周囲も苦しむことになると知っている。ネット中傷の恐ろしさも身に染みているから、いじめた生徒の家族や学校関係者が槍玉《やりだま》にあげられたらと、複雑な思いがあるのではないか。

「……わたしとしては、根岸さんの望むようにさせてあげたかった気もするんですけど」

遠慮がちに述べて、ため息をつく。それから、窺うように龍樹の顔を見た。

「半田さんは、裁判に反対なんですね」

その言葉には、意外だというニュアンスが感じられた。娘を殺された被害者でもあるのにどうしてと、納得できなかったのではないか。

「反対というか、罪を問うわけでもない裁判に、あまり意味を見出せないんです」

「でも、責任の所在は問えると思いますけど」

「問う相手はひとりじゃないですよね。結果的に責任の所在が分散されて、曖昧になるだけです。言い換えれば、ひとりひとりが罪の意識を持たずに済むということです」

「そうでしょうか?」

「己の非を認められる人間は、訴えられなくても深く反省します。そうじゃない人間は、訴えられても反発するだけで、決して罪を認めないでしょう。仮に裁判で賠償を命じられても、お金を払えばいいんだろうと開き直るだけです」

どこか冷めた述懐《じゅっかい》を聞いて、直子は納得した面持ちでうなずいた。

「だから半田さんは、お嬢さんを殺した犯人が心から反省し、真人間になることを望んだんですね」

龍樹は無言でぐい呑みに口をつけた。

会話が途切れ、テレビの音声だけが店内に流れる。それでいて、重苦しい雰囲気にはならなかった。

「——不公平、ってことはないと思います」

「え？」

「さっき言われましたよね。いじめっ子なのに、悲劇のヒロインとして持ちあげられるのは不公平だと」

「ええ。根岸さんがそう言われました」

「ですが、いじめた少女も、同じように命を奪われたわけです。生きたかったであろう本人の意に反して。その点は、どちらも変わりありません」

「それはそうですけど」

「だいたい、周りがどう持ちあげようが、死んだ本人には関係ありません。世間だって、通り魔の一被害者のことなんて、すぐに忘れるでしょう。それに、いじめをするような子は、本当の友達なんていません。長く死を悼《いた》むのは、親兄弟がせいぜいです。まあ、それだけでも充分すぎるぐらいなんですが」

突き放した言い方に共感していいものか、直子は考えあぐねている様子だった。あるいは、いじめ首謀者の少女に、わいせつ事件で逮捕されて自殺した弟を重ねているのか。

すると、彼女がつぶやくように言う。

「……洋二は自分で死を選んだぶん、まだマシだったのかもしれませんね」

けれど、できれば生きていてほしかったという思いが、口調の端に滲んでいた。たとえ罪を犯した人間でも、大切な弟なのだから。

「彼は自分の行いを悔やんだからこそ、生きていられなくなったんでしょう。ただ、以前に琴平さんが言われたように、ちゃんと罪を償うべきだったと私も思います」

「そうですね」

「でも、自分のしたことを悔やんだぶん、殺された少女よりもずっと人間らしいですよ」

慰めるでもなく告げると、直子が濡れた目でじっと見つめてきた。

場が持たなくなり、時計を見る。龍樹は吹っ切るように背すじをのばした。

「だいぶ遅くなりましたから、お開きにしましょうか。琴平さんも、もうお帰りになられたほうが――」

言葉を失ったのは、奇妙な縁で知り合った女性が、変わらず真っ直ぐな視線をこちらに向けていたからである。

「半田さん、わたしは……」

縋る思いを秘めた声音に、龍樹は息苦しさを覚えた。我知らず、カウンターの下で拳を握る。

「わたし、朝までここにいたってかまわないんです」

彼女の気持ちは、言葉にされずとも察していた。

直子と同じように、龍樹も誰かに縋りたかった。疲弊した肉体を受け入れてくれるひとに抱かれ、心から安らげる眠りにつきたかった。

しかし、そんなことは許されない。自分に安寧《あんねい》を求める資格などないし、汚れた手で彼女に触れるべきではない。

「すみません。明日の仕込みがありますので」

龍樹は立ちあがり、空になった徳利とぐい呑みを手にカウンターの中へ入った。残っていた洗い物を黙々と済ませ、調理台も磨く。直子のほうを一瞥《いちべつ》すらしないで。

今日しておく必要のない、肉じゃが用のジャガイモの皮剝きを始めたところで、彼女が席を立つ気配があった。

「……ご馳走様《ちそうさま》でした」

やけに掠れた声は、涙を堪えていたためだろうか。けれど、龍樹は手元のジャガイモに目を落としていたため、直子の表情はわからなかった。

「また、いつでもいらしてください」

気休めでしかない言葉に返事はない。重い足音に続いて引き戸が開けられ、すぐに閉まった。

あとは孤独という静寂を、皮を剝く包丁がショリショリと切り刻んだ。

6

病室を訪れると、ベッドの脇に母親が付き添っていた。龍樹に気がつくと、疲れた面差しに明るい笑顔を浮かべる。

それが彼の目には、痛々しく映った。

「お邪魔してもよろしいでしょうか」

「ええ。さあ、どうぞ。いつもありがとうございます」

礼を述べられ、無言でうなずく。彼女は龍樹を恩人のように思っているが、実は歓迎される立場ではないことを、誰よりも自分自身がわかっていた。

ベッドに横たわり、あどけない寝顔を見せているのは辰巳莉子《たつみりこ》。中学二年生の少女は、高塚則夫の被害者であった。本当なら龍樹が襲われるはずだったのに、たまたま通りかかったために腹部を柳刃包丁で刺され、重傷を負った。

龍樹が大声を出したために高塚は逃走し、すぐに救急車を呼んだことで一命は取り止めた。だが、内臓に深い傷を負い、現在も入院を余儀なくされている。

高塚に刃物を用いた犯行を促し、罠に嵌めたのは龍樹である。そのとばっちりを受けた莉子には、何の落ち度もない。

（すべておれのせいなんだ……）

寝顔を目にしただけで、胸がキリキリと痛む。その痛みを己に刻みつけるために、こうして見舞いに訪れるようなものだ。

少女が入院し、面会謝絶が解けたあとは、二日置きに病院へ通った。その度に、己の過ちと罪深さを悔い、心の内で断頭台《だんとうだい》に上がった。

「具合のほうはいかがですか？」

勧められた丸椅子に腰掛けず、龍樹は訊ねた。

「はい。順調に快復しているとお医者さんには言われました。ただ、傷が深かったために、全快にはまだ時間がかかるようです」

「そうですか……傷痕も残るんでしょうね」

「でも、命が助かっただけでも有り難いです。それこそ、半田さんが助けてくださらなかったら、この子もどうなっていたことか。本当にその節はありがとうございました」

もう何度も言われたお礼も、龍樹の胸を深く抉《えぐ》る。しかし、まだ足りない。それこそ、本当に腹を抉られたこの子に比べたら、何でもない痛みだ。

「いえ、私はたまたま通りかかっただけですので」

偽りの言葉を吐くことで、喉がやたらと渇く。龍樹は穢れた唾を呑んで潤《うるお》した。

「それに、莉子さんがあの場にいなかったら、私のほうが刺されていたでしょう。私の身代わりになってくれたのかと思うと、申し訳なくて」

真実を混ぜた言葉を、母親は少しも怪しまなかった。それどころか、善良な面差しで「いいえ」とかぶりを振る。

「たまたまそうなったんですよ。この子は運が悪かっただけで。でも、こうして助かったんですから、運に見放されていなかったとも言えますね」

彼女の笑顔が、龍樹をますます心苦しくさせる。見えない矢が何本も飛んできて、背中に突き刺さるのを感じた。

そのとき、からだを小さく動かした少女が、瞼を薄く開く。母親の顔を見あげ、目を少し動かしてすぐに、もうひとりいることに気がついた。

「あ……」

声を洩らし、弱々しい微笑を浮かべる。

「こんにちは、半田さん」

息を継ぎながら、ようやく発した声は聞き取りづらかった。前回はちゃんと喋れていたから、寝起きのせいなのだろう。

「こんにちは」

龍樹は挨拶を返した。笑顔を見せたつもりだったが頬が強ばり、うまく笑えたかどうか少しも自信がない。

「具合はどう？」

問いかけに、莉子はちょっと考えてから、

「お腹が空きました」

いかにも子供っぽい返答をした。

「まだ食事は摂れないんですか？」

母親に訊ねると、「ええ」とうなずく。栄養補給のための点滴を、チラッと見あげた。

「来週検査をして、大丈夫なようだったら流動食から始めて、徐々に慣らしていくというお話でした。普通の食事には、まだ時間がかかりそうです」

「そうですか」

育ち盛りの十代には、絶食はかなりつらいであろう。ところが、

「きのう友達が来たんですけど、ダイエットになっていいじゃないって言われました。それで、あ、たしかにそうかもって、わたしも思いました」

そう言って、莉子が口許をほころばせる。べつに太っていないのに、思春期の少女らしく体型が気になるのだろう。

「それに、退院したら、お父さんが美味しい焼き肉屋さんに連れて行ってくれるって言ったので、今から楽しみにしてるんです」

結局、色気よりは食い気なのか。その日が一日も早く訪れることを、龍樹は祈るしかなかった。

「うん。焼き肉がたくさん食べられるぐらい元気になれるよう、おじさんも応援してるよ」

「ありがとうございます」

「何か困っていることはない？」

「いいえ。退屈は退屈ですけど、最近、たまには入院するのもいいかなって思ってるんです」

目がしっかり覚めて、口が動くようになると、少女は饒舌であった。

「え、どうして？」

「クラスの子とか、あと、部活の仲間もお見舞いに来てくれますから。みんなから心配されて、悪いなって気持ちもあるんですけど、すごくありがたくって。友達っていいなって、心から思います」

「そうだね」

「だから、わたしも困っている友達がいたら、絶対に寄り添って助けてあげるつもりです」

優等生的な取り繕った言葉ではなかった。死の間際まで突き落とされ、そこから苦しんでどうにか這い上がれた強さと、ひとの優しさに感謝できる素直さがあったからこそ、生きる上で大切な心構えを自ら悟ったのだ。

「うん。是非そうしてほしいな」

健気《けなげ》さに胸打たれ、龍樹は目がどうしようもなく潤むのを覚えた。申し訳なさも募り、泣くまいと懸命に堪えていたのであるが、

「もちろん、半田さんにもすごく感謝しているんです。わたしの命を救っていただいたから」

「いや、私は何も……」

「わたし、早く元気になって、半田さんの娘さんのぶんも頑張って生きますね」

これには、とうとう涙が溢れた。とっくに涸れたと思っていた熱いものが、次々と目から落ちる。

愛娘を殺されたことは、早くに莉子の家族に打ち明けた。何度も見舞いに来るのは、我が子を亡くしたこともあって気になるからだと、怪しまれないための口実に。

そのことを、少女は母親から聞かされたのではないか。

「ありがとう……本当に、ありがとう」

龍樹は歯を喰い縛り、嗚咽こそ堪えたものの、何度も目許を拭《ぬぐ》った。

病院を出て、外を歩く。見舞った少女を思い出すたびに、目の前がぼやけた。

『娘さんのぶんも頑張って生きますね――』

彩華を失って以来、それは最も励まされた言葉であった。

「ありがとう……」

小さくつぶやき、前へ進む。しかし、その足取りは決して軽くなかった。

（もう、やめるべきなんじゃないか――）

頭をよぎる考えに、迷いがかつてなく大きくなっていた。

自分が罪を犯しているという意識は、ずっと持っている。それでも続けてきたのは、やらねばならないという使命感と、亡き愛娘のためでもあった。罪もなく命を奪われる人間を、苦しむ遺族を、少しでも減らしたかったのだ。

ところが、そのために無関係の少女が傷つくことになった。龍樹があの通り魔を処分しようとしなければ、こんなことにはならなかったのである。

ただ、手を出さずにいたら、別の被害者が生まれた可能性は大いにある。

すべてを捨てる決意で始めたはずが、背負うものが大きくなりすぎて押し潰されそうだ。

予想しなかったわけではないが、予想よりも遥かに重いものが、肩や背にのしかかっていた。

（結局のところ、ただの自己満足なんじゃないか？）

自らに問いかけ、血が滲むほどに唇を噛む。

（ひとびとを救うなんてのは大義名分で、彩華を殺された恨みと憎しみを、他の悪党を殺すことで発散しているだけなんじゃないのか）

挙げ句、罪のない少女に、一生消えることのない傷を負わせた。犠牲としてはあまりに大きい。

（こんなことを続けて何になる？　お前ひとりが駆けずり回ったところで、この世から悲しみや苦しみが消えることはないんだぞ）

問いかけるばかりで、龍樹は答えを導こうとしなかった。何を言っても弁解にしかならないとわかっていたからだ。

そのとき、直子の顔が脳裏に浮かぶ。

求められたのに突き放したことを、後悔していない。彼女を幸せになどできないし、かえって苦しめることになろう。

（あのひとは、本当のおれを知らないんだ）

龍樹が弟の仇討ちまがいのことをしたとわかったところで、直子が感謝するとは思えない。むしろ困惑し、自分がそうさせたのではないかと苦悩するはず。そういうひとなのだ。

だからこそ、巻き込むわけにはいかなかった。

それでいて、もしもこんな自分を受け入れてくれるひとがいるとすれば、直子以外には考えられない。彼女を大切だと思えば思うほど、失うことが怖くなる。

けれど、どうあっても一緒にはなれない。

まといつくジレンマを懸命に振り払い、龍樹は唯ひとつ残された修羅の道を、ひたすら進んだ。

第七章　破滅

1

広い部屋に、四人の少女がいた。流行《はや》りの服をまとい、どこか痛々しいメイクで飾った彼女たちは、小学六年生。でも、ここへ来る前に、全員中学生だと嘘をついた。それが後ろめたくもあり、けれど、これからの期待に胸をわくわくさせていたものだから、最初は誰も不安など感じていなかった。

そこは都内一等地にある、高層マンションの一室だ。有名な芸能プロダクションの分室で、演技指導やレッスンのための場所だと聞かされていた。

そのため、お店でも開けそうな広い室内には窓がなく、撮影用らしき照明器具と、洋風の簡素なベッドぐらいしか置いてなくても、特に怪しまなかったのだ。むしろ、いかにもカメラテストや、演技のレッスンで使われそうな印象を抱いた。

とは言え、たかだか十二歳の少女たちだ。物事の本質が見抜けるだけの洞察力など、持ち合わせていない。

この部屋に入り、すでに三十分ほど経過している。少女たちをここへ連れてきた男は、しばらく待つように言い置いて、ドアで繋がった隣の部屋に入ったきり出てこなかった。

それでも、少女たちはカーペットの床に坐り込んで、明るくおしゃべりに興じていた。輝く未来への希望に、胸をふくらませて。

しかしながら、話題が途切れると、さすがにおかしいと思う者が出てくる。

「ねえ、遅くない？」

ひとりの言葉に、他の三人も表情を曇らせた。

「うん、たしかに」

「もうどのぐらい経ったっけ？」

「三十分ぐらいじゃない？」

「何か急用かな？」

「きっとあたしたちのことを、プロダクションの偉いひとに連絡してるんだよ」

「あー、そう言ってたね」

「だけど、連絡するだけなら、とっくに戻ってきてると思うけど」

四人は黙りこくった。目配《めくば》せをするように互いの表情を窺い、不安を募らせる。

「……ねえ、本当にちゃんとしたプロダクションのひとだよね？」

恐る恐る問われたことに、他の三人がビクッと肩を震わせた。

「そりゃ間違いないでしょ。だって、ちゃんと名刺をくれたんだし」

リーダー格の少女が、バッグから名刺を取り出す。ここへ連れてきた男が、四人に渡したものだ。

「ほら、このプロダクションって、すごく有名なところじゃない。〇〇〇とか、×××だって、このプロダクションの所属なんだよ」

「それは知ってるけど……」

「あと、社員証だって見せてくれたじゃない」

「でも、わたしたちは本物の社員証や名刺って見たことないし、偽物かもしれないよ」

この反論に、リーダーの少女があからさまにムッとする。

彼女は容姿に自信があり、芸能界への憧れもあって、いつか華々しい世界にデビューすることをずっと夢見ていた。

だからこそお洒落《しゃれ》をして、芸能事務所からスカウトされることが多いという若者の街へ、友達を誘って繰り出したのである。いよいよ夢が叶うという段になって横槍を入れられ、愉快な気分ではなかった。

「こんな綺麗な名刺、誰かを騙すためにわざわざ作ると思う？」

リーダー少女が、他の三人の前に名刺を突き出す。高級そうな光沢《こうたく》のある紙に、印字も鮮やかである。縁取《ふちど》りもカラフルで、いかにもお金がかかっていそうだ。

「それに、社員証だって写真入りの、ちゃんとしたやつだったじゃない」

「まあ、それは……」

「だいたい、このマンションだって、すごく高いはずだよ。場所もいいし、こんなに広いんだもの。何億とか、ヘタしたら何十億とかするに決まってるじゃん。もしもあのひとが悪人だったら、今ごろどこかわからない、狭い倉庫にでも連れ込まれているって」

絶対に大丈夫であることを彼女が強調するのは、スターになりたい気持ちがそれだけ強いためであった。

「それに優しそうで、全然悪いひとに見えなかったじゃない。言葉遣いも丁寧で、ほら、テレビに出てくる東大生のタレントと似たような雰囲気だったでしょ」

これには、他の面々も渋々うなずいた。

男はおそらく二十代であろう。物腰が柔らかで真面目そうだったし、人柄を信用してついてきたのだ。そして、高級マンションに招き入れられたこともあって、すっかり舞いあがったのである。

「……たしかに、こんなマンションが買えるぐらいのお金があるのなら、わたしたちを騙す必要なんてないものね」

ひとりが納得したようにうなずき、リーダー少女が「そうよ」と返す。

「あの、でもね」

泣きそうな顔で口を挟んだのは、グループの中で一番怖がりな少女であった。

「なによ？」

「もしかしたら、わたしたちみたいな女の子を騙すことで、こんなマンションが買えるぐらいのお金を儲けているのかもしれないよ」

「どういう意味よ？」

「たとえば、わたしたちをどこかに売り飛ばしたりとか」

これには他の三人があきれ、苦笑する。

「あのね、よその国はどうか知らないけど、ここは日本だよ。人間を売り買いするなんて、いつの時代の話よ」

「でも、他の国に売られるんだとしたら？」

「あ、そう言えば、外国の女性が日本に連れてこられて、働かされることがあるってテレビで見たことあるよ」

別の少女の言葉に、一同が顔を見合わせる。恐怖が伝染したのか、場の雰囲気が一変した。

それを打ち破ったのは、リーダーの少女だった。

「馬鹿馬鹿しい。よその国から来る女のひとがいるからって、どうしてあたしたちもそれと同じってことになるのよ。だいたい、あたしたちぐらいの女の子が行方知れずになったら、大騒ぎになるはずでしょ。それこそ警察がほっとかないわよ」

「だけど、たまにあるじゃない。女の子が行方不明になったってニュースが」

「ほとんどが家出でしょ。だいたい、そういう子たちの中に、あたしたちみたいにスカウトされるほどの可愛い子がいた？」

自信たっぷりの台詞に、三人が押し黙る。何もわからない状態では、できるだけ望みがある考えに縋りたいのは、みんな一緒だった。

「それに、このマンションが買えるぐらいに稼ぐには、女の子を何十人、何百人って売り飛ばさなくちゃいけないのよ。行方不明になってる女の子って、そんなにたくさんいるの？」

リーダーの勝ち誇った声に、ようやく漲《みなぎ》っていた緊張がほぐれる。うん、そうだよねと、各々《おのおの》がうなずいた。

ただ、心から安心するためには、外部との連絡が必要だった。

「わたし、お母さんに電話する」

ひとりが言うと、リーダー少女が慌てて止める。

「ダメだよ。あのひとに言われたじゃん。話がちゃんと決まるまでは、家のひとには黙っていてほしいって。ちゃんと上に話を通したら、あらためてこちらから連絡するって」

「……でも、それっておかしくない？」

別の少女が首をかしげる。

「え、何が？」

「わたしたちはまだ子供だから、デビューするとか、プロダクションへ所属するとかなったら、間違いなく親の許可がいるよね。だったら、最初から親も入れて話をするべきなんじゃないの？」

「だから、とりあえず偉いひとの許可を取ってからってことなんでしょ」

「それで偉いひとの許可をもらって、だけど親に反対されて結局ダメになったらどうするの？　完全にムダじゃない」

「う……」

「あのさ、ここにいることは言わないにしても、とりあえず電話をするだけなら問題はないんじゃない？　親を心配させたら、かえってまずいことになるわけだし」

「まあ、それは……」

「じゃあ、電話するね」

最初に言った少女がスマホを取り出す。ディスプレイを目にするなり、「えっ⁉」と目を見開いた。

「どうしたの？」

「ここ、圏外だよ」

「ええっ！」

他の三人も、急いでスマホやキッズ携帯を取り出した。

「あ、ホントに圏外だ」

「わたしのも」

「ねえ、どうなってるの？」

一同の顔が不安に歪む。

「あ、あれじゃないの。ここってマンションの上のほうだから、電波が届かないとか」

リーダー少女の反論も、およそ説得力がなかった。

「高いところで使えないっていうんなら、スカイツリーの展望台も圏外なの？」

「う……さ、さあ」

「わたし、のぼったことあるけど、そんなことなかったよ」

山奥ならいざ知らず、ここは都心だ。携帯の電波が届かないなんてあるはずがないと、全員がわかっていた。

つまり、この部屋に何らかの仕掛けがあるということになる。

「わ、わたし、やっぱり帰る」

　少女のひとりが立ちあがり、入ってきたドアに向かって駆け出す。それにつられるように、他の三人も同じ行動をとった。ところが、

「あ、あれ？」

「どうしたの？」

「これ、ノブが回らない」

「ウソっ」

　みんなが試したものの、結果は一緒だった。金属製のドアノブは接着されたみたいに固まって、一ミリも動かなかった。

「あ、これってあれと同じだ。オートロック」

「それって、ホテルとかの？」

「うん。前に泊まったときも、ドアが閉まったらこんなふうにノブが動かなくなって、カードキーを当てたら回ったの」

「だけど、オートロックって、普通はドアの外側なんじゃないの？　どうして内側に――」

　疑問を口にしたリーダーの少女が、言葉をなくす。その理由は考えるまでもなかった。

「じゃあ、わたしたち、閉じ込められたの？」

「まさか……そ、そんなことあるはずないじゃん」

否定しながらも、リーダー少女は今にも泣き出しそうだ。彼女にもやっと、自分たちが危機的状況にあると呑み込めたようだ。

誰かがドアを拳でドンドンと叩く。けれど鉄製らしきそれは、ホテルよりは監獄を思わせる響きを返すだけで、びくともしなかった。

「あ、あっち――」

少女たちは、もうひとつのドアに駆け寄った。そこはあの男が出て行った、別室に繋がっているらしきところだ。

けれど、そちらも同じくノブが回らず、叩いても蹴っても、ドアは平然と立ち塞がっていた。

「ねえ、ここ開けて」

「お兄さん、いるんでしょ」

「わたしたち、もう帰るから、ドアを開けてください」

口々に呼んでも返事はない。ドアには隙間ひとつなく、そちらに誰かいるのか、気配を窺うことすらできなかった。

「ねー、開けてぇ」

「わたし、トイレに行きたいの。漏れちゃうからぁ」

本当に切羽詰まっているのか、それとも、ドアを開けさせるための弁なのか、言ってい

殴りつけ、

る少女自身にもよくわかっていなかった。とにかく、せめて返事がほしかったのだ。リーダー少女が身を翻《ひるがえ》し、入ってきたほうのドアに突進する。ドンドンと力を込めて殴りつけ、

「助けてーっ！　誰かー!!」

と、喉が破れんばかりに叫んだ。

そのドアは、マンションの廊下に面していない。入ってすぐがキッチンみたいなスペースになっていて、他にトイレらしきドアもあった。そこを抜けて、この部屋に入ったのだ。携帯の電波を遮断《しゃだん》するぐらいだ。おそらく防音などの処置もしてあるのだろう。そうとわかっても、ほんの一縷《いちる》の望みに賭けて、叫ばずにいられなかった。こんなことになったのは、率先してあの男を信用した、自分の責任でもあるのだから。

他の少女たちも行動する。ドアが無理なら隣に知らせればいいと、あちこちの壁を叩きまくった。ここから出してと、泣き喚《わめ》きながら。

しかし、何も起こらない。無力感と疲労が、少女たちに絶望を味わわせる。

彼女たちは部屋のあちこちでぺたりと坐り込み、肩を落としてすすり泣いた。誰かが声をあげて泣きだすと、みんな同じように号泣する。それすらも、虚しさしか招かなかった。

やがて泣き声がおさまり、小さな嗚咽だけが室内に流れる。どこからか、親しみのあるオシッコの匂いが漂ってきた。

2

倉科太一《くらしなたいち》は目を細めた。

（そろそろかな……）

隣の部屋で、ずらりと並んだ隠しカメラのモニターを眺め、倉科太一は目を細めた。

四人の少女たちがいる部屋には、見えないようカムフラージュしたカメラが一ダースもある。こうして部屋を見張る以外の目的にも使うために。

モニターに映る少女たちは、疲れ切って坐り込んでいた。もはや泣く気力すらないようだ。ただひとり、ずっとベソをかいている少女がいて、彼女の尻の下だけカーペットが変色している。どうやら漏らしたらしい。

（こういうのも、喜ぶ客はいるんだよな）

映像はすべて録画してある。閉じ込められた少女たちが焦り、泣き叫び、悲嘆にくれる様を見るだけで昂奮する輩もいる。倉科にはとうてい理解できないものの、こちらとしては「作品」が売れればいいのだから、お客の趣味に口出しはしない。

もっとも、そういうのはあくまでもおまけであり、意図せず手に入った付随品《ふずいひん》だ。本当に撮りたいものはもっと露骨で、痛々しくて、劣情を煽るものだった。今回の四人のうち、最低でもひとりは、その素材になるはずである。

倉科は違法な映像を撮影し、それを売って収入を得ていた。少女たちのあられもない、いっそ淫《みだ》らな姿を捉えた、所持するだけで犯罪と認定される種類のものだ。所謂《いわゆる》児童ポルノである。ソフトなものから、かなりハードなものまで、顧客のニーズに応じて提供してきた。

たとえ許されないものであっても、いや、許されないがゆえに見たいと思う者、欲しがる者はごまんといる。そういう連中は本物であれば、いくらでも金を出す。おかげで、これを始めてからほんの二年ぐらいしか経っていないのに、何十億という収入が得られた。金があれば、こちらの仕掛けもいっそう巧妙にできる。素材となる少女たちを引っ掛けるのもたやすくなり、作品の質も上がる。買い手がますます増えて、さらなる大金が手に入る。

かくして、収入はねずみ算式に増え、今後さらなる増収が見込めた。笑いが止まらないとはこういうことを言うのだ。

もちろん、金があるからうまくいくというものではない。最も重要なのは、いかに少女たちをうまく罠に嵌め、従順にさせるのかという点に尽きる。

暴力で従わせるような頭の悪い方法を、倉科は採らなかった。それでは商品に傷がつくし、作品の価値が下がる。怒鳴りつけて脅すなんてのも、実にくだらないやり方だ。

やりたくなくても、やらざるを得ない心境に少女たちを追い込むために、まず必要なのは恐怖心を植えつけることであった。怖いから従う、恐ろしい目に遭いたくないから従う、最初はそこから出発するのだが、いずれ恐怖心は薄らぐものだ。

けれど、そのときには、もはや逃れられなくなっているのである。

恐怖心も、脅して植えつけるのではない。外からではなく、内から湧きあがる恐怖のほうがずっと効果があり、心を支配しやすい。

だからこそ、倉科は少女たちを放っておいたのだ。次第に押し寄せてくる不安で、勝手にパニックに陥るのを待った。案の定、最初は楽しげに談笑していた四人は、こちらが何もしなくても恐れを抱き、互いの会話によって不安を募らせ、大騒ぎを始めた。恐怖ばかりか絶望も味わい、今や自我が崩壊しそうになっているはずである。

あとはこちらの舌先三寸《したさきさんずん》で、どうにでも操れる。

追い詰められた、と言うより、勝手に追い込まれた少女たちは、写真を撮らせれば帰してやるとでも言えば、簡単に了承する。下着が見える程度なら、まったく気にしない。

次にターゲットを絞り、この程度では足りないとやんわり迫れば、特に乗り気だったやつは自己犠牲の精神を発揮し、自分が残ると言うはずである。そうして、さらに露骨な写真を撮り、映像も手に入れる。そうやって商品になってしまえば、これをネットにアップすると言うだけで、ずるずると従うようになるのだ。うまくいけば、友人を引っ張り込んでくれることもある。

今回の四人も、倉科が目をつけたのは最もメイクが濃くて、アクセサリーを多く身につけた、リーダー格の少女だった。一見して自意識過剰だし、中学生だなんて言葉も、大人ぶりたいがゆえの嘘だとすぐにわかった。芸能界への憧れが強いようで、偽の名刺と社員証にあっ気なく騙された。

だからと言って、彼女がひとりだけだったら、倉科は相手にしなかった。友人と一緒なのは、自分を他にひけらかしたい気持ちがあるからだ。その中で真っ先に声をかけられれば得意な気分になれるし、みんな一緒と言われても、自分が一番という意識があるから、他はおまけなのだと納得する。加えて、ひとりじゃないから安心できる。

そんなふうにして、倉科は主にグループでいる少女たちを狙い、スカウトしてきた。作品の素材になった少女は、百人を優に超える。捨て駒のない、最高品質の少女ばかりだ。

他にも、こいつならと目星をつけて、誘い込むこともあった。主に、金に困っている家の少女である。そちらは少しもチャラチャラしておらず、真面目で純朴《じゅんぼく》な子が多い。それゆえ、家族のためになるとわかれば、文字通りにひと肌脱ぐことを決心するのである。

児童「ポルノ」を求めながら、素材に穢れのなさを求める顧客は多い。家のために自らを犠牲にするような子は、まさに金のなる木であった。

倉科の商売は、基本的に画像や映像の販売である。ＤＶＤなどの円盤《えんばん》に焼き、コピーできないようにしてから郵便や宅配便で送るのだ。

今どき、画像も映像も、ネット経由で簡単に送れる。余計な手間がいらないし、効率を考えてもそっちのほうがずっと便利だ。

にもかかわらず、彼が現物の送付というアナログな手段を採るのは、ひとつには複製を阻止するためであった。

一般的な画像や映像のファイルについても、コピー不能にすることはできる。しかし、ある程度のコンピュータの知識があれば、それらはたやすく破られる。また、DVDなどのコピーガードにしたところで、専用のソフトがあれば無効化されてしまう。

要は、複製は避けられないのである。それでも、ファイルをネットで送るよりも、円盤という現物のほうが、複製のハードルが高い。それをしようという意欲を殺《そ》ぐ目的もあった。

加えて、個々の商品には識別番号を組み込んである。仮に複製が出回った場合、誰がそれを流したのかわかるようになっていた。

そのことは顧客にも伝えてある。複製が判明した場合、児童ポルノを購入した件を通報すると、前もって脅してあった。現物を送付するのは、相手の名前や住所など、個人情報を入手する目的もあったのだ。

この脅しは両刃《もろは》の剣である。本当に通報したら、倉科自身もただでは済まないからだ。

あくまでも最終手段である。

そうならないために、顧客の選定には注意を払った。必ず他から紹介された、信用のある同好の士のみを、顧客名簿に載せていた。

児童ポルノに関する規制が厳しくなっている現在、己の愚かな行いのせいで、極上の商品が手に入らなくなるとわかれば、誰も馬鹿なことはしない。表立つような真似などせず、誰にも知られることなく隠れてこっそりと、少女たちのあられもない姿を愛《め》でるはずであった。

そうせざるを得ないように、商品はすべて上質である。また、それに見合った高価格に設定していた。だからこそ、手に入れた宝を無駄にする者はいなかった。

今日まで、複製が出回ったり、販売した商品が他に出品されたりなどということは、一度としてない。物がモノだけに、慎重にならなければならないと、皆わかっているのだ。

倉科が売るのは、画像や映像ばかりではない。どうしても実物の少女を愛でたいという好事家《こうずか》のために、獲物にからだを売らせることもあった。

その場合も、一部始終を記録して、商品として売る。これも前もって、少女を買う者たちに了承させた。

ただ商品を抱かせて終わるなんて、愚かなことはしない。すべてを売り物にするからこそ、莫大《ばくだい》な収入が得られるのである。

隣の部屋に仕掛けた多くのカメラは、顧客と少女との痴態《ちたい》を記録するためのものでもあったのだ。

一見してお洒落な洋風ベッドの上で為された淫行は、数知れない。もちろん、そのときは顧客に顔を覆うマスクを装着してもらい、誰なのかわからないようにする。中には、世間に顔を知られている者もいるのだから。

少女を抱きたがるのは、中年以上の男たちである。百万を下らない金額を払ってもらうから、相応に収入と地位が必要になる。となれば、年齢が上がるのは必然と言えた。

その場合、無理やり犯すことはない。少女たちには応分の報酬《ほうしゅう》を約束し、あくまでも合意の上でお相手を務めてもらう。

とは言え、父親にも等しい、あるいはそれ以上の年齢の男たちに抱かれるのだ。いくら大金を積んでも、特に街でスカウトしたモデル志望の子たちは、簡単に了承することはなかった。

お金のためにオジサンに抱かれることを受け入れるのは、金銭的に困窮《こんきゅう》した少女たちである。そして、一度してしまえば例外なく、あとは慣れと惰性《だせい》で続けることになる。

自身が中年男に抱かれている映像が、商品として売られていることも、少女たちは知っている。その事実も彼女たちを自暴自棄にさせ、一度するのも二度するのも同じだと思わせる。穢れたと感じることで自己否定が強まり、言いなりになりやすくなるのだ。

その先にあるのは、絶望と諦めである。耐え切れなくなった子は死を選ぶ。これまで何人が未来ある命を無駄にしたのか、数えたことがないのでわからない。

むしろ死んでくれたほうが、倉科には都合がよかった。商品が自ら、商品であった証拠を消してくれるのだから。

かくして、すべてが思い通りに運んでいる。もはや倉科に怖いものはなかった。仮に己のしたことが発覚しても、もみ消してもらえる確約も得ていたからだ。

3

隣の部屋の少女たちは、だいぶ参っているだろう。もういいかなと腰を浮かせかけたとき、スマートフォンに着信があった。

ディスプレイに表示された名前は、商品の少女であった。

（また金がなくなったのかな）

仕事を求める電話に違いない。こちらから連絡しなくても、向こうからこうしてかけてくる。仕事が軌道《きどう》に乗っている証だ。

倉科は少し焦らしてから、応答をタップした。

「やあ、なんだい？」

用件はわかりきっているのに、わざと問いかける。向こうは焦りをあらわにして、仕事をさせてほしいと求めるはずであった。

ところが、返事がない。

（ん、なんだ？）

回線の不良か何かで、音声が寸断されているのか。隣の部屋は電波を完全に遮断してあるが、こちら側は問題なく通話も通信もできるのに。

「もしもし」

倉科はもう一度声をかけてみた。すると、何やらぼそぼそと、声とも呻きともつかぬものが聞こえた。

（やっぱり回線の不具合か？）

いたずら電話をかけてくるような少女でないことは、倉科にもわかっていた。真面目で思い詰めるタイプだし、それがはかなげな印象を見る者に与える。容貌も愛らしく、顧客の受けもいい。売上に多大な貢献をしてくれていた。

何より世間知らずのようで、こちらの付け値で脱いでくれる。だからこそスマホを買い与え、困ったらいつでも連絡するよう言ってあったのだ。

その少女は、犯罪被害者家族の娘であった。

三年前、自宅に押し入った男に父親が惨殺され、母親も重傷を負った。そのとき、まだ小学生だった彼女だけが、無傷で助かった。

犯人は、三十代の無職の男であった。独り暮らしのアパートの部屋に引きこもり、親の援助で暮らしていた彼が、何を思ったのか凶行に走ったのである。

被害者とはまったく面識がなく、金銭目当てでもない無差別殺人。しかも逃亡の末、逮捕直前に自殺した。動機も何もわからぬまま、捜査は被疑者死亡で打ち切られた。

一家の大黒柱を失い、おまけに母親の傷もなかなか癒えないため、被害者遺族の生活は困窮した。犯罪被害者等給付金があっても、その後の生活がすべて補償されるわけではない。やむなく加害者の家族を民事で訴えたところ、子供は成人しているから責任はないと主張された。

裁判は長引き、いくらかの賠償金の支払いが命じられたようながら、向こうは払うつもりなど一切なさそうだ。結局、泣き寝入りである。

少女が倉科に連絡してきたのは、彼女が中学生になった昨年のことだ。スカウトして何度か写真を撮った子がたまたま同じクラスにいて、お金が欲しいのなら簡単なアルバイトがあると教えられたらしい。

以来、少女は倉科の前で、数え切れないぐらい肌を晒した。

真面目な子で、男の子と付き合ったこともない。生活費と、未だ病院通いをしている母親の治療費のためにと、穢れなき裸身にフラッシュを浴びる姿は健気であった。動画も撮ったが、羞恥に頰を真っ赤に染めながら、彼女は求められるままにポーズを取った。

これなら、いずれ男に抱かれることも承諾するに違いない。倉科はそう踏んでいた。今よりも桁《けた》が上のギャラを提示すれば、きっと決心するであろう。また、彼女の処女をいただけるのなら、金に糸目を付けない顧客は大勢いる。オークションにかければ、何千万単位まで値が吊り上がるはずだ。

その金のほとんどは、倉科が濡れ手に粟《あわ》で手に入れることになる。動画を撮影して作品を売り出すことで、さらなる収入も見込めた。

彼女は、巨万の富を生んでくれる宝であった。それゆえ、電話の声が聞き取れないことに、倉科は不安を覚えた。

(まさか、妙なことを考えてるんじゃないだろうな?)

これまでしてきたことを今さら後悔し、自ら命を絶とうとしているのではないか。その恨み言を聞かされている気がしたのである。

もちろん倉科は説得するつもりでいた。最後に親孝行をして、たくさんの金を残してやれと。そのために、客のオヤジに身を任せればいいと。

できれば、今後も長く稼いでもらいたいのが本音である。しかし、最悪の場合は処女だけでも捧げろと命じるつもりであった。これまでのことを母親にバラされたくなかったら、言うことを聞けと脅して。

「もしもし。もしもしっ!」

苛立ちを隠せずに大声を上げると、電話口の声が少しずつはっきりしてきた。どうやら、同じ言葉を繰り返しているようだ。

（何を言ってるんだ？）

倉科はスマホに耳を押し当て、息を殺して声を聞いた。そちらに集中していたため、隣室を映し出すモニターから、しばらく目を逸らすことになった。

「おい、何を言ってるんだ？　もっとはっきり喋れっ！」

とうとうスマホに怒鳴りつける。すると、向こうの声もボリュームがわずかに上がった。

『……ちろ……ちろ……ちろ――』

何かを命じているのはわかった。どうやら「落ちろ」と言っているらしい。

「おい、何を言ってるんだ？」

歯噛みする思いで訊ねたとき、倉科は不意に悟った。その声が、あの少女のものではないことを。

「お前……誰だ？」

少女との連絡に使っていたスマホに、他者が介入している。倉科は訳のわからない恐怖に駆られた。自分たちの関係は、決して誰にも知られてはならないのだから。

『……落ちろ……落ちろ……落ちろ』

意味不明な言葉が、呪文《じゅもん》のごとく耳に流れ込んでくる。はっきりと聞こえない部分を、けれど倉科は察していた。恨みのこもった声音からも明らかだ。

「クソッ」

倉科はスマホを耳から外し、スピーカーにした。それを悟ったかのように、声が大きくなる。

『地獄に落ちろ、地獄に落ちろ、地獄に落ちろ――』

その言葉が、今ははっきりと聞こえる。ただ、声に聞き覚えはない。加工されているのか、男なのか女なのかもはっきりしなかった。

(どこの馬鹿だ。こんな嫌がらせをするのは)

苛立って爪を嚙む。あの少女でないのは間違いないだろう。だとすると、彼女の関係者なのか。

(まさか、母親か?)

娘を傷物にされたと、恨み言を唱えているのか。

しかし、少女が母親に打ち明けたとは考えにくい。あの子は、それを最も恐れていたからだ。傷を負った母親に、これ以上の苦しみを与えたくないと、倉科に切々と訴えたのである。

だが、それ以外の人間となると、該当者がまったく浮かばない。

そのとき、声がふつりと途切れる。通話が切れたのかとディスプレイを確認すれば、まだ繫がったままであった。

不気味な静寂に、倉科は身をブルッと震わせた。

「……誰だ、お前は？」

思い切って問いかける。しばらく間があって、答えが返ってきた。

『消えろ――』

通話が切れた。

「クソッ！」

倉科はやり場のない怒りを、そばの椅子にぶつけた。思い切り蹴飛ばしたものだから、大きな音を立てて床に転がる。

（誰だったんだ、いったい）

こちらから発信して確認しようか。だが、向こうが出るとは限らない。出たとしても、また同じ言葉を繰り返されるだけで終わりそうだ。

苛立ちを嚙み締めたとき、倉科は気がついた。

「え、あれ？」

モニターを見て驚愕する。そこに映っていたはずの、少女たちの姿がなかったのだ。

（逃げたのか？）

いや、そんなことは不可能なはずだ。

とりあえず、隣に通じるドアを急いで開ける。焦って飛び込んだところ、そこには誰もいなかったのである。

（……おれ、夢でも見ているのか？）

四人の少女をここへ連れ込んだのに。すべて幻だったのか。

いや、少女たちは間違いなく、ここにいたのだ。その証拠に、床にはひとりが漏らした尿の痕跡があった。麦茶に似た残り香も、ほのかに漂っている。

ドアは隣の部屋と、通路に繋がる二箇所のみだ。そこを開ける以外に、ここから出る術《すべ》はない。そして、さっきまで自分がいた隣の部屋へのドアは、開けられていないのだ。

まさか、オートロックが利いていなかったのか。倉科は通路に出るほうのドアノブを握った。ピクリとも動かない。ここから出たとは考えられなかった。

だったら、どうして少女たちは消えたのか。

倉科は狐につままれた気分で、ポケットから鍵の束を取り出した。中のひとつで、通路側に出るドアを開ける。

外には簡素なキッチンと、トイレやバスルームのドアがある。そこにも誰もいない。念のためトイレとバスルームも調べたが、同じことであった。

そして、少女たちの靴も消えていた。

誰かがここへ来て、あの子たちを連れ出したのか。しかし、それも不可能だ。部屋に入るドアは、廊下で暗証番号を入力しないと開かない。また、マンションの玄関も同じだった。

本当に逃げられたのだとしたら、諦めるしかない。だが、ここが児童ポルノ制作の拠点だとバレて、何者かが逃亡の手助けをしたのだとすれば、かなりまずいことになる。すべてのデータとともに、急いで逃げる必要があった。

とりあえず最悪の事態を考えて、準備をしておいたほうがよさそうだ。モニターやパソコンがある部屋へは、通路から直接入れる。倉科は急ぎ足でそっちのドアに進み、部屋に飛び込んだ。

途端に、首の後ろに衝撃が走る。

「グガッ！」

濁った呻き声を上げ、倉科は昏倒した。

（――何だ？）

倉科が気を失ったのは、ほんの一分にも満たなかったのではないか。手を後ろに回され、結束バンドらしきもので手首を強く締められたところで、我に返ったからだ。

にもかかわらず、意識が戻ってもされるがままになっていたのは、混乱と衝撃で手足がうまく動かなかったせいである。

（今の、スタンガンだな……）

首の後ろに浴びた衝撃を思い返し、きっとそうだと確信する。

以前、少女たちに万が一抵抗されたときの手立てとして、スタンガンの使用を考えたことがあったのだ。購入し、どんな具合なのかと、電圧を下げて自身のからだで試した。それと結局、それを使うことはなかったものの、電撃の感触ははっきりと憶えている。それと同じものを、さっき浴びせられたのである。

動けないあいだに、両足首も結わえられてしまう。そのまま床に転がされ、倉科はようやく、侵入者の姿を見あげることができた。

そいつは上下黒の、運動選手がトレーニングのときに着用するような大きめのウエアを着て、フードをすっぽりと被っていた。さらに、サングラスとマスクを着用し、ご丁寧に革の手袋まで嵌めている。顔も体型も定かではないが、見知った人間ではなさそうだ。

「誰だ?」

ようやく声が出て問いかけると、そいつがサングラス越しにこちらを睨んだようであった。しかし、言葉を発することはなく、モニターが並んだ側にある、パソコンのデスクに足を進める。

隣室の撮影データを保存するため、パソコンは起動したままになっていた。メインのディスプレイのみスリープ状態になっているが、マウスを動かせば解除される。だが、パスワードを入力しないと、それ以上の操作は不可能だ。

黒ずくめが戻ってくる。ポケットから小型のナイフを取り出し、倉科の頬に冷たい刃を当てた。

「パスワード」

低い声で要求される。さっきの通話で聞かされた脅し文句と、同じ声であった。

倉科は求められたものを素直に答えた。殺されたくなかったからではない。見られてもかまわないし、そいつは何もできないと見越したからだ。

「何が見たいんだ?」

マウスを操作する黒ずくめに、倉科は頭をもたげて問いかけた。何も恐れることなく、むしろ挑発的な声音で。

そいつはこちらを見ることなく、ディスプレイを凝視していた。

「女の子たちの動画や画像は、ムービーとピクチャーのフォルダに整理してあるぞ。フォルダだけじゃなく、ファイルにもすべて名前が入っているから、誰のものかは一目瞭然だ。誰のデータを探してるんだ?」

黒ずくめはやはり何も答えず、マウスを動かす。小さなクリック音が倉科の耳にも届いた。さらに、サングラスに反射するパソコンの画面も見える。

次々と映し出される画像は、肌色が多くを占めていた。これまで倉科が撮影した少女たちのあられもない姿を、そいつも見ているのだ。

だが、やつは少しも昂奮していない。それどころか嫌悪を覚えているようで、多くを確認することなく、間もなくファイルを閉じてしまった。

「どうする。通報するかい？」

倉科は罪の意識など少しも見せずに訊ねた。

「画像にしろ動画にしろ、これだけの証拠があるんだ。おれが確実に逮捕されると考えているのかもしれないが、そう簡単にはいかないんだよ」

決してただの足掻きではなかった。敵の正体がおぼろげながら摑めていた倉科には、勝算があったのである。

「もっといいものを見せてやろう。いたいけな少女の裸を見たがるロリコンの変態どもが、どんなやつか知りたくないか？　顧客名簿ってファイルがあるだろう。文書フォルダの中のエクセルファイルだ。それを開いてみな」

黒ずくめが手を動かす。言われたとおりにファイルを開いているのであろう。きっと確かめずにいられないはずだ。

次の瞬間、やつが固まったのが見て取れた。

「どうだ。知った名前がいくつもあるだろう。知らなくても肩書きを見れば、お前がどんなやつらを敵に回そうとしているのかわかるはずだ」

倉科は勝ち誇った声で告げた。

「政治家に、警察や裁判所の法曹関係、経済界の重鎮《じゅうちん》、教育関係、マスコミ関係も芸能関係も、みんな大物揃いだ。つまり、この名簿を表沙汰《おもてざた》にすれば、お前はあらゆるところから攻撃を受けることになる。逆におれは、彼らからしっかり守ってもらえるってことさ。おれが断罪されたら、彼らの社会的生命も危ういんだからな」

話すうちに気が昂り、床に転がったまま鰻《うなぎ》のごとく身をくねらせる。

「それでも闘いたいのなら、遠慮なくやってくれ。だが、そのあいだに、お前が守りたい少女のあられもない姿が、ネット上に拡散することになるぞ。そこにあるデータを消去したって無駄なことさ。すでにその名簿に載っている変態どものところに、複製がたんまりと渡ってるんだ。おれが指示すれば、いくらでも流出させられるんだからな」

販売したディスクは複製できないようになっているが、そんなことをやつが知っているはずがない。それに、充分脅しが利いたと見えて、マウスを握っているほうの腕の震えが、倉科にもはっきりとわかった。

「まあ、おれだけを罪に問いたいのなら、画像や動画のデータだけでも充分か。だが、それを警察に手渡したが最後、すべてなかったことにされるのさ。上からの命令ってやつでな。そして、おれは河岸《かし》を変えて、また同じことを続けるってわけだ」

黒ずくめがこちらを向く。顔は見えなくても、激しい怒りに駆られているのは明らかだ。やつが近づき、再び頬にナイフの刃を当てた。さっきよりも強く、少しでも動けば皮膚に傷がつくであろうほどに。

しかし、なぜか何も言わない。頭に血が上って言葉が出てこないわけではあるまい。手詰まりなのだと、倉科は見抜いた。

「お前、あかりの身内なんだろ」

この指摘に、ナイフを握る手がピクッと震えた。

あかりと言うのは、さっきかかってきた電話の、本来の持ち主である少女だ。その電話を使って罠に嵌めたのは明らかで、ならば彼女の身内と考えるのが自然である。やつの反応からして、推測は正しかったようだ。

倉科はさらに、決定的な事実を突きつけた。

「そうやって正体をわからないようにしているつもりらしいが、お前、女だな」

黒ずくめが全身を強ばらせたのがわかった。

「わざと荒っぽく振る舞っているようだが、女の所作を完全に隠すなんて不可能なんだよ。こちとら山ほどの女を見てきたんだ。まあ、みんなガキだったけどよ。おかげで、足さばきや、立ったりしゃがんだりする動作は、ガキの頃から性別の差があるってよくわかったぜ」

相手は否定せず、身じろぎすらしない。どうすればいいのかわからず、混乱しているのだろう。

「だいたい、匂いが違うんだよ。香水とかつけていなくたって、男と女じゃ丸っきり別物なんだからな。さあ、どうする？　このナイフをおれにぶっ刺すのか？　ま、そんな度胸もなさそうだがな」

　あの少女の母親は、事件の後遺症があると聞いている。だとすると、親戚の叔母《おば》あたりではないかと倉科は睨んでいた。ならば、年は三十代ぐらいか。

　これまで道を踏み外さずに生きてきた成人女性が、いきなり暴力的な行動に出られるはずがない。それこそ、スタンガンを押し当てるぐらいが関の山だろう。刃物を持っていても、脅す以上のことはできまい。

　そう確信した時点で、敵は恐れるに足りない存在と成り果てた。

「そうか……マンションと部屋の暗証番号は、あかりに聞いたんだな。あの子は、ここへ何度も来ているからな。見られないようにしていたつもりだったが、慣れたせいでおれも油断したことがあったかもしれない。それに、あの子はけっこう頭が働くからな」

　これも図星だったようだ。すべてを看破《かんぱ》されて冷静でいられなくなったか、黒ずくめがとうとう立ちあがった。

（完全にビビってやがる）

　倉科はやつを見あげ、ニヤリと笑って見せた。これで主導権はこちらのものだと、拘束されていても余裕綽々《よゆうしゃくしゃく》であった。

「わかったろ？　こっちはすべてお見通しなんだよ。さあ、どうする。何もできないのなら、さっさと出て行きやがれ。ああ、その前に、おれの拘束を解くのを忘れるなよ」

そう言い放ったとき、突然ドアが開いた。

「え？」

驚いてそちらを向いた倉科の目が、戸口に立つ人物を捉える。男だった。

（何だこいつ⁉）

どうやって入ってきたのかと、そこまで考えが及ばなかったのは、ひと目見て背すじに悪寒が走ったからである。

男は無表情だった。拘束され、床に転がされた倉科のそばに、黒ずくめの得体の知れないやつが突っ立っているのだ。明らかに尋常ではない光景を前にして、どうして感情を表に出さないでいられるのか。

おまけに、目にまったく生気がない。氷のように冷たい眼差しに射すくめられ、今度は倉科が動けなくなった。

そのとき、

「――だざん」

黒ずくめの掠れ声が聞こえてギョッとする。名前を口にしたのだとわかり、倉科は狼狽した。

（こいつら、グルなのか？）

ということは、場が膠着《こうちゃく》状態に陥ったため、助けに来たのか。

男がこちらにつかつかと歩み寄る。倉科の脇にしゃがみ込むと、肩を摑んで無理やり顔を下に向かせた。

「おい、やめろっ！」

抵抗もままならないまま、またも首の後ろに何かが押しつけられる。

バチッ！

強烈な炸裂音《さくれつおん》が聞こえたのと同時に、倉科は意識を失った。

4

直子があかりの母親から相談を持ちかけられたのは、犯罪被害者が集う会の手伝いをしたあとのことだった。

「娘のことが心配で……琴平さんに折り入ってお願いしたいことがあるんです」

ふたりだけになると、彼女は目を潤ませて訴えた。彼女と一対一で話したことは過去にも何度かあったが、そこまで深刻な面持ちを見せられたのは初めてだった。

「あの子——あかりが、わたしの知らないところでお金を稼いでいるようなんです」

そう言って見せられたのは、娘の通帳であった。もともとお年玉を貯金するために作ったものだそうだが、あるとき確認したところ、金額が驚くほどに増えていたというのである。しかも、ここ一年、月一回のペースで定期的に入金されていたのだ。

他にも思い当たることがあると言う。病院に通ったときや、食料品や日用品の買い物でも、彼女は娘に財布を渡し、会計を任せていた。ところが、あとで確認すると、あまりお金が減っていないことがあったという。

そのときは勘違いかと、あまり気に留めなかったそうである。こうして貯金が増えていたことから考えるに、彼女が自分でお金を出していたのは間違いなさそうだ。

まだ中学生の少女が、ここまでの大金を得る方法など限られている。あかりの母親は、家計が苦しいのを娘が気に病《や》んで、自らを傷物にしているのではないかと悲愴《ひそう》をあらわにした。満足に働けない自身を、責めているようにも見受けられた。

本来なら、母親が問いただすべき問題なのであろう。しかしながら、そもそも親に黙ってしていることを、簡単に白状するとは思えない。また、娘にそこまでさせてしまった負い目もある。

あかりの母親は、どうやって大金を得たのか娘に訊ねてくれないかと、直子に頭を下げた。そして、自分を大切にするよう説得してくれないかとも。

夫を殺され、自らも傷ついた彼女の頼みを、無下《むげ》にはできなかった。あかりは母親を迎えに来たことが何度かあり、直子も顔見知りであったから、わかりましたと引き受けた。

母親は、娘がからだを売っていると決めつけている様子であった。けれど、直子は半信半疑だった。あかりは見るからに純真かつ聡明そうで、穢れた雰囲気など少しも感じられなかったのだ。

ただ、他に大金を得る術が思い当たらなかったのも事実である。普通のアルバイトで得られる金額ではなかったし、そもそも女子中学生を雇うところなどあるはずがない。

かくして、母親が不在のときに、直子はあかりの話を聞くために自宅を訪れた。

事件現場でもあるそこは、凶行から三年が過ぎ、痕跡など何ひとつ残ってはいなかった。それでも、思い出したくもない惨劇があった場所で暮らし続ける母子の心中を慮ると、胸に迫るものがあった。

引っ越しは、何度も考えたそうである。しかし、そんなことをしたら新居の家賃など、新たな負担を背負い込むことになる。自宅のローンも残っていたが、そちらは保険でまかなわれるとのことだったので、住み続けることにしたと聞いていた。

何より、娘のあかりが、父親との思い出がある家から離れたくないと主張したのだという。

それが少女の本心なのか、あるいは家計を考慮してなのかはわからない。ただ、彼女自身も怖い思いをした家で暮らすのは、相応に心が強くなくては無理である。それでも決意したのは、やはり母親に苦労させたくない気持ちが勝《まさ》ったためではないのか。

そんな思いやりのある子が、進んで過ちを犯すとは思えなかった。家計のために自らを犠牲にするとしても、からだを売ることまではしまいと直子は信じていた。

通帳の残高やお金の支払いのことで、母親が心配している旨《むね》を伝えると、あかりは俯いて黙り込んだ。後ろ暗いところがある証だ。

とは言え、やはり親思いで、根が素直な少女である。これ以上、母に心配をかけたくなかったのであろう。

直子が優しく問いかけると、どのようにして得たお金なのか、あかりはすべて打ち明けてくれた。マンションの部屋で男に裸の写真を撮らせ、報酬を得ていたことを。そして、希望する高校に進学するため、将来のことも考えて貯金をしていたという。

セックスをして稼いでいたわけではないとわかり、直子は少しだけ安心した。とは言え、幼い肌を晒して写真を撮らせるのは、結果的に自分を傷つけることになる。

あなたの裸を、何人もの男たちが見ることになるのよと話しても、中学生の少女はそれほど深刻に受け止めていない様子であった。服を脱いでお金をもらうことに、すっかり慣れきっていたのではないか。正しい判断ができぬまま、あられもない姿を後々まで残せば、いずれ後悔するのは間違いないのに。

それに、傷つくのは彼女ばかりとは限らない。

直子は思い切って、弟の犯罪をあかりに打ち明けた。わいせつ行為で、少女たちを何人も傷つけた件ばかりではない。家族に迷惑をかけたと自ら命を絶った彼の遺品の中に、所持することも許されない画像や動画が、それこそあかりが撮らせている児童ポルノと同じものが、いくつもあったのだと。

弟の洋二が、それらのものをどうやって手に入れたのかはわからない。パソコンのハードディスクの、目立たないフォルダにしまわれていたから、おそらくはネット経由なのであろう。

実は、遺書にパソコンを処分してほしいとわざわざ書いてあったものだから、何か秘密にしていたことがあるのかと調べて発見したのである。もちろん直子は、それらのデータを即座に消去した。ハードディスクも復元できないよう、物理的に破壊した。

弟が児童ポルノに触発され、罪を犯したとは証明できない。だが、まったく無関係とも言い切れないのだ。何より、そういうものが存在するだけで、被写体となった少女たちを一生苦しめるのである。

あなたの裸を見ることで、また弟のような犯罪者が生まれるかもしれない。他の少女が、その被害者になる場合だってあり得る。そうなったら被害者ばかりでなく、加害者の家族だって苦しむのよ——。

お金を求めるだけだったはずの自らの行いが、別の犯罪や、それによって苦しむ人間を生み出すかもしれないと知って、あかりはさすがにショックを受けたようであった。弟が罪を犯し、自殺までされた直子の言葉だけに、心に迫るものがあったのだろう。どうしよ

う と声を震わせ、涙ぐんだ。

直子は、二度と写真を撮らせないことをあかりに約束させ、男から渡されたスマホを預かった。これまで撮った写真もすべて処分するからと約束し、彼女を安心させたのである。

とは言え、具体的にどうすればいいのか。妙案など何もなかった。

写真を撮った男の名前、さらに撮影場所に使っているマンションの住所や部屋番号、中に入るための暗証番号などは、あかりに教えてもらった。いっそ忍び込んでデータを消そうかとも考えたが、どこに何があるのかもわからず行動して、逃げられたら元も子もない。また、敵は非合法なことをやっているだけに、警報装置などを仕掛けられている可能性もあった。

女ひとりではとても無理だと、直子は誰かに助けを求めることにした。もっとも、それをしてくれそうな人物など、たったひとりしか浮かばなかった。

直子は「彩」を訪れた。一度気まずくなり、それから足が遠のいていたのだが、龍樹は以前と変わらず迎えてくれて安堵した。

その日も、暖簾を仕舞《しま》ったあとの店で、ふたりは酒を酌み交わした。

直子はあかりの件を、龍樹に相談するつもりだった。男の情報をすべて書いたメモも用意し、協力をお願いしようと考えていた。他に頼れる人間がいなかったからだ。

なのに躊躇したのは、彼の愛娘がわいせつ目的で殺されたことを思い出したためである。

いたいけな少女たちを裸にして商売するやつを話題にすれば、被害者となった我が子や事件のことが想起され、彼は苦しむに違いない。娘を殺《あや》めた犯人も亡くなった今、過去を振り切って前に進むべき大切なときに、逆戻りをさせるのは余りに酷だ。

悩んだ末に、まずはひとりでやってみようと直子は決意した。できるところまで調べて、どうしても進めなくなったら、そのときは龍樹を頼ろうと。

次の日から、直子はくだんのマンションを見張った。人相や背格好、服装などもあかりから聞いていたから、倉科太一なる男が誰なのかはすぐにわかった。そのとき、彼はローティーンの少女をつれてマンションに入ったから、まず間違いなかった。

毎日のように違う少女たちをマンションへ招く彼に、直子は激しい怒りとともに、言い知れぬ恐怖も覚えた。あかりの話から、他に何人も被害者がいるのだと漠然と理解していたが、まさかここまで多いとは予想しなかったのだ。暮らしぶりもよさそうだし、かなり手広く商売をして、多額の利益を得ているのだろう。そんな相手に、果たして立ち向かえるのかと不安が募った。

また、倉科が休日の繁華街で、少女たちをスカウトするところも目撃した。だいたいが三、四人のグループで、単独で行動しているわけでもないのに、一網打尽《いちもうだじん》で引き連れていく。その手腕に、ますます背筋が寒くなった。

彼の話術や誘い文句が巧みなのだとしても、少女たちの警戒心のなさにそら恐ろしいものを感じた。おそらく、ひとりではないために、安心しているのであろうが。

その後、直子はさらに驚くべきものを目撃した。マンションに少女を招き入れた倉科が、あとでひとり外出し、やけに恰幅《かっぷく》のいい男を連れて戻ったのである。サングラスをかけていても、それが与党の国会議員であるとすぐにわかった。

現場を目にしていない以上、何のために彼を招いたのかは推測するしかない。だが、二時間以上経ってマンションを出てきた議員が満足げな面持ちだったこと、反対に、そのしばらくあとで外に出てきた少女が沈んだ様子だったものだから、ふたりのあいだに許されない行為があったのは想像するまでもなかった。

倉科が手掛ける児童ポルノは、ただ少女たちのヌードを撮るばかりではないようだ。あかりもいずれは、誰とも知れぬ男に抱かれる羽目になったのではないか。

ますます放っておけないと、直子は焦りを覚えた。これは自分ひとりで太刀打《たちう》ちできる相手ではないと理解しつつ、それでもできるところまでやるしかないと追い詰められた。

敵と対決することになったときに備え、武器としてスタンガンや催涙《さいるい》スプレー、小型ナイフの他、結束バンドも準備した。拘束し、情報を聞き出す場合を想定してである。大物が絡んでいるとわかった以上、徹底抗戦の構えが必要であった。

そんなとき、四人の少女たちが倉科にスカウトされるところを目撃したのである。

顔見知りでこそなかったが、直子は彼女たちを知っていた。住んでいるところの近くで、仲のよさげなあの四人組を何度か見かけたのだ。大人っぽく着飾っていても、まだあどけない小学生なのである。

そんな幼い子たちまで毒牙にかけるのかと、直子は怒りに震えた。それまで倉科と一緒のところを目撃した少女たちは、みんな中学生以上に見えたからだ。

四人もいるのだから、すぐに全員をどうにかするわけではないのかもしれない。しかし、早く救い出さないと、取り返しがつかなくなる恐れもある。

直子はマンションへの侵入を決意した。こちらの正体がバレて、後々まずいことにならないようにと、近くの衣料品店へ走り、変装用の衣類を買い求めた。

しかるべく準備した後に、いよいよマンション内に入ったのである。

目的の部屋はすぐにわかった。そこの前で黒ずくめの衣装を身に着け、暗証番号を押して中に入った。

ところが、侵入してすぐのところには、誰もいなかった。奥の部屋に通じているらしきドアがふたつあったものの、どちらに少女たちがいるのかも、中で何をしているのかもわからない。

どうすればいいのかと考えあぐね、時間ばかりが過ぎる。すると、一方のドアが中から叩かれる音がした。耳を当てると、少女のものらしき声がかすかに聞こえる。助けを求めているらしい。

直子はどうすればいいのかと悩んだ末、思い余ってドアノブに手をかけてみた。すると、難なく回ったのである。

そこから先は、ほとんど一か八かの行動であった。

あかりから預かったスマホで、倉科に電話をかける。注意を逸らすべく時間稼ぎをしながらドアを開け、そこにいた少女たちに静かにするよう手で合図をし、外へ逃がした。

倉科は別室にいるとわかったので、電話を切ってからもう一方の部屋へ入る。そこにも彼はいなかったが、モニターに映し出された隣室に姿が映っており、そのあと外へ出たのもわかった。

今度はこっちへ来ると予想し、直子は戸口で待ち構えた。そして、入ってきたところをスタンガンで気絶させ、結束バンドで動けないようにしたのである。

そこまでは、行き当たりばったりにしてはうまくいったと言えよう。ところが、敵の逆襲に遭い、進むことも退《しりぞ》くこともできない状況に追いやられたのだ。

「半田さん、どうして――」

直子は恐る恐る問いかけた。龍樹の眼差しが、自分の知っている彼とは信じられないほど冷たかったからである。

間もなく、龍樹の目に生気が戻る。迷うように天井を見あげ、ふうと息を吐いた。

「……以前」

「え？」

「前に、琴平さんが『彩』へ来てくださったとき、私に何かを伝えようとしていたことがありましたよね」

　ここへ侵入し、あかりのデータを消去するため、龍樹の協力を得ようとしたときのことだ。結局、何も告げられぬまま、「彩」をあとにしたのである。

「あのとき、琴平さんは思い詰めた様子でした。バッグをやけに気にしていたので、出過ぎた真似だとわかりつつ、席を離れたときに中を見せていただきました。それで、あのメモを見つけたんです」

　倉科に関することや、このマンションや部屋の暗証番号などを記したものである。直子は途中でお手洗いに立ったが、そのときに見られたようだ。

「じゃあ、あれを見て、わたしがここにいるとわかったんですか？」

「というより、私も琴平さんと同じ目的で、こいつを探っていたんです」

「え、どういうことなんですか？」

「野島――彩華を殺した男が、私宛の手紙を残していたんです」

　龍樹が打ち明ける。野島恭介が刑務所で、少女へのわいせつ致傷で有罪となった受刑者から、児童ポルノに関する情報を得たことを。その内容を知らせる手紙を、龍樹宛にしたためていたそうだ。

「残念ながら、彼はああいうことになったため、手紙は投函《とうかん》されなかったんです。遺品の中にあったのを、あとになって家族の方が見つけて、私へ送ってくださいました」

「そうだったんですか……」

「彼が刑務所で見聞きした話を、私は面会に行ったときにたびたび聞かされていました。なのに、わざわざ手紙に書いたのは、早く知らせたかったんでしょう。少女たちが傷つくことは許せないと、彼なりに義憤に駆られたのかもしれません」

龍樹がやり切れなさそうにため息をこぼす。恨む相手に芽生えた良心にどう対処すればいいのか、決めかねているふうである。厳罰を望まずとも、野島を完全に信用するには至っていなかったのだろう。愛娘を殺した男を、そう簡単に許せるものではあるまい。

「まあ、私に反省と償いの気持ちを示すための、ポーズだったのかもしれません。犯罪の情報を得たのなら、刑務官にでも伝えればいいわけですから」

野島への侮蔑を滲ませた彼に、

「いいえ、そんなことはないと思います」

直子は即座に反論した。

「そのひとは、彩華ちゃんの命を奪ったことを、心から悔いていたんですよ。だからこそ、半田さんにどうにかしてほしいと、思いを託したんだと思います」

龍樹が考え込み、無言でうなずく。

「ええ……そうであることを望みます」

野島の手紙には、曖昧なことしか書かれていなかったそうだ。くだんの受刑者も本人が所持していたわけではなく、好事家の知り合いから見せてもらったということだった。

「そのため、とても調べようがなかったんですが、集会である方から相談されたんです。両親を暴走車の事故で亡くした女の子を引き取ったお祖母《ばあ》ちゃんで、孫が怪しい男から声をかけられ、お金と引き換えに写真を撮らせたというんです。べつに裸になったわけではなく、次はもっとお金をあげると言われたそうです。その子はさすがに怖くなって、お祖母ちゃんに相談したんです」

「じゃあ、その写真を撮ったのは――」

ふたりは床に横たわる倉科を見おろした。

「こいつです。その話を聞いて、もしかしたら野島の手紙にあった児童ポルノの件と関係しているのではないかと推測して、調べを進めていたんです」

やはり龍樹に相談するべきだったのだと、直子は悔やんだ。同じ相手を追っていたのであり、こんな危ない橋を渡らずとも済んだのに。

「集会で他の出席者にも話を聞いたところ、同じように娘や孫がモデルにならないかと声をかけられた方が、何人かいました。こいつは街で少女たちをスカウトするばかりでなく、犯罪被害者の遺族もターゲットにしていたんです。お金に困っているとわかっていたんでしょう。それに、報道やネット記事で被害者の家族が取り上げられれば、商品になる少女がいるかいないかもわかりますからね。こいつにとって事件や事故は、金づるを得るためのチャンスでしかなかったんです」

あかりだけではなかったとわかり、直子はますます怒りを覚えた。許せないと思ったものの、これからどうすればいいのだろう。

「あの……警察を呼びますか？」

訊ねると、龍樹がじっと見つめてくる。

「さっき、この男から脅されていたようですけど、何を言われたんですか？」

問いかけに、直子はやり切れなく肩を落とした。

「……通報しても無駄だと言われました。顧客が大物揃いだから、どうせもみ消されるし、自分が罪に問われることはないと」

そう告げるなり、龍樹がパソコンの前に進む。画面には、開きっぱなしの顧客名簿が表示されていた。

並んだ名前を目にしても、彼が顔色を変えることはなかった。おおよその見当がついていたのだろうか。

「たしかに、この場に警察を呼んでも、立件は難しいでしょうね」

パソコンの画面を見つめたまま、龍樹が言う。直子は力なくつぶやいた。

「やっぱり、もみ消されてしまいますか？」

「それ以前の問題として、私たちは違法な侵入者ですから」

「え？」

「正規の捜査でここが発見されたのならともかく、どこの誰ともわからない人間が押し入って、こいつを拘束したんです。この名簿も、少女たちの画像や動画にも、証拠能力はありません。侵入者に仕込まれたとこの男が証言すれば、我々には反論する手立てがないんです」

警察を呼ぶのなら、自分たちはここから逃げなければならないと、直子は思っていた。少女たちを救うためだったとは言え、明らかに不法侵入なのだから。また、身分を晒してまで告発する勇気もなかった。

さっきの少女たちや、あかりから証人になってもらえばいいのではないか。ふと思いついたことを、直子は急いで打ち消した。それは傷ついた少女たちを、さらに苦しめることになるのだ。

龍樹が言った通り、立場としてはこちらが不利である。後先を考えずに行動したことで、敵に付け入る隙を与えてしまったようなものだ。

浅はかだったと、直子は後悔した。少女たちのデータを消すことならできるが、こいつは野放しのままである。今後も被害者は増えるであろう。しかも、こういうことがあった後だ。より巧妙に、注意深くなるに違いない。

「すみません。わたしが先走ったせいで……」

俯いて謝罪するなり、涙が溢れる。自分のせいで犯罪者を取り逃がすことになったのだ。悔やんでも悔やみきれない。

「いいえ。琴平さんが謝る必要はありません。あのメモのおかげで、私もここへ入ることができたわけですし、証拠も押さえられたんですから」

「いくら証拠があっても、無意味じゃないですか。結局は無かったことにされるんですから」

「そんなことはありません」

きっぱりと言われ、直子は顔をあげた。

「それじゃあ、どうするんですか?」

「あとは私に任せて、琴平さんはここを出てください。少女たちのデータはすべて消去しますし、この男にも罪を償ってもらいます」

「だけど、こいつは言ってました。データの複製が購入者のところにあるから、いくらでも流出させられるって」

「まずあり得ませんね。これまでこいつが製造した児童ポルノは、外部に一切出回っていません。そうならないよう、きっちり対策をしているはずです。おそらくクラウド保存もしていないでしょう。つまり、ここにあるデータを消滅させればいいわけです。それから、客のところにあるものも流出しませんよ。そんなことをしたら、そいつが罪に問われるんですから」

「でも、データを消したら、児童ポルノを製造していた証拠もなくなります」

「それも大丈夫です。データとして残らないように、証拠もちゃんと取って置きます。もちろん、こいつだけでなく、購入者たちも野放しにしません」

力強く告げられたことで、不安がすっと消える。このひとに任せれば安心なのだと、直子は心から信じられた。

「わかりました。お任せします」

頭を下げると、龍樹がこちらに戻ってきた。

「ひとつだけ、琴平さんにお願いしたいことがあるんです」

「はい。わたしにできることでしたら、何でも」

「ありがとうございます。実は、『彩』のことなんです」

彼の顔つきが、決意を秘めたものに変わる。それだけの覚悟をしているのだ。

龍樹は犯罪を立証するだけではなく、それによって自らを犠牲にしようとしているのではないか。予感以上の確信が胸に迫り、直子は落ち着かなくなった。

「半田さん、あの――」

口を開きかけただけで、こちらの不安を察したらしい。彼が首を小さく横に振った。

「私を信じてください。すべて丸くおさめますから」

そうは言われても、龍樹が破滅への道を突き進んでいくように思えてしょうがない。直子はまた泣きそうになった。

5

倉科が目を開けると、男の顔があった。さっき押し入ってきたやつだ。

「お、お前――」

それ以上、言葉が出てこない。凍りつくほど冷たい視線に射すくめられたためもあった。

「全部話してもらうぞ」

男の手には光るもの――ナイフがあった。さっき、女のほうが手にしていたやつだ。

(やっぱりグルだったんだな)

だが、薄暗い室内を見回しても、女の姿はない。あとはこいつに任せて、先に帰ったとでもいうのか。

「くそ、こいつ」

男に摑みかかろうとしても動けない。自分が椅子に坐らされていることに、倉科はようやく気がついた。後ろ手に拘束され、胴体も脚も縛りつけられている。

男の横には、三脚に据え付けられたビデオカメラがあった。倉科が少女たちを撮影するのに使っていたものだ。赤いランプが点灯しているから、この状況を記録しているのである。

「暴れても無駄だ。さっさと話せ」

「話すって、な、何をだよ？」

「お前がしてきた悪事、すべてだ」

「ふん、そんな脅しに――」

言い返す間も与えられず、男が手にしたナイフを振り下ろす。

「ぎゃっ！」

倉科は怪鳥じみた悲鳴をあげた。太腿に激痛が走ったのだ。

見ると、ナイフの刃が三センチほども肉の中に入り込み、ズボンに血が滲んでいる。それは徐々に広がりつつあった。

「き、貴様――」

痛みばかりか、その部分がジンジンと熱くなる。涙がこぼれ、頬を伝うのがわかった。

「ただの脅しじゃないってわかっただろう。このナイフをもっと深く押し込めば、大腿動脈が切断され、お前は出血多量で死ぬ」

殺しなど厭《いと》わない顔つきに、倉科は震えあがった。こいつはこれまでに何人もの命を奪っているに違いない。

そのとき、倉科の視界に、バラバラになったパソコンが映った。バックアップ用のハードディスクも見える。この部屋にあったすべての記録媒体のデータを、物理的にも消去したようだ。

「お、お前、何をしやがった」

「違法なものをこの世から消したまでだ。大したことじゃない」

「顧客名簿もか？」

男は答えなかった。どうやら名簿は別に保存したらしい。

しかし、証拠がすべてなくなった今、そんな名簿は何の意味も為さない。

「なるほど、データを消したから、おれの証言に頼ろうってわけか」

倉科は精一杯強がり、痛みを堪えて笑みを浮かべた。もっとも、痛覚《つうかく》が麻痺したのか、刺されたところは熱さが著しいものの、痛みは薄らぎつつあった。

「あいにくだが、おれは何も喋らねえぞ。殺すんなら、さっさと殺せ――うぎゃッ！」

男が握ったナイフの柄《え》を小さく揺らす。それだけで激しい痛みがぶり返し、倉科は「あ、ああ」と泣き声をあげた。

「情けないやつだ。少女たちの前では尊大に振る舞ってきたのだろうが、所詮お前は弱い者にしか強く出られない、根っからの臆病者なんだよ」

侮蔑の決めつけに怒りがこみ上げる。また痛みを与えられるとわかっていても、倉科は言い返さずにいられなかった。

「臆病者だと？　おれはただ、ビジネスとして女の子たちを雇っていただけだ。彼女たちは金が欲しいから自主的に脱いだんであって、無理強いなんかしちゃいない。おれだけをいたぶるのは、お門違《かどちが》いだろうが。金のためなら何でもする少女たちと、そういうガキに育てた親こそ責められるべきだ」

これに、男はやれやれというふうにかぶりを振った。

「そういう愚かな主張は聞き飽きたよ」

「何だと？」

「お前だけじゃなく、同じことを言うやつは大勢いる。少女たちが売春をしても、買ったやつだけが罪に問われて、売ったほうはお咎めなしだ。少女たちも公平に罰を受けるべきだってな」

「ああ。その通りじゃねえか」

男の目つきが鋭くなる。またナイフを動かされるのかと、倉科は失禁しそうなほど怯えた。

「だがな、真っ当な大人だったら、道を踏み外そうとする子供たちを救おうとするんだ。

未成熟な肢体《したい》に惑わされることはない。そんなことはするべきじゃないと在るべき道を説くのが、大人としての正しい在り方じゃないのか？」

「な、何だそりゃ」

「そんなことすらできず、少女たちを責めるのは、精神的に大人になっていない証拠だ。それこそガキってことさ」

男が言い放ち、ナイフの柄から手を離す。安堵したことで力が抜け、尻の下に温かなものが広がった。気ばかりか膀胱《ぼうこう》まで緩み、尿が漏れたのだ。

「やっぱりガキだな」

アンモニア臭で悟ったのか、男が眉をひそめる。立ちあがり、カメラの後ろに移動した。

倉科は屈辱にまみれ、からだを震わせた。いい年をして漏らしたのが情けなく、どうにでもなれという心持ちになる。

だが、その前に確認すべきことがあった。

「おれが喋ったら、どうするんだ？　おれを殺すのか？」

問いかけの声が震える。死への恐怖が現実味を帯びてきた。

「死にたいのか？」

男が訊ねる。倉科は首を横に振った。

「死にたくない。助けてくれ」

哀願すると、静かな声が命じる。

「だったら、すべて話すんだ。自分の名前と経歴、それから、少女たちをどんな手口で誘い、何をさせたのかを。あとは、どんなふうに商売をしたのかもな」

「わ、わかった」

「正直にすべてを話せば、おれはお前を殺さない。約束する」

信じるに値する約束なのか、確証はない。それでも今の倉科は、縋るしかなかった。

「ほら、話せ」

促され、観念して口を開く。話しだすと止まらなくなり、告白は数十分も続いた。


翌日、ネットのあらゆる動画サイトに、一本の告発ビデオがアップロードされた。

『私は半田龍樹です。六――七年前に、娘の彩華を殺されました』

カメラに向かって顔を晒し、娘の命をわいせつ目的で奪われた無念さを述べる。我が子と同じように被害に遭う少女や、悲しむ親が現れることを望まないとも訴えた。

そこまでは、ただの前置きに過ぎなかった。

『私は、児童ポルノを製造している拠点があるとの情報を得て、個人的に調べていました。警察に頼らなかったのは、情報が不確かだったためと、もみ消されることを恐れたからです。これについては、あとでおわかりいただけるでしょう。そして、その拠点と首謀者を捜しだし、犯罪の証拠も発見しました』

カメラが切り替わり、パソコンの画面を捉える。少女たちのあられもない姿や、醜いからだつきの男に組み伏せられる場面が次々と映し出された。但し、少女たちの顔や、ポルノと判断されるからだの一部は動画上でモザイク処理をされ、わからないようになっていた。

続いて、画面に表示されたのは名簿であった。誰もが知っている各界著名人の氏名が、そこに並んでいた。

『これが顧客名簿です。これについては、ネットのファイル共有サイトにアップロードします。どうぞ御覧になり、拡散させてください』

カットが切り替わると、バラバラになったパソコン本体が映された。

『ここにあったデータはすべて消滅しました。これ以上、世の中に出回ることはありません』

カメラが向きを変え、龍樹が視《み》るものに語りかける。

『被害に遭った少女たちに伝えます。あなたたちが晒し者になる心配はありません。これからは、二度とこういう汚い罠に引っかからないよう、自分を大切にしてください』

優しい面差しが、不意に強ばる。

『それから、児童ポルノを購入した者たち。手元にあるものを即刻処分しろ。そんなものを持っていたらどうなるのか、お前が誰よりもわかっているはずだ』

口調は冷静そのものだったが、表情に怒りが溢れていた。

画面が変わり、椅子に腰掛けて拘束された男が映し出される。

『倉科太一、二十八歳、無職。ここで少女たちの裸を撮影し、DVDに焼いて商売をしていました』

彼は児童ポルノの製造者であることを白状し、その手口を述べた。それから、一部の客に大金を払わせ、少女を抱かせたことも。最初は嫌々《いやいや》言わされている様子が見られたものの、いつしか饒舌になり、犯した罪をすべて語った。

少女を買った政治家や資産家、広告代理店や大企業のトップらの名前までも倉科が暴露したのは、死なば諸共《もろとも》という捨《す》て鉢《ばち》な心理からなのか。それとも、ここに来て良心が芽生え、自分がすべてを明らかにしなければならないという使命感に駆られてのものだったのか。

どちらにせよ、名指しされた者たちは、彼の告白によって社会的生命を失うであろう。

話し終えると、倉科はすっきりした面持ちを見せた。そして、龍樹がみたびカメラに向かう。

『この動画を御覧の皆さん。どうかこれを拡散させてください。コピーして、他のサイトに転載してかまいません。先ほどの名簿も、あとで示すＵＲＬの、ファイル共有サイトに置きます。そちらも拡散し、コピーし、転載してください。卑劣な悪事にかかわった連中が、決して野放しにならないよう協力してください。なお、先ほど登場した首謀者は、ここに拘束しておきます。この部屋の場所は、あとで所轄署に連絡し、然《しか》るべき処置を取ってもらいます』

そこまで述べてから、彼はひと呼吸置いた。

『最後に、皆さんにお願いがあります。この件に関わった少女たちが誰なのかを暴いたり、責めたりしないでください。確かに彼女たちは、過ちを犯したかもしれません。しかし、間違いなく被害者なのです。本当に責められなければならないのは、誤った彼女たちを正しい方向へ導くことをせず、欲望にまみれた行動を選択した大人たちです。彼らは身勝手な行いで、少女たちの心を殺したのです。彼女たちの親は、傷つけられた我が子が晒されることを決して望みません。また、我が子が責められたら、どれだけ苦しむでしょうか』

何かを思い出したかのように、龍樹の目が潤んだ。

『……私は、罪なき少女たちの親に、そんな思いをさせたくないのです』

画面が暗転し、名簿の置かれたＵＲＬがいくつも表示された後、映像は終わった。

龍樹の告発がアップロードされていくらも経たないうちに、動画や名簿ファイルは瞬く間にネット上に広まった。それはかつてないスピードと規模であった。

内容が衝撃的だったのは確かだろう。しかし、これまでは何らかの告発なり訴えなりがネットに上がっても、確たる証拠を伴うものはほとんどなかった。ネット上に限らず、権力者たちの様々な疑惑がマスメディアで報道されても、それが事実であるという証明が示されぬまま、有耶無耶になったことは数知れない。世上のひとびとは、そんな現状に多大な不満を抱いていた。

ところが今回は、画像処理が施されていたとはいえ児童ポルノ映像の一部と、それを購入した顧客名簿が流出したのである。しかも告発したのが、かつて娘を殺された父親であり、名前も顔も晒して訴えたのだ。

世間が密かに望んでいた、正義の味方が悪事を暴く様を、彼は体現していたと言えよう。加えて、名簿に載っていたのは著名人や有力者がほとんどで、まさに巨悪を倒すカタルシスも味わったに違いない。

しかも、自分が悪を倒す手助けをすることができるのだ。

あれが半田龍樹本人であることは、調べればすぐ明らかになる。告発者への同情も真実味を増す助けになり、いっそう証拠の拡散を後押ししたようだ。

名簿に名前が載った面々の中には、SNSでいち早く否定し、あれはすべてでっち上げだと主張する者もいた。ところが、名簿には本人が公表していない住所や電話番号も記載されている。すべてが捏造だというのは、およそ説得力がなかった。さらに、載っていた番号に電話をかけたり、その住所を訪ねたりして、本人のものに間違いないと報告する者もいて、いよいよ信憑性《しんぴょうせい》が揺るぎないものとなった。

この件に関して、大手メディアがまったく反応しなかったことも、上からの圧力があったためだと勘繰《かんぐ》られた。そんなことになっても不思議ではない面々が、名簿には並んでいたのである。最初に掲載されたサイトから、告発動画がいち早く削除された件も、それ見たことかと世間から嘲笑された。もちろん、すでに多数の複製が出回ったあとでは、動画も名簿もネット上から完全に消し去るのは不可能だ。

映像内で唯一、少女を犯す姿を晒された男についても、ネット上で検証が行われた。顔こそマスクで隠れていたが、体型や、首や腕などのホクロの位置から、倉科が名前を口にし、名簿にも載っていた与党議員であると特定された。

ここまで、わずか二十四時間以内の出来事である。

大手メディアがこの事件について報道したのは、児童ポルノを製造していたと疑われるマンションを、警察が捜索したというのが第一報だった。龍樹が予告した通りに、所轄署に部屋の場所を伝えたのだ。

ところが、報道された内容に、世間は衝撃を受けることとなった。現場で男の死体が発見されたというのである。氏名は明らかにされなかったものの、動画で児童ポルノ製造を自白した男に間違いないとのことであった。

拘束されてから、短くても丸一日以上は経っていたはず。その間に自然死したのか。それとも他殺なのか。だとしたら、いったい誰が彼を殺したのか。

ネットで情報を得ていた者たちは、公権力によって証人が抹殺されたと非難した。正式に証言が取られたら、大勢の地位ある者が断罪されるのだ。よって、最初に現場へ入った捜査員が、上からの命令で殺害したに違いないと。

一方で、時の政権を支持する右寄りの連中は、告発者の半田某《なにがし》が、真実を知られないよう、偽証した倉科某を亡き者にしたのだと主張した。半田は左翼団体の飼い犬であり、反権力の片棒を担がされ、ありもしない事件をでっち上げたのだと、さしたる根拠もなく論じた。

ただ、ネット上も含めて世論の大勢は、さすがに警察の人間が殺人を犯すはずがないという意見で占められた。

あの現場に出入りしたことのある、例えば少女を買った政治家や、企業の経営者が殺したのではないかという見解も示された。しかし、金も地位もある者が、自ら手を汚すはずがない。きっとプロの殺し屋を雇ったのだと、話は収拾のつかない方向に進んでいった。

程なくして、半田龍樹の逮捕状が請求され、指名手配された。警察は殺人事件と断定し、彼を容疑者と見なしたのだ。

世間の関心は児童ポルノから殺人事件へと移り、龍樹への逆風が吹き始めた。

エピローグ

その夜も、岩井はほとんど期待をせぬまま、「彩」を訪れた。あんなことがあってから、もう一ヶ月以上も休業していたのだ。

(どうせ今日も閉まってるよな……)

ところが、予想に反して店の明かりが灯り、暖簾も出ていたのである。

(え、それじゃ大将が?)

狂喜乱舞の心持ちで、急いで引き戸を開ける。

「いらっしゃいませ」

明るい声で迎えられ、岩井はその場に立ち尽くした。カウンターの中にいたのは龍樹ではなく、割烹着《かっぽうぎ》姿の女性だったのだ。

(あれ、このひとは……)

彼女には見覚えがあった。以前、ここに客として来ていたひとで、大将と訳ありではないかと、ご隠居が匂わせていたのである。

そのご隠居もカウンターにいて、店内は他に数名の客がいた。みんな常連ばかりだ。自分と同じように、「彩」が開くのを心待ちにしていたのだろう。

岩井は戸惑いつつ、ご隠居の隣に腰掛けた。

「やあ、久しぶりだね」

彼は上機嫌だった。早くも出来上がっているのか、頬が赤らんでいる。

「ええと、大将は？」

訊ねるとご隠居ではなく、カウンターの中にいた女性が答えた。

「半田さんはいません。わたしはこちらのお店を任されました、琴平直子と申します」

「え、任されたって？」

「半田さんに、『彩』を頼むとお願いされたんです。だけど、こういう仕事は経験がなかったものですから、店を開けるまで時間がかかって、今日になってしまいました」

照れくさそうにほほ笑む彼女に、岩井は「はあ」とうなずいた。

「それじゃ、大将は？」

「さあ。わたしもわからないんです」

直子が困った顔で首をかしげる。表情に影が差していたから、彼女も心配している様子であった。

「あれだけのことがあったんだ。しばらくは身を隠さないと」

ご隠居に言われ、岩井はやり切れなくため息をついた。

「それはそうですけど、せっかく無実だと証明されたのに――」

龍樹が指名手配をされた数日後、ネットに新たな動画がアップロードされた。それは窓のないカーペット敷きの部屋で、椅子に坐って拘束された男――倉科太一を撮影したものであった。

間もなく、ドアから三名の男が入ってくる。中のひとりが、ぐったりしていた倉科に声をかけることもせず、いきなり首筋に注射を突き立てた。

その瞬間、倉科は天を仰ぎ、目を見開いた。何か言おうとしてか口を開いたものの、呻き声すら発することなく首を前に折る。それっきり、動かなくなった。

『このことは他言無用だ。わかってるな』

リーダー格らしき男が言い、他のふたりが無言でうなずく。

『よし、外の連中に伝えろ。死体を発見したから、現場保全に努めるようにとな』

『わかりました』

間もなく、他の面々が室内に入ってくる。警察の現場検証であることが、ここで明らかになった。

検視官らしき白衣姿の男が、椅子に拘束された遺体を調べる。そのとき、注射をした男――捜査員のリーダーが、彼に目配せをした。

検視官は黙ってうなずいた。

その部屋は、児童ポルノを撮影することを目的としたスタジオで、カメラがいくつも仕掛けられていた。捜査員たちの行動はあらゆる角度から捉えられ、動画には顔もはっきりと映っていた。

倉科が殺害されたとき、龍樹は隣の部屋にいた。彼によってカメラが操作され、すべて撮影されていたことを、捜査員たちは知る由もなかった。そちらの部屋はドアを施錠し、外側から入れないようにして、彼らをスタジオ側におびき寄せたのである。撮影した動画は、フラッシュメモリに保存された。

あとで隣の部屋がこじ開けられたとき、龍樹は身を隠していた。上が事態を重く見たのか、幸いにも捜査員が大勢いたおかげで、彼らに紛れて無事に逃げおおせたのだ。眼鏡とマスクを着けていたし、同じように素顔を隠した捜査関係者は他にもいたから、誰にも疑われることはなかった。

捜査員が犯罪の証人を殺害し、罪を告発者になすりつけたという前代未聞の不祥事に、警察への非難が殺到した。さらに、誰がそれを命じたのか、真相を明らかにせよとの声も高まった。

あの動画は捏造だという弁明は通用しなかった。実際に倉科は殺されており、あらゆる角度から撮られた映像が、編集されることなくネットに出回ったのだ。犯罪被害者の遺族で、一市民でしかない龍樹に、そんな映像を短期間でこしらえられるわけがない。

世論に突きあげられた警察は、やむなく倉科太一殺しに関わった捜査員三名を逮捕した。その後、あれはリーダーの捜査員が、これ以上世間を騒がせまいと独断で決行したことだと、到底理解し難い発表がなされた。他の二名は、上からの命令だと諭され、従っただけであると。

しかしながら、殺害方法や死亡推定時刻を調べれば、龍樹が犯人であることは当初から否定されたはずなのだ。にもかかわらず逮捕状が取られたのは、他にも警察内部や司法関係に協力者がいたからに違いない。世間は納得しなかった。

その後、リーダーの元捜査員が拘置所内で首を吊り、真実を語る者がいなくなった。それが自殺だったのかどうかも、藪の中だ。

ともあれ、警察の人間が殺人を犯したのである。捜査当日に実行するという、危ない橋を渡ってまで。児童ポルノの件は間違いなく事実であると、彼らによって立証されたようなものだ。

その後、名簿に載った者たちは例外なく家宅捜索を受けた。しかし、すでに処分されていたようで、児童ポルノが押収されることはなかった。映像で少女を犯したと見なされた与党議員も、証拠不充分で逮捕も起訴もされなかった。

それでも、関わった政治家たちは辞職し、企業のトップらは会社を追いやられ、著名人たちは仕事を失った。多くは弁明することなく身を隠したが、中には児童ポルノを購入したと白状する者も存在した。素直に罪を認めたほうが、社会復帰をしやすいと計算してなのか。罪悪感から打ち明けた者もいたであろうし、他にわずかながら自殺者も出た。

自分は絶対に無実である、何者かに陥れられたのだと言い張る往生際の悪い者は、例外なく政治家たちであった。否定していれば、いずれ地位も権力も取り戻せると見越したらしい。もちろん、世の中はそこまで甘くない。彼らは世間の冷笑を浴び、身内からも見放されることとなった。

当然ながら、龍樹の指名手配は取り消された。ネットやメディアで彼を犯罪者扱いした権力側におもねる連中は、間違いを認めることなく、ひたすらだんまりを決め込んだ。これが彼らの常套《じょうとう》手段である。

一連の顚末《てんまつ》は政局や司法、マスメディアや経済界など、広い範囲に影響を与えた。関わった者たちが引導を渡されただけでなく、彼らを守ろうとした公権力や業界も批判された。

これによって、膿《うみ》がすべて出されたわけではない。襟を正す機運は醸成《じょうせい》されたものの、喉元を過ぎれば正義が蔑《ないがし》ろにされるのが常である。

龍樹は疑いが晴れた後も、姿を現さなかった。逆恨みから迫害されることを恐れたのではないかと、多くのひとびとは考えた。何しろ警察ですら、犯罪の証人を殺害したのだから。

龍樹を知る者、「彩」の常連たちも、きっとそうだろうと思っていた。そのせいで、店を再開できないのだと。

「悪事を晒された連中が、大将の命を狙っているかもしれないんだ。当分出てこないほうがいいよ」

岩井とご隠居のやりとりを聞いていた、別の常連客が言った。

命を狙われるのは大袈裟だとしても、龍樹がしばらく身を隠すことには、岩井も賛成だった。先週ぐらいまでは、「彩」の近くでマスコミらしき姿をよく見かけたのだ。もしも現れたら彼らが押し掛け、大騒ぎになるに違いない。

「だけど、いずれはここに帰ってきますよね？」

期待を込めて同意を求めると、

「ああ。そう願いたいね」

ご隠居がうなずく。ぐい呑みに口をつけ、ふうと息を吐いた。

それから、やけに遠い目をしてみせる。

「お客様は、何を飲まれますか？」

直子に訊ねられ、岩井は「あ、ビールをください」と答えた。

「承知しました」

明るく返事をして、彼女が冷蔵庫から瓶ビールを取り出す。栓を抜き、グラスも用意した。

（ここを任されたってことは、やっぱり大将のいいひとなのかな……）

そんなことを考えていると、カウンターにグラスが置かれる。

「さ、どうぞ」

直子にビール瓶を差し出され、岩井は恐縮してお酌を受けた。いずれ大将は、彼女とふたりで「彩」をやっていくのかなと期待しながら。

点けっぱなしのテレビが、明日の天気を伝える。秋も深まり、夜半から明け方にかけて気温がかなり下がるでしょうと、気象予報士が他人事《ひとごと》みたいな口振りで言った。

「……山の上は、もっと冷え込むだろうね」

誰に向かってでもなく、ご隠居がつぶやいた。

日本海に浮かぶ離島。その中程にある、山間《やまあい》の里――。

昼下がり、日に二往復しかないバスが、あたりに何もない道端の停留所で止まる。乗る者はおらず、降りた客も男性ひとりきりだった。バスはぶるんと唸り、排気ガスを残して走り去った。

白いペンキが剝げた木の支柱。そのてっぺんに丸い金属板のついた、昔ながらのバス停の標識だ。その脇に佇み、周囲の山々を見渡したのは、龍樹であった。

そこは古都の有名な山と景色が似ており、地名もその山からとったと教えられた。

龍樹は、謂れとなった場所を訪れたことがない。植林されたものと天然林が混在する、どこか懐かしい山間の風景に目を細めるだけであった。

それから、バスの走っていたアスファルト舗装の県道をはずれ、コンクリートで路面を固められた林道をのぼった。

広葉樹はすでに葉っぱを散らしており、枯れ葉がコンクリートを覆っている。車があまり通らないのか、轍《わだち》の跡はかすかに見えるだけだった。

標高があがることで、空気が徐々に冷たくなる。龍樹は急勾配《きゅうこうばい》の林道をひたすら歩いた。肌が汗ばみ、寒さはほとんど感じなかった。

途中、朽ちかけた家を二軒ほど見かけた。この山には、かつては十軒以上の世帯があったと聞いている。今は住む者がいないそうだ。

ただ、住居の周りや山腹に畑や田んぼがあって、かつての住人が農作業に訪れるとのこと。併せて建物も管理するから、廃屋《はいおく》にならず残っている家もあるという。

二キロほど歩いて龍樹が辿り着いたのは、集落の最も高いところに位置する民家であった。

ひとりでは抱えられないほど幹の太い、杉の巨木が周囲を囲む、茅葺《かやぶ》き屋根の古い家だ。軒の柱や外壁の板は色褪せて、灰色に近くなっている。

その家にはかつて、ご隠居の遠縁が住んでいた。不便な地で継ぐ者がおらず、ならばと彼が譲り受けたそうだ。せいぜい年に一、二度訪れて泊まり、管理と修繕をしているとのことだった。

先日、しばらく東京を離れることを、龍樹はご隠居を訪ねて伝えたのだ。また、「彩」は直子に任せたので、その節は面倒を見てやってほしいとお願いした。

するると、行く当てがないのならと、彼にここを紹介されたのである。

『あそこなら誰も来ないし、いちおう電気も通っている。支払いの請求はこっちに送ってもらっているから、遠慮せずに使いなさい。灯油もプロパンガスも、まだ残っているはずだよ』

それがなくなったら、薪《たきぎ》を使えばいいとも言われた。なるほど、家の外にはひと冬を楽に越せそうな量の薪が、整然と積まれていた。納屋もあって、そちらには焚きつけに使う杉の枯れ枝がたくさんあった。使われなくなった木製の古い家具も放置されていて、何ならそれも燃やしてかまわないと、ご隠居は笑って言ったのだ。

米や保存食はいくらか持ってきたものの、他の食料は購入するしかない。商店のあるところまでは、さっき降りたバス停から数キロの距離がある。運行本数が少ないため、行きか帰りは歩くことになるだろう。本格的な冬になれば、家は雪に埋もれるとも聞いたから、ここで暮らしていくのは楽ではあるまい。

にもかかわらず、龍樹の胸ははずんでいた。血なまぐさい生活から解放され、自然の中で穏やかな時間を過ごせるのだから。

春になれば、そこらで山菜が採れるという。家の周りには、耕されることなく放っておかれた畑もあった。いずれ種や苗を買い、野菜を作ってみよう。そのための農具も納屋にある。ひと冬だけでなく、一、二年はここにいるつもりだった。

建付《たてつけ》の悪い引き戸を開け、家の中に入る。誰も来ない山奥ゆえ、鍵などかかっていない。内装は外ほどには色褪せていなかった。だが、板の間には薄《うっす》らと埃が見えるし、蜘蛛《くも》の巣もあちらこちらにある。まずは掃除をしなければなるまい。

奥に行くと仏間があった。欄間《らんま》に遺影が掲げられ、仏壇には位牌《いはい》も残されている。かなり古いもののようだ。

龍樹は膝をつき、屋敷の先祖に両手を合わせてから、持参した小さな骨壺《こつつぼ》を仏壇に置いた。そこには彩華の骨が入っている。一度は別れた妻が実家の墓に納めたのであるが、離婚後に少しだけ分骨してもらったのだ。

(しばらくここで、パパと暮らそう……)

胸の内で声をかけ、小さなフォトスタンドを横に並べる。愛娘のあどけない笑顔に、瞼の裏が熱くなった。

すでにこの世にはいなくても、彩華とはずっと一緒だったのだ。今はそう信じられる。こぼれそうになった涙を拭い、龍樹は外へ出た。明るいうちに、家の周りをもう少し見ておきたかった。

太陽はまだ高いところにあるのに、空気がいっそう冷えてきた。巨木に囲まれ、陽射しが届かないせいもあるのだろう。

見あげると、高いところまで枝を落とされた杉の木が、何本も並んだ柱のように映る。空を隠す深緑の杉葉は、さしずめ屋根というところか。

と、細かな白いものが、緑の屋根を抜けてチラチラと落ちてきた。冷たいそれは肌に触れると、音もなくすっと消えた。

「雪だ……」

どうりで寒いはずだ。

今はまだ、細かな粒が遠慮がちに落ちてくるのみである。しかし、そう遠くないうちに、一面が真っ白に染まるのではないか。

（もっと降れ。もっと――）

雪遊びをしたがる子供のように、龍樹は願った。どうか自分を覆い隠し、いっそこの世から消し去ってほしいとも。

天を仰いで瞼を閉じると、顔に落ちる雪を感じる。山の冷気に身を委《ゆだ》ね、龍樹は長い間その場に佇み続けた。

双葉文庫

お-45-01

極刑《きょっけい》

2023年2月18日　第1刷発行

【著者】
小倉日向《おぐらひなた》

【発行者】
島野浩二
【発行所】
株式会社双葉社
〒162-8540 東京都新宿区東五軒町3番28号
［電話］03-5261-4818(営業部)　03-6388-9819(編集部)
www.futabasha.co.jp(双葉社の書籍・コミックが買えます)
【印刷所】
中央精版印刷株式会社
【製本所】
中央精版印刷株式会社

【フォーマット・デザイン】
日下潤一

ISBN978-4-575-52640-0 C0193
Printed in Japan